As confissões de Arsène Lupin

Maurice Leblanc

As confissões de Arsène Lupin

Tradução
Ana Brandão

TriCaju

Esta é uma publicação Tricaju, selo exclusivo da Ciranda Cultural

Traduzido do original em francês
Les confidences d'Arsène Lupin

Texto
Maurice Leblanc

Tradução
Ana Brandão

Preparação
Jéthero Cardoso

Revisão
Fernanda R. Braga Simon

Produção editorial e projeto gráfico
Ciranda Cultural

Diagramação
Linea Editora

Design de capa
Ana Dobón

Imagens
Gilmanshin/shutterstock.com

Texto publicado integralmente no livro *As confissões de Arsène Lupin*, em 2021, na edição em brochura pelo selo Principis da Ciranda Cultural. (N.E.)

Dados Internacionais de Catalogação na Publicação (CIP) de acordo com ISBD

L445c Leblanc, Maurice

As confissões de Arsène Lupin / Maurice Leblanc ; traduzido por Ana Death. - Jandira, SP : Tricaju, 2021.
224 p. ; 15,5cm x 22,6cm. - (Clássicos da literatura mundial)

Tradução de: Les confidences de Arsène Lupin
ISBN: 978-65-89678-07-6

1. Literatura francesa. 2. Romance. I. Death, Ana. II. Título. III. Série.

2021-461 CDD 843.7
CDU 821.133.1-31

Elaborado por Vagner Rodolfo da Silva - CRB-8/9410

Índice para catálogo sistemático:
1. Literatura francesa : Romance 843.7
2. Literatura francesa : Romance 821.133.1-31

1ª edição em 2021
www.cirandacultural.com.br

SUMÁRIO

UMA RECOMPENSA DE DUZENTOS MIL FRANCOS!

– Lupin – disse eu –, conte-me algo sobre você.

– Ora, e o que você gostaria que eu contasse? Todos conhecem a minha vida! – respondeu Lupin, deitado com ar sonolento no sofá do meu escritório.

– Ninguém conhece! – protestei. – As pessoas sabem, por suas cartas nos jornais, que você esteve envolvido nesse caso, que começou aquele. Mas a sua parte em todos eles, os fatos concretos da história, o desfecho do mistério: todas essas são coisas das quais elas não têm conhecimento.

– Ora essa! Um monte de baboseiras desinteressantes.

– O quê? O seu presente de cinquenta mil francos para a esposa de Nicolas Dugrival! Você chama isso de desinteressante? E a forma como você resolveu o enigma dos três quadros?

Lupin riu.

– Sim, aquele certamente foi um enigma estranho. Posso sugerir um título para você, se quiser: o que acha de *O signo da sombra*?

– E os seus sucessos na sociedade e com o sexo oposto? – prossegui. – Os romances do intrépido Arsène. E a pista para suas boas ações? Esses capítulos da sua vida que você mencionou tão frequentemente sob os títulos de *A aliança de casamento, Sob a sombra da morte,* e assim por diante! Por que postergar essas confidências e confissões, meu caro Lupin? Vamos, faça o que peço!

Isso aconteceu naquela época em que Lupin ainda não tinha travado suas batalhas mais conhecidas, apesar de já ser famoso; a época que precedia as grandes aventuras de *A agulha oca* e *813*. Ele ainda nem sonhava em obter os tesouros acumulados da Casa Real Francesa[1] ou em mudar o mapa da Europa bem embaixo do nariz do Cáiser[2]: contentava-se com surpresas mais leves e lucros mais humildes, em cumprir seu esforço diário, fazendo o mal todos os dias e um pouquinho de bem também, naturalmente e por amor à coisa, como um Dom Quixote extravagante e compassivo.

Ele estava em silêncio e eu insisti:

– Lupin, gostaria que contasse!

Para minha surpresa, ele respondeu:

– Pegue uma folha de papel, velho amigo, e um lápis.

Eu obedeci a ele com rapidez, encantado com o pensamento de que ele finalmente iria ditar para mim algumas daquelas páginas que ele sabe como enfeitar com tanto vigor e capricho, páginas que eu, infelizmente, sou obrigado a desvirtuar com explicações tediosas e progressos enfadonhos.

– Está pronto? – perguntou.

– Sem dúvida.

– Anote. 14, 1, 15, 19, 5, 5.

– O quê?

– Anote, estou dizendo.

Ele agora estava sentado, com os olhos voltados para a janela aberta e seus dedos enrolando um cigarro de tabaco turco. Ele continuou:

---

[1] Em *A agulha oca,* de Maurice Leblanc.

[2] Em *813,* de Maurice Leblanc.

– Anote. 18, 18, 9, 19...

Ele parou. E então continuou:

– 17, 21, 5, 19...

E, depois de uma pausa:

– 5, 13, 14...

Tinha enlouquecido? Olhei-o detidamente e em pouco tempo percebi que seus olhos não estavam mais desligados, como estiveram há instantes, mas perspicazes e atentos, e pareciam estar observando, em alguma parte do espaço, algo que aparentemente os fascinava.

Enquanto isso, continuava ditando, com intervalos entre cada número.

– 5, 3, 5, 19, 19...

Havia pouquíssimo a ser visto pela janela, apenas um pedaço de céu azul à direita e a fachada de uma construção do outro lado, um velho casarão, cujos postigos estavam fechados, como de costume. Não havia nada específico a respeito de tudo isso, nenhum detalhe que me parecesse novo dentre aqueles que estavam há anos diante dos meus olhos...

– 9, 4...

Então entendi subitamente... Ou achei que entendi, pois como poderia admitir que Lupin, um homem que era tão sensato sob sua máscara de frivolidade, perderia seu tempo com uma tolice tão infantil? O que ele contava eram os lampejos intermitentes de um raio de sol brincando na fachada escura da casa do lado oposto, na altura do segundo andar!

– 1, 4... – disse Lupin.

O lampejo desapareceu por alguns segundos e então atingiu a casa novamente, sucessivamente, em intervalos regulares, e desapareceu mais uma vez.

Eu contei os lampejos instintivamente e disse, em voz alta:

– 5...

– Entendeu o raciocínio? Meus parabéns! – respondeu ele, sarcástico.

Ele foi até a janela e se curvou para fora, como se quisesse descobrir a direção exata que o raio de luz tinha seguido. Voltou, então, e se deitou novamente no sofá, dizendo:

– É sua vez agora. Continue contando!

O meu colega parecia tão confiante que fiz o que mandou. Além disso, não podia evitar confessar que havia algo curioso a respeito da frequência ordenada desses brilhos na fachada da casa do lado oposto, essas aparições e desaparições indo e vindo, como vários sinais brilhosos.

Eles obviamente vinham de uma casa do nosso lado da rua, pois o sol chegava às minhas janelas obliquamente. Era como se alguém estivesse abrindo e fechando uma janela alternadamente, ou, mais provável, que alguém estivesse se divertindo fazendo lampejos com a luz do sol em um pequeno espelho.

– É uma criança brincando! – exclamei depois de um tempo, sentindo-me um pouco irritado pela ocupação trivial que me fora imposta.

– Tanto faz, continue!

E continuei contando...E anotei fileiras de números... E o sol continuou a brincar diante de mim com uma precisão matemática.

– E então? – disse Lupin, depois de uma pausa mais longa do que de costume.

– Ora, parece que acabou... Não tem mais nada há alguns minutos.

Esperamos e, conforme nenhuma luz brilhou naquele espaço, eu disse, zombeteiro:

– Acredito que foi uma perda de tempo. Alguns números em uma folha de papel: um resultado medíocre.

Lupin, sem se levantar do sofá, respondeu:

– Faça-me um favor, caro amigo, e coloque no lugar de cada um desses números a letra correspondente do alfabeto. Conte A como 1, B como 2, e assim sucessivamente. Entendeu?

– Mas isso é uma idiotice!

– Uma idiotice completa, mas fazemos várias coisas assim na vida... Uma a mais ou a menos, tanto faz.

Sentei-me para fazer essa tarefa tola e escrevi as primeiras letras: "*Não se...*"

Parei com surpresa:

– Palavras! – exclamei. – Duas palavras completas que querem dizer...

– Continue, amigo.

Eu continuei, e as próximas letras formaram mais duas palavras, que eu separei conforme foram surgindo. E, para minha grande surpresa, uma oração completa aparecia diante dos meus olhos.

– Terminou? – perguntou Lupin depois de um tempo.

– Terminei. Aliás, há alguns erros de ortografia...

– Não se importe com eles e leia a mensagem, por favor... Leia devagar.

Então eu li a seguinte mensagem, incompleta, que registrarei aqui como aparecia no papel diante de mim:

> *Não se errisque sem necessidade. Sobrettudo, evite ataques, aproxime-se com muinta prudência do animigo e...*

Comecei a rir:

– Veja só! *Fiat lux*[3]! Estamos simplesmente aturdidos pela luz! Mas Lupin, no fim das contas, confesse que esse conselho, dado aos pouquinhos por uma criada, não o ajuda muito!

Lupin se levantou sem quebrar seu silêncio desdenhoso e pegou a folha de papel.

Pouco depois disso me lembrei de que, nesse instante, eu olhei para o relógio. Eram dezessete horas e dezoito minutos.

Lupin estava de pé com a folha de papel em suas mãos; e eu pude observar com tranquilidade aquela extraordinária mobilidade de expressão em seus traços jovens que desorienta todos os seus observadores e constitui sua maior força e principal salvaguarda. Quais são os sinais que alguém pode usar para identificar um rosto que muda a seu bel-prazer, mesmo sem o auxílio de maquiagem, e de quem todas as expressões momentâneas parecem ser a expressão final e definitiva? Quais são os sinais? Havia um que eu conhecia bem, um sinal invariável: duas pequenas rugas

[3] *Fiat lux* é uma expressão latina traduzida frequentemente como "faça-se a luz", ou "que haja luz", remetendo à passagem bíblica da criação divina da luz descrita em *Gênesis* 1:3. (N.T.)

cruzadas que apareciam em sua testa sempre que fazia um grande esforço de concentração. E eu a via naquele momento, a cruz reveladora, clara e profunda.

Ele soltou a folha de papel e murmurou:

– Brincadeira de criança!

O relógio mostrava que eram dezessete e trinta.

– Como assim? – exclamei. – Você resolveu? Em doze minutos?

Ele andou pela sala, acendeu um cigarro e disse:

– Poderia ligar para o barão Repstein, por favor, e dizer que estarei com ele às vinte e duas horas de hoje?

– Barão Repstein? – perguntei. – O marido da famosa baronesa?

– Sim.

– Está falando sério?

– Bastante sério.

Sentindo-me completamente perdido, mas incapaz de resistir, abri a lista telefônica e tirei o aparelho do gancho. Naquele momento, porém, Lupin me interrompeu com um gesto peremptório e disse, com os olhos no papel que tinha pegado novamente:

– Não, não diga nada... Não adianta avisá-lo... Há algo mais urgente... Algo estranho que me intriga...Por que diabos a última frase não está completa? Por que a frase...

Ele pegou seu chapéu e a bengala.

– Vamos andando. Se não estou enganado, esse é um assunto que precisa de uma solução imediata; e não acho que eu esteja enganado.

Ele passou o braço pelo meu enquanto descíamos as escadas e disse:

– Sei o mesmo que todos sabem. O barão Repstein, financista e um entusiasta das corridas, cujo cavalo Etna ganhou neste ano o Derby de Epsom e o Grand Prix de Paris, foi enganado pela esposa. Ela, que era muito conhecida por seu cabelo claro, suas roupas e sua extravagância, fugiu há duas semanas, levando consigo uma soma de três milhões de francos, roubada do marido, e uma grande coleção de diamantes, pérolas e joias que a princesa de Berny deixara em suas mãos e ela iria comprar.

A polícia perseguiu a baronesa pela França e pelo continente durante duas semanas: um trabalho fácil, já que ela deixava ouro e joias por onde passava. Pensavam que a capturariam a qualquer instante. Dois dias atrás nosso detetive campeão, o ilustre Ganimard, prendeu uma visitante em um grande hotel na Bélgica, uma mulher contra quem as provas mais certeiras pareciam se acumular. No interrogatório, a dama revelou-se uma notória atriz de teatro chamada Nelly Darbal. Quanto à baronesa, tinha desaparecido. O barão, por sua conta, ofereceu uma recompensa de duzentos mil francos para quem encontrar sua esposa. O dinheiro está nas mãos de um advogado. Além disso, ele vendeu de uma só tacada seu cavalo de corridas, sua casa na Alameda Haussman e sua casa de campo em Roquencourt para poder indenizar a princesa de Berny por sua perda.

– E o valor da venda será pago em breve – acrescentei. – Os jornais dizem que a princesa receberá seu dinheiro amanhã. Mas, francamente, não consigo ver a conexão entre essa história, que você contou muito bem, e a frase enigmática...

Lupin não se dignou de responder.

Caminhávamos pela rua em que eu moro e já passáramos por quatro ou cinco casas quando ele desceu para o meio-fio e começou a examinar um bloco de apartamentos, não muito novos, que pareciam conter um grande número de inquilinos.

– De acordo com meus cálculos – disse –, os sinais vieram daqui, provavelmente daquela janela aberta.

– No terceiro andar?

– Sim.

Ele foi à porteira e perguntou:

– Algum dos seus inquilinos por acaso é conhecido do barão Repstein?

– Ora, claro que sim! – respondeu a mulher. – Temos aqui o senhor Lavernoux, um cavalheiro tão gentil; ele é secretário e administrador do barão. Eu cuido do apartamento dele.

– E podemos vê-lo?

– Vê-lo? O pobre cavalheiro está muito doente.

– Doente?

– Está doente há duas semanas… Desde a situação com a baronesa… Ele chegou a casa no dia seguinte com a temperatura alta e ficou na cama.

– Mas certamente ele se levanta?

– Ah, isso não sei dizer!

– Como assim, não sabe dizer?

– O médico dele não deixa que ninguém entre em seu quarto. Ele tomou minha chave.

– Quem tomou?

– O médico. Ele vem e atende às necessidades dele, duas ou três vezes ao dia. Ele saiu daqui há apenas vinte minutos… um cavalheiro velho com uma barba grisalha e óculos… Anda bem encurvado… Mas aonde está indo, senhor?

– Vou subir, mostre-me o caminho – disse Lupin, já com o pé na escada. – É no terceiro andar, não é? À esquerda?

– Mas não devo ir até lá! – gemeu a porteira, correndo atrás dele. – Além disso, não tenho a chave… O médico…

Eles subiram os três lances de escada, um atrás do outro. No patamar, Lupin tirou uma ferramenta do bolso e, sem se importar com os protestos da mulher, colocou-a na fechadura. A porta cedeu quase imediatamente. Entramos.

Nos fundos de um pequeno cômodo escuro, vimos uma faixa de luz passando por uma porta que fora deixada entreaberta. Lupin atravessou o cômodo e gritou ao chegar à porta:

– Oh, maldição! Tarde demais!

A porteira caiu de joelhos, como se desmaiasse.

Entrei no quarto, depois deles, e vi um homem deitado seminu no carpete, com as pernas enroscadas, os braços contorcidos e o rosto bem pálido, um rosto macilento, descarnado, com os olhos ainda petrificados de terror e a boca torcida em um esgar horrível.

– Está morto – disse Lupin após um rápido exame.

– Mas por quê? – exclamei. – Não há nem rastros de sangue!

– Sim, há alguns – respondeu Lupin, apontando para duas ou três gotas que apareciam no peito, através da camisa aberta dele. – Veja, devem tê-lo segurado pela garganta com uma mão enquanto furavam seu coração com a outra. E eu digo "furavam" porque a ferida realmente nem pode ser vista. Isso sugere que o buraco foi feito por uma agulha muito longa.

Ele observou o chão em volta do cadáver. Não havia nada que chamasse sua atenção, além de um pequeno espelho de bolso, o pequeno espelho com o qual o senhor Lavernoux tinha se entretido fazendo os raios de sol dançar pelo espaço.

Mas repentinamente, conforme a porteira começava a lamentar e a chamar por ajuda, Lupin pulou para cima dela e a sacudiu:

– Pare com isso! Ouça-me... Pode chamar ajuda depois... Ouça e me responda. Isto é de suma importância. O senhor Lavernoux tinha um amigo vivendo nesta rua, não tinha? Do mesmo lado, à direita? Um amigo íntimo?

– Sim.

– Um amigo com quem ele se encontrava na cafeteria no fim da tarde e com quem trocava os jornais ilustrados?

– Sim.

– Esse amigo era inglês?

– Sim.

– Qual o nome dele?

– Senhor Hargrove.

– Onde ele mora?

– No número 92.

– Mais uma coisa: o velho médico cuidava dele havia muito tempo?

– Não. Eu não o conhecia. Ele veio no dia em que o senhor Lavernoux ficou doente.

Sem outra palavra, Lupin me arrastou, desceu as escadas correndo e, já na rua, virou à direita, o que fez com que passássemos na frente do meu apartamento mais uma vez. Depois de outras quatro portas, ele parou no número 92, uma casa pequena, com andares baixos, cujo andar térreo era ocupado pelo proprietário de um bar que estava fumando em sua porta, próximo à entrada. Lupin perguntou se o senhor Hargrove estava em casa.

– O senhor Hargrove saiu há cerca de meia hora – disse o comerciante. – Ele parecia extremamente empolgado e tomou um táxi, algo que não faz com frequência.

– E o senhor não sabe...

– Para onde ele ia? Bem, não é nenhum segredo. Ele gritou alto o suficiente! "Para a Delegacia de Polícia!" foi o que disse ao motorista...

Lupin já estava chamando um táxi quando mudou de ideia; e eu o ouvi murmurar:

– Que bem isso vai fazer? O homem já está muito à nossa frente...

Ele perguntou se alguém viera procurar o senhor Hargrove depois que este saíra.

– Sim, um cavalheiro idoso com uma barba grisalha e óculos. Ele subiu até o apartamento do senhor Hargrove, tocou a campainha e foi embora.

– Agradeço muitíssimo – disse Lupin, tocando a aba do chapéu.

Ele se afastou andando lentamente, sem falar comigo, com o ar pensativo. Não havia dúvida de que o problema lhe parecia muito difícil e que ele não via nada com clareza nessa escuridão onde antes parecia se mover com tanta certeza.

Quanto a isso, ele próprio confessou a mim:

– Existem casos que precisam bem mais da intuição do que da reflexão. Mas este, posso lhe dizer, é daqueles que vale o trabalho que vai dar.

Agora já estávamos na avenida. Lupin entrou em uma sala de leitura pública e passou muito tempo consultando os jornais dos últimos quinze dias. De vez em quando, murmurava:

– Sim... sim... é claro... É só um palpite, mas explicaria tudo... Bem, um palpite que responde a todas as perguntas não pode estar muito longe da verdade...

Já tinha escurecido. Jantamos em um pequeno restaurante e percebi que o rosto de Lupin ficava cada vez mais animado. Seus gestos eram mais decididos. Ele recuperou seu ânimo, sua vitalidade. Quando saímos, durante a caminhada em que me levou pela Alameda Haussmann em direção à casa do barão Repstein, ele era o Lupin de verdade das grandes ocasiões, o Lupin que decidira entrar no jogo e vencê-lo.

Afrouxamos o passo quando nos aproximamos da Rua de Courcelles. O barão Repstein vivia do lado esquerdo, entre essa rua e a Faubourg-Saint-Honoré, em um casarão de três andares cuja fachada podíamos ver, decorada com colunas e cariátides.

– Pare! – disse Lupin repentinamente.

– O que foi?

– Outra prova que confirma minha suposição...

– Que prova? Não vejo coisa alguma.

– Eu vejo... É o suficiente...

Ele levantou o colarinho do seu casaco, abaixou a aba do chapéu macio e disse:

– Céus, vai ser uma luta difícil! Vá dormir, meu amigo. Contarei sobre minha expedição amanhã... se não me custar minha vida.

– Do que está falando?

– Oh, eu sei do que estou falando! Estou arriscando muita coisa. Em primeiro lugar, ser preso, o que não é muito. Em seguida, ser morto, o que é pior. Mas... – ele agarrou meu ombro. – Mas há uma terceira coisa que estou arriscando, que é conseguir dois milhões... E, uma vez que eu tenha um capital de dois milhões, vou mostrar às pessoas o que posso fazer! Boa noite, velho amigo, e se nunca me vir novamente...

E ele proferiu os versos de Musset[4]:

Plante um salgueiro em minha sepultura,
Pois amo a sua copa que chora[5]*...*

---

[4] Alfred Louis Charles de Musset (1810-1857) foi um poeta, novelista e dramaturgo francês do século XIX, um dos expoentes mais conhecidos do período literário conhecido como Romantismo. (N.T.)

[5] Tradução própria do poema "Lucie", de Alfred de Musset. No original: "(...) *Plantez un saule au cimetière. J'aime son feuillage éploré* (...)". (N.T.)

Eu fui embora. Três minutos depois (continuo aqui a narrativa como ele a contou para mim no dia seguinte), Lupin tocou a campainha da Hotel Repstein.

– O senhor barão está em casa?

– Sim – respondeu o mordomo, examinando o intruso com um ar surpreso –, mas o senhor barão não recebe pessoas tarde assim.

– O senhor barão sabe sobre o assassinato do senhor Lavernoux, seu administrador?

– Certamente.

– Bem, por favor diga ao senhor barão que vim tratar do assassinato e que não há tempo a perder.

Uma voz falou do andar de cima:

– Traga o cavalheiro até aqui, Antoine.

Obedecendo a essa ordem categórica, o mordomo levou-o ao primeiro andar. Na frente de uma porta aberta estava um cavalheiro que Lupin reconheceu por suas fotos nos jornais como o barão Repstein, marido da famosa baronesa e dono do Etna, o cavalo do ano.

Ele era um homem muito alto, de ombros largos. Seu rosto bem barbeado trazia uma expressão agradável, quase sorridente, que não era afetada pela tristeza em seus olhos. Vestia um fraque com um bom caimento, com um colete marrom e uma gravata escura presa com um alfinete de pérola, que Lupin percebeu ter um valor considerável.

O barão levou Lupin ao seu escritório, um cômodo amplo com três janelas, forrado de estantes, escaninhos, uma escrivaninha americana e um cofre. Ele imediatamente perguntou, com uma ansiedade mal disfarçada:

– Sabe de alguma coisa?

– Sim, senhor barão.

– Sobre o assassinato do coitado do Lavernoux?

– Sim, senhor barão, e sobre a senhora baronesa também.

– Está falando sério? Diga logo, eu lhe suplico...

Ele empurrou uma cadeira. Lupin sentou-se e começou:

– Senhor, as circunstâncias são graves. Serei conciso.

– Por favor, seja.

– Bem, senhor, resumindo, a situação é esta: cinco ou seis horas atrás, Lavernoux, que pelos últimos quinze dias foi mantido em confinamento forçado por seu médico, Lavernoux... como posso dizer isso?, telegrafou certas revelações através de sinais que foram parcialmente anotados por mim e que me colocaram na pista desse caso. Ele próprio foi surpreendido enquanto comunicava essa mensagem e foi assassinado.

– Mas por quem? Por quem?

– Pelo médico dele.

– Quem é esse médico?

– Não sei. Mas um dos amigos do senhor Lavernoux, um inglês chamado Hargrove, o amigo com quem ele de fato estava se comunicando, deve saber e deve saber também o significado preciso e completo da mensagem, porque sem esperar pelo fim dela entrou em um táxi e foi até a delegacia de polícia.

– Por quê? Por quê? E qual foi o resultado dessa providência?

– O resultado, senhor barão, é que sua casa está cercada. Há doze detetives sob suas janelas. Assim que o sol nascer, eles entrarão em nome da lei e prenderão o criminoso.

– Quer dizer que o assassino de Lavernoux está escondido em minha casa? Quem é ele? Um dos criados? Mas não pode ser, já que você falava sobre um médico!

– Devo observar, senhor, que, quando esse senhor Hargrove foi à polícia para contar a eles sobre as revelações de seu amigo Lavernoux, ele não sabia que seu amigo seria assassinado. A decisão tomada pelo senhor Hargrove era relacionada com outra coisa...

– Com o quê?

– Com o desaparecimento da senhora baronesa, segredo do qual ele tinha conhecimento graças à mensagem transmitida por Lavernoux.

– Mas o quê? Eles finalmente sabem! Eles encontraram a baronesa! Onde ela está? E as joias? E o dinheiro que ela roubou de mim?

O barão Repstein falava em um estado de extrema excitação. Levantou-se e exclamou para Lupin, quase gritando:

– Termine sua história, senhor! Não posso suportar esse suspense!

Lupin prosseguiu, com uma voz lenta e hesitante.

– O fato é que... veja só... é bastante difícil de explicar... Porque você e eu vemos a situação de pontos de vista completamente diferentes.

– Não estou entendendo.

– Mas tem que entender, senhor barão... Começamos dizendo... E aqui eu cito os jornais. Começamos dizendo que a baronesa Repstein sabia todos os segredos de seus negócios e conseguia abrir não só aquele cofre ali como aquele no Crédit Lyonnais onde o senhor mantinha seus títulos guardados, não é isso?

– Sim, é isso mesmo.

– Bem, em uma noite, duas semanas atrás, enquanto o senhor estava no clube, a baronesa Repstein, que convertera todos esses títulos em dinheiro sem o seu conhecimento, deixou esta casa com uma mala cheia com o seu dinheiro e as joias da princesa de Berny?

– Sim.

– E desde então ela não foi vista?

– Não.

– Bem, há um motivo excelente para isso.

– Que motivo?

– Este: a baronesa Repstein foi assassinada...

– Assassinada! A baronesa! Você enlouqueceu!

– Assassinada... E provavelmente naquela mesma noite.

– Digo novamente: você enlouqueceu! Como pode a baronesa ter sido assassinada, quando a polícia seguia sua trilha passo a passo, por assim dizer?

– Estavam seguindo os passos de outra mulher.

– Que mulher?

– A cúmplice do assassino.

– E quem é o assassino?

– O mesmo homem que, pelos últimos quinze dias, sabendo que Lavernoux descobrira a verdade por meio da posição que ocupava nessa casa, manteve-o aprisionado e forçou a ficar em silêncio, ameaçou-o, aterrorizou-o; o mesmo homem que, ao encontrar Lavernoux no ato de se comunicar com um amigo, se livrou dele a sangue-frio, apunhalando-o no coração.

– O médico, portanto?

– Sim.

– Mas quem é esse médico? Quem é esse gênio maléfico, esse ser infernal que aparece e desaparece, que ataca no escuro e de quem ninguém suspeita?

– Não consegue adivinhar?

– Não.

– E quer mesmo saber?

– Se quero saber? Ora, homem, fale logo! Sabe onde ele está se escondendo?

– Sim.

– Nesta casa?

– Sim.

– E a polícia está atrás dele?

– Sim.

– E eu o conheço?

– Sim.

– Quem é ele?

– O senhor!

– Eu?

Lupin não estivera com o barão por mais de dez minutos, e o duelo estava começando. A acusação foi lançada de forma definitiva, violenta e implacável.

Lupin repetiu:

– Sim, o senhor. Colocou uma barba falsa e um par de óculos e se encurvou como um velhinho. Resumindo, o senhor, barão Repstein.

E é o senhor por um motivo muito bom, em que ninguém pensou: se não foi o senhor que pensou em toda essa trama, o caso se torna inexplicável. Ao passo que, se tomarmos o senhor como o criminoso, assassinando a baronesa para se livrar dela e gastar aqueles milhões com outra mulher, assassinando Lavernoux, seu administrador, para eliminar uma testemunha irrepreensível, ora, então o caso inteiro se explica! Então, está claro o suficiente? E o senhor, não está convencido?

O barão, que estivera curvado sobre seu visitante durante toda essa conversa, esperando por cada palavra com uma avidez febril, agora se afastava e olhava para Lupin como se estivesse sem dúvida lidando com uma pessoa insana. Quando Lupin terminou seu discurso, o barão deu dois ou três passos para trás, por um instante parecendo que diria algo que terminou por não dizer, e então, sem tirar os olhos de seu estranho visitante, foi até a lareira e tocou a campainha.

Lupin nem se moveu. Aguardou sorridente.

O mordomo entrou. Seu patrão disse:

– Pode ir dormir, Antoine. Eu levo este cavalheiro até a porta.

– Devo apagar as luzes, senhor?

– Deixe uma acesa no saguão.

Antoine saiu do escritório, e o barão, depois de pegar um revólver de sua escrivaninha, voltou-se para Lupin, pôs a arma no bolso e disse, muito calmamente:

– Deve desculpar essa pequena precaução, senhor. Fui obrigado a pegá-la, caso o senhor enlouqueça, apesar de isso não parecer provável. Não, o senhor não está louco. Mas veio até aqui com um objetivo que não consigo compreender; e me surpreendeu com uma acusação tão chocante que estou curioso para saber o motivo. Já passei por tantas decepções e sofrimentos que um ultraje desse tipo simplesmente me deixa indiferente. Por favor, prossiga.

Sua voz tremia com emoção, e seus olhos tristes pareciam estar cheios de lágrimas.

Lupin estremeceu. Estaria ele enganado? Poderia essa dedução sugerida por sua intuição e baseada no frágil alicerce de fatos triviais estar errada?

Sua atenção foi capturada por um detalhe: pela abertura no colete do barão ele viu o lugar em que o alfinete prendia a gravata, e assim pôde perceber o comprimento incomum dele. Além disso, a haste de ouro era triangular e era quase uma adaga em miniatura, muito fina e delicada, ainda assim formidável em uma mão experiente.

E Lupin não tinha dúvida alguma de que o alfinete preso àquela pérola magnífica era a arma que perfurara o coração do infeliz senhor Lavernoux.

Ele murmurou:

– É extremamente esperto, senhor barão!

O outro, mantendo uma seriedade bastante desdenhosa, continuou em silêncio, como se não entendesse e ainda aguardasse a explicação que lhe era devida. E essa atitude impassível preocupava Arsène Lupin, apesar de tudo. Não obstante, sua convicção era profunda; além disso, tinha tanto a perder com essa aventura que repetiu:

– Sim, extremamente esperto, pois é evidente que a baronesa simplesmente obedeceu a suas ordens ao liquidar seus títulos e também ao tomar emprestadas as joias da princesa com a desculpa de comprá-las. E é evidente que a pessoa que saiu de sua casa com a mala não era sua esposa, mas uma cúmplice, provavelmente aquela atriz, e que foi essa atriz que deliberadamente se permitiu ser perseguida por todo o país pelo nosso valoroso Ganimard. E eu considero esse truque maravilhoso. O que essa mulher está arriscando, já que estão procurando pela baronesa? E como poderiam procurar por outra mulher além da baronesa, já que o senhor prometeu uma recompensa de duzentos mil francos para a pessoa que a encontrasse? Oh, a recompensa nas mãos de um advogado: que golpe de gênio! Confundiu a polícia! Jogou areia nos olhos daqueles que têm olhos de lince! Um cavalheiro que deixa duzentos mil francos nas mãos de um advogado certamente está falando a verdade... Assim, eles continuam caçando a baronesa! E deixam o senhor tranquilo para continuar cuidando de seus negócios, vender seu garanhão e suas duas casas para quem pagar mais e preparar sua fuga! Céus, que piada!

O barão nem vacilou. Ele foi até Lupin e perguntou, sem deixar de lado sua frieza imperturbável:

– Quem é você?

Lupin desatou a rir.

– E o que interessa quem sou eu? Diga que sou um emissário do destino, saindo da escuridão para destruí-lo!

Ele saltou da cadeira e agarrou o barão, puxando-o com força:

– Sim, para destruí-lo, ousado barão! Agora me escute! Os três milhões de sua esposa, quase todas as joias da princesa, o dinheiro que recebeu hoje pela venda do seu garanhão e da sua propriedade: tudo isso está aí no seu bolso ou naquele cofre. Sua fuga está preparada. Olhe, eu consigo ver o couro da sua valise atrás daquela tapeçaria. Os documentos em sua escrivaninha estão organizados. Nesta mesma noite, sairia de fininho. Nesta mesma noite, disfarçado para não ser reconhecido, depois de tomar todas as suas precauções, encontraria sua atriz, a criatura por quem cometeu assassinato, a mesma Nelly Darbal que Ganimard prendeu na Bélgica, sem dúvida. A não ser por um simples obstáculo inesperado: a polícia, os doze detetives que, graças às revelações de Lavernoux, estão a postos sob suas janelas. Sua batata está assando, meu velho! Bem, posso salvá-lo. Faço uma ligação e, mais ou menos às três ou quatro da manhã, vinte dos meus amigos terão removido o obstáculo, terão se livrado dos doze detetives, e você e eu fugiremos discretamente. Minhas condições? Quase nada, uma ninharia: dividiremos os milhões e as joias. Não é uma bagatela?

Ele estava curvado sobre o barão, vociferando com uma energia irresistível. O barão sussurrou:

– Estou começando a entender. Está me chantageando...

– Chantagem ou não, chame do que quiser, meu caro, mas tem de aceitar e fazer o que eu disser. E não ache que desistirei no último momento. Não diga a si mesmo "ele é um cavalheiro que vai acabar pensando duas vezes por causa do medo da polícia. Se eu corro um grande risco por recusar, ele também corre o risco de ser algemado, trancafiado e todo o resto, já que estamos ambos sendo caçados como feras selvagens!" Isso seria um erro, senhor barão. Eu sempre consigo me safar. É uma questão do senhor e somente sua. Seu dinheiro ou sua vida, meu senhor! Divida e divida igualmente... Caso contrário, o cadafalso! Não é uma bagatela?

Um movimento rápido. O barão se soltou, apanhou seu revólver e atirou.

Mas Lupin estava preparado para o ataque, já que o rosto do barão perdera sua confiança e gradualmente, sob o impulso lento da fúria e do medo, adquirira uma expressão de ferocidade quase animalesca que anunciava a rebelião que foi mantida tanto tempo sob controle.

Ele disparou duas vezes. Primeiro, Lupin jogou-se para o lado e depois mergulhou para os joelhos do barão, agarrou suas pernas e derrubou-o no chão. O barão se libertou com esforço. Os dois adversários rolaram, engalfinhando-se; e houve em seguida um combate teimoso, astuto, brutal e selvagem.

Subitamente, Lupin sentiu uma dor em seu peito.

– Seu patife! – gritou. – Esse é o mesmo truque usado em Lavernoux; o alfinete da gravata!

Enrijecendo seus músculos com um esforço desesperado, ele sobrepujou o barão e segurou-o pela garganta, finalmente vitorioso e onipotente.

– Seu asno! – exclamou. – Se não tivesse mostrado suas cartas, eu teria desistido! Tem uma aparência tão honesta! Mas que bíceps, meu senhor! Pensei por um momento... Mas agora tudo chegou ao fim! Vamos, entregue-me o alfinete, meu amigo, e sorria. Não, isso mais parece uma careta... Talvez esteja apertando com muita força? O senhor está quase sem forças? Vamos, seja obediente! Isso mesmo, só um cordãozinho nos punhos, se não se importa. Ora veja, nós dois concordando como se fôssemos irmãos! Chega a ser emocionante! No fundo, até gosto do senhor, veja bem... E agora, meu belo rapaz, preste atenção! E mil desculpas!

Meio que se levantando, ele deu um golpe com toda a sua força no estômago do outro. O barão deu um gemido e caiu atordoado e inconsciente.

– É o que acontece por ter um senso de lógica deficiente, meu amigo – disse Lupin. – Eu lhe ofereci metade do seu dinheiro. Agora não terá mais nada… desde que eu consiga achá-lo. Pois essa é a parte mais importante. Onde o ladrãozinho guardou seu saque? No cofre? Céus, vai dar muito trabalho! Por sorte, tenho a noite toda a meu dispor…

Ele começou a tatear os bolsos do barão e achou um molho de chaves. Primeiramente se certificou de que a valise atrás da cortina não continha documentos ou joias e então foi procurar no cofre.

Mas parou abruptamente: ouviu um ruído em algum lugar. Os criados? Impossível. Os aposentos deles ficavam no último andar. Ele parou para ouvir. O barulho vinha de baixo. E, subitamente, ele entendeu: os detetives, ouvindo os dois disparos, estavam batendo à porta da frente, seguindo sua obrigação, sem esperar pelo amanhecer. Logo soou uma campainha elétrica, que Lupin reconheceu como sendo a do saguão.

– Por Júpiter! – disse. – Que beleza! Lá vêm esses palhaços… bem na hora que colheria os frutos de um esforço tão grandioso! *Tsc*, *tsc*, Lupin, mantenha a calma! O que deve fazer agora? Abrir em trinta segundos um cofre cujo segredo você não sabe. Isso não é suficiente para que você perca sua cabeça! Vamos lá, você só precisa descobrir o segredo! Quantas letras tem a palavra? Quatro?

Ele continuou pensando, enquanto falava e ouvia os barulhos do lado de fora. Deu duas voltas na tranca da porta da antecâmara e voltou para o cofre:

– Quatro cifras… Quatro letras… quatro letras… Quem poderia me dar uma mão? Quem poderia me dar apenas uma dica? Quem? Ora, Lavernoux, obviamente! O bom Lavernoux, já que se deu ao trabalho de se dedicar à telegrafia óptica arriscando sua vida… Por Deus, como sou tolo! Ora, é óbvio, é óbvio, é isso! Céus, isso é muito empolgante! Lupin, conte até dez e reprima esses batimentos do seu coração para não se distrair. Caso contrário, vai trabalhar mal.

Ele contou até dez e, depois de se acalmar, ajoelhou-se na frente do cofre. Girou os quatro botões com uma atenção cuidadosa. Depois, examinou o molho de chaves, escolheu uma delas, outra em seguida, e tentou em vão colocá-las na fechadura:

– A sorte está nos números ímpares. – murmurou, tentando a terceira chave. – Vitória! Esta é a chave certa! Abre-te, Sésamo, meu bom Sésamo, abre-te!

A fechadura virou. A porta moveu-se em suas dobradiças. Lupin puxou-a contra si, depois de tirar o molho de chaves:

– Os milhões são meus – disse. – Barão, eu o perdoo.

E então deu um salto para trás, soluçando de medo, as pernas vacilando sob seu peso. As chaves tilintavam em sua mão febril com um som sinistro. E, apesar de todo o alvoroço que as campainhas elétricas faziam soando pela casa, por vinte, trinta segundos ele ficou ali parado, com os olhos esbugalhados, olhando para a visão mais horrível, mais abominável do mundo: o corpo de uma mulher, seminu, dobrado ao meio dentro do cofre, como um pacote grande demais... seu cabelo loiro pendurado... e sangue... coágulos de sangue... e a pele lívida, azulada em alguns lugares, decompondo-se, flácida.

– A baronesa! – ofegou. – A baronesa! Oh, aquele monstro!

Ele repentinamente despertou de seu torpor para cuspir no rosto do assassino e chutá-lo.

– Tome isso, seu miserável! Tome isso, seu canalha! E depois, o cadafalso, a guilhotina!

Enquanto isso, vinham gritos dos andares superiores respondendo aos chamados dos detetives. Lupin ouviu passos correndo pelas escadas. Era a hora de pensar em sua retirada.

Na realidade, isso não o preocupou muito. Durante sua conversa com o barão, a extraordinária frieza de seu adversário lhe deu a sensação de que devia existir uma saída escondida. Além disso, como o barão teria começado a briga se não tivesse certeza de que escaparia da polícia?

Lupin entrou no cômodo seguinte, que tinha uma vista do jardim. Enquanto os detetives entravam na casa, ele passou as pernas sobre o parapeito e desceu por um cano. Deu a volta na construção. Do outro lado havia um muro forrado com arbustos. Esgueirou-se entre eles e o muro e imediatamente encontrou uma pequena porta que abriu facilmente com uma das chaves do molho. Tudo que restava para ele fazer era andar um metro e passar pelos cômodos vazios de um pavilhão; e em pouco tempo estava na Rua do Faubourg-Saint-Honoré. É claro, e isso ele já tinha percebido, que a polícia não previra essa saída secreta.

– E então? Qual sua opinião sobre o barão Repstein? – bradou Lupin, depois de me contar todos os detalhes da noite trágica. – Que patife imundo! E como isso nos ensina a não confiar nas aparências! Eu juro, o sujeito parecia ser completamente honesto!

– Mas e os milhões? – perguntei. – E as joias da princesa?

– Estavam no cofre. Eu me lembro de ter visto o pacote.

– E?

– Ainda estão lá.

– Impossível!

– Estão, e dou minha palavra! Poderia dizer que estava com medo dos detetives, ou então alegar um ataque súbito de delicadeza. Mas a verdade é bem mais simples... e mais prosaica: o fedor era tenebroso!

– O quê?

– Sim, meu caro amigo, o fedor que vinha daquele cofre... daquele caixão... Não, eu não consegui... minha cabeça girava... Um segundo a mais e eu passaria mal... Não é uma tolice? Veja, isto é tudo o que consegui de minha expedição: o prendedor de gravata... Por baixo, essa pérola vale trinta mil francos... Mesmo assim, eu me sinto muitíssimo chateado. Que roubada!

– Só mais uma pergunta – disse eu –, e a palavra que abria o cofre?

– Sim?

– Como a adivinhou?

– Oh, foi bem fácil! Na verdade, estou surpreso por não ter pensado nisso antes.

– Então me diga.

– Ela estava nas revelações transmitidas pelo infeliz Lavernoux.

– O quê?

– Veja só, meu caro, os erros de ortografia…

– Os erros de ortografia?

– Ora, é claro! Eram erros deliberados. Certamente você não imagina que o administrador, o secretário particular do barão, que era um financista e um entusiasta das corridas, não tinha suficiente domínio da língua para escrever "arrisque" com "e", "sobretudo" com dois "t", "muita" com "n" e "inimigo" com "a"! Percebi imediatamente. Juntei as quatro letras e formei "Etna", o nome do famoso cavalo.

– E essa palavra foi suficiente?

– É claro! Foi suficiente para começar, para me colocar na trilha do caso Repstein, que estava em todos os jornais, e depois para me fazer adivinhar que era a senha do cofre, porque, por um lado, Lavernoux sabia o conteúdo pavoroso do cofre e, por outro, estava denunciando o barão. E foi da mesma maneira que eu fui levado a suspeitar que Lavernoux tinha um amigo na rua, que ambos frequentavam a mesma cafeteria, que se entretinham solucionando os problemas e criptogramas dos jornais ilustrados e que eles tinham elaborado uma forma de trocar telegramas de uma janela para a outra.

– Isso deixa tudo muito simples! – exclamei.

– Bem simples. E o incidente mostra mais uma vez que, na descoberta dos crimes, há algo muito mais valioso do que averiguação de fatos, do que observações, deduções, inferências, e todas essas coisas e baboseiras. O que quero dizer é, como disse anteriormente, intuição… intuição e inteligência… E Arsène Lupin, sem se gabar, não sofre da falta de uma nem da outra!

A ALIANÇA DE CASAMENTO

Yvonne d'Origny beijou seu filho e disse a ele que se comportasse.

– Sabe que sua avó não gosta muito de crianças. Agora que ela mandou buscá-lo para que a visitasse, deve mostrar que garotinho comportado você é. – E, virando-se para a governanta: – Não se esqueça de trazê-lo para casa imediatamente após o jantar, fräulein[6]... O conde ainda está em casa?

– Sim, senhora, o senhor conde está no escritório.

Assim que se viu sozinha, Yvonne d'Origny foi até a janela para acompanhar seu filho saindo de casa. Em pouco tempo ele estava na rua. Ele levantou o rosto e mandou um beijo para ela, como era seu costume diário. Então a governanta tomou a mão do menino com um movimento agressivo incomum, como Yvonne percebeu, para sua surpresa. Ela se debruçou mais na janela e, quando o garoto chegou à esquina da alameda, ela viu um homem, que reconheceu como sendo Bernard, o criado de confiança de seu marido, pegar a criança pelo braço, fazê-la e à governanta entrar no carro e ordenar ao chofer que dirigisse.

Todo o incidente não levou nem dez segundos.

[6] Senhorita, em alemão. (N.T.)

Yvonne, em sua agitação, correu para seu quarto, agarrou um xale e foi até a porta, que estava trancada. A chave não estava na fechadura.

Ela foi apressada para seu *closet*. A porta também estava trancada.

Então, subitamente, a imagem de seu marido surgiu diante dela, aquele rosto sombrio que nunca se iluminava com um sorriso, aqueles olhos implacáveis nos quais, por anos, ela percebera tanto ódio e malícia.

– É ele... é ele! – disse para si mesma. – Ele levou o menino... Oh, isso é terrível!

Ela esmurrou e chutou a porta, logo depois se jogando em direção à lareira e tocando a campainha ferozmente. O som agudo soou pela casa de cima a baixo. Os criados certamente viriam. Talvez uma multidão se juntasse na rua. E, impelida por um tipo de esperança desesperada, ela manteve o dedo no botão.

Uma chave virou na fechadura... A porta foi escancarada. O conde apareceu na entrada do *closet*. E a expressão em seu rosto era tão terrível que Yvonne começou a tremer.

Ele entrou no quarto. Cinco ou seis passos o separavam dela. Com um esforço supremo, ela tentou se mover, mas qualquer movimento era impossível; e, quando tentou falar, conseguiu somente tremular os lábios e emitir sons incoerentes. Ela se sentiu perdida. A ideia da morte a deixava transtornada. Seus joelhos cederam, e ela desabou no chão com um gemido.

O conde correu para ela e pegou-a pela garganta.

– Segure sua língua... não grite! – disse em voz baixa. – Será melhor para você!

Ao perceber que ela não tentava se defender, ele reduziu o aperto e tirou do bolso algumas tiras de lona de diferentes comprimentos já enroladas. Em alguns minutos, Yvonne estava colocada no sofá, com os punhos e tornozelos presos, e seus braços amarrados bem junto ao corpo.

Agora estava escuro no *closet*. O conde acendeu a luz elétrica e foi até a pequena escrivaninha onde Yvonne costumava manter suas cartas.

Sem conseguir abri-la, arrombou-a com um arame dobrado, esvaziou as gavetas e juntou todo o conteúdo em um amontoado, que levou embora em uma pasta de papelão:

– Perda de tempo, hein? – sorriu ele. – Nada além de contas e cartas sem importância... Nenhuma prova contra você... Bolas! Vou ficar com meu filho mesmo assim; e juro por Deus que não vou libertá-lo!

Enquanto saía do cômodo, já perto da porta, seu criado Bernard chegou. Os dois pararam e conversaram em voz baixa, mas Yvonne ouviu o criado dizer:

– Tenho uma resposta do ourives. Ele disse que se coloca à minha disposição.

Ao que o conde respondeu:

– Vai ficar para o meio-dia de amanhã. Minha mãe acabou de telefonar dizendo que não podia vir antes.

Então Yvonne ouviu a chave girar na fechadura e o som de passos descendo para o térreo, onde ficava o escritório de seu marido.

Ela ficou inerte por um longo tempo, a cabeça girando com ideias vagas e rápidas que a queimavam como chamas. Lembrou-se então do comportamento infame de seu marido, sua conduta humilhante para com ela, suas ameaças, seus planos de pedir o divórcio; e ela gradualmente chegou à conclusão de que era a vítima de uma verdadeira conspiração, que os criados tinham sido dispensados até a noite seguinte por ordem do patrão, que a governanta tinha levado seu filho embora segundo as instruções do conde e com a ajuda de Bernard, que seu filho não retornaria e ela jamais o veria novamente.

– Meu filho! – chorou ela. – Meu filho!

Exasperada por sua dor, ela enrijeceu, tensionando cada nervo, cada músculo, para fazer um esforço violento. E ficou surpresa ao perceber que sua mão direita, que o conde prendera com muita pressa, ainda mantinha certa liberdade.

Então uma esperança enlouquecida tomou conta dela; e vagarosamente, pacientemente, começou seu trabalho de autolibertação.

Demorou bastante. Ela precisou de bastante tempo para alargar suficientemente o nó e mais tempo ainda depois, quando a mão estava livre, para desfazer as outras amarras que prendiam seus braços ao corpo e as que prendiam seus tornozelos.

Ainda assim, pensar em seu filho a fortalecia; a última amarra caiu ao mesmo tempo que o relógio batia as oito horas. Estava livre!

Mal ficou de pé e foi em direção à janela, abrindo-a de uma vez com a intenção de chamar o primeiro transeunte. Naquele instante um policial passou andando pela calçada. Ela se debruçou na janela. Mas o frio ar da noite, atingindo seu rosto, acalmou-a. Ela pensou no escândalo, na investigação judicial, nos inquéritos, no seu filho. Ó, céus! O que podia fazer para recuperá-lo? Como poderia escapar? O conde poderia aparecer ao menor ruído. E quem poderia dizer se em um rompante de fúria...

Ela estremeceu da cabeça aos pés, tomada por um terror súbito. O horror da morte misturava-se, em seu pobre cérebro, à lembrança de seu filho; e ela balbuciou, com a garganta sufocada:

– Socorro! Socorro!

Parou e disse para si mesma várias vezes, em uma voz baixa, "Socorro! Socorro!", como se a palavra despertasse uma ideia, uma memória dentro de si, e como se a esperança de um auxílio não parecesse mais impossível. Por alguns instantes ela permaneceu absorvida em uma meditação profunda, interrompida por medos e sobressaltos. Então, com uma série quase mecânica de movimentos, esticou seu braço em direção a um pequeno conjunto de prateleiras sobre a escrivaninha, pegou quatro livros, um após o outro, folheou-os com um ar desorientado, colocou-os no lugar e terminou encontrando, entre as páginas do quinto livro, um cartão de visitas com este nome:

HORACE VELMONT

seguido por um endereço, escrito a lápis:

CÍRCULO DA RUA ROYALE

E sua memória invocou a frase estranha que esse homem lhe dissera alguns anos atrás, naquela mesma casa, em uma tarde em que ela recebia visitas:

Se algum dia estiver ameaçada por algum perigo, se precisar de ajuda, não hesite; envie este cartão, que está me vendo colocar neste livro, e a qualquer hora, quaisquer que sejam os obstáculos, eu virei.

Como falara essas palavras de um modo curioso e como passara a impressão de certeza, de força, de poder ilimitado, de ousadia indomável!

Abruptamente, inconscientemente, agindo sob o impulso de uma determinação irresistível, sem medir as consequências que se recusava a prever, Yvonne, com os mesmos gestos automáticos, pegou um envelope de correio pneumático[7], colocou o cartão dentro, fechou-o, endereçou-o a "Horace Velmont, Círculo da Rua Royale" e foi até a janela aberta. O policial estava rondando pela calçada. Ela atirou o envelope, confiando no destino. Talvez ele fosse apanhado, tratado como uma carta perdida e enviado.

Ela mal tinha terminado o ato quando percebeu quão absurdo ele foi. Era loucura supor que a mensagem chegaria ao endereço, e uma loucura ainda maior esperar que o homem para quem ela a enviava viria em seu socorro, "a qualquer hora, quaisquer que sejam os obstáculos".

Seguiu-se uma reação tão grande quanto o esforço tinha sido súbito e violento. Yvonne cambaleou, apoiou-se contra uma cadeira e, perdendo completamente as energias, deixou-se cair.

As horas se passaram, as horas melancólicas das noites de inverno, quando nada além do som das carruagens interrompia o silêncio da rua. O relógio corria, impiedoso. Naquele sono leve que entorpecia seus membros, Yvonne contava as batidas. Ela também ouvia certos ruídos, em diferentes andares da casa, que indicavam que seu marido tinha jantado,

---

[7] Os sistemas de transporte pneumático constituem-se de uma rede de tubos pelos quais recipientes cilíndricos (cápsulas) são impulsionados por ar comprimido ou por vácuo. Esses sistemas são utilizados para transportar pequenos objetos. O sistema pneumático de Paris foi usado até 1984. (N.T.)

que subia para seu quarto e descia novamente para seu escritório. Mas tudo isso parecia vago demais para ela; e seu torpor era tamanho que sequer pensou em se deitar no sofá, caso ele entrasse...

As doze badaladas da meia-noite... E então meia-noite e meia... uma hora... Yvonne não pensava em coisa alguma, aguardando os eventos que aconteceriam e contra os quais qualquer rebelião seria inútil. Ela imaginou a si e seu filho como aqueles seres que sofreram muito e não sofrerão mais, abraçando-se amorosamente. Mas um pesadelo estilhaçou esse sonho. Pois agora esses dois seres seriam arrancados um do outro; e ela tinha a terrível sensação, em seu delírio, de que estava chorando e sufocando...

Ela saltou da cadeira. A chave girara na fechadura. O conde estava chegando, atraído por seus gritos. Yvonne olhou em volta, em busca de uma arma para se defender. Mas a porta foi aberta rapidamente, e, aturdida, como se a visão diante de seus olhos fosse o prodígio mais inexplicável, ela gaguejou:

– Você... Você!

Um homem andava em sua direção, com roupas sociais, com sua cartola e capa embaixo do braço, e esse homem, jovem, esbelto e elegante, ela reconheceu como Horace Velmont.

– Você! – repetiu.

Curvando-se, ele disse:

– Sinto muito, madame, mas não recebi sua carta até tarde da noite.

– É possível? É possível que seja você... Que você tenha conseguido...

Ele parecia enormemente surpreso:

– Não prometi que atenderia seu chamado?

– Sim... mas...

– Bem, aqui estou – disse ele com um sorriso.

Ele examinou as tiras de lona das quais Yvonne tinha conseguido se libertar e acenou com a cabeça, enquanto continuava sua inspeção.

– Então foram esses os meios que ele utilizou? O conde d'Origny, presumo. Também vi que ele a trancou. Mas a carta do correio pneumático... Ah, pela janela! Que descuido da parte dele não a fechar!

Ele puxou ambos os lados da janela. Yvonne ficou com medo:

– E se eles ouvirem?

– Não há ninguém na casa. Eu procurei.

– Mesmo assim…

– Seu marido saiu há dez minutos.

– Onde ele está?

– Com a mãe dele, a condessa d'Origny.

– Como sabe?

– Ah, é muito simples! Ele recebeu uma ligação, e aguardei o resultado na esquina desta rua e da avenida. Como esperado, o conde saiu apressado, seguido por seu criado. Imediatamente eu entrei, com o auxílio de chaves especiais.

Ele contou isso de uma forma muito natural, assim como alguém conta uma anedota desimportante em uma sala de visitas. Mas Yvonne, subitamente tomada por uma nova apreensão, perguntou:

– Então não é verdade? A mãe dele não está doente? Nesse caso, meu marido voltará…

– Decerto, o conde perceberá que foi vítima de um trote e no máximo em quarenta e cinco minutos…

– Então vamos logo… Não quero que ele me encontre aqui… Devo ir atrás do meu filho…

– Só um instante…

– Um instante! Mas não sabe o que eles tomaram de mim? Que talvez o estejam machucando?

Com uma expressão decidida e gestos febris, ela tentou empurrar Velmont. Ele, com enorme gentileza, fez com que a condessa se sentasse e, curvando-se sobre ela com uma atitude respeitável, disse com uma voz séria:

– Escute, madame, não nos faça perder tempo, pois cada minuto é valioso. Primeiramente, lembre-se disto: nós nos vimos quatro vezes, seis anos atrás… E, na quarta ocasião, quando eu conversava com a senhora, na sala de visitas desta casa, com muito… como dizer?, com muito sentimento, a senhora me deu a entender que minhas visitas não eram mais bem-vindas. Desde aquele dia, não a vi. Contudo, apesar de tudo isso, sua confiança em mim foi tanta que guardou o cartão que coloquei entre as páginas daquele livro e, seis anos depois, procurou-me e a mais ninguém. Peço que continue a ter essa fé em mim. Deve obedecer a mim cegamente. Da mesma forma que ultrapassei todos os obstáculos para chegar até aqui, assim vou salvá-la, qualquer que seja a situação.

A calma de Horace Velmont, sua voz magistral, com a entonação amigável, gradualmente acalmou a condessa. Apesar de ainda estar muito fraca, ela ganhou uma nova sensação de tranquilidade e segurança com a presença daquele homem.

– Não tema – prosseguiu ele. – A condessa d'Origny vive na outra ponta do Bois de Vincennes. Mesmo que seu marido encontre um táxi, é impossível que ele volte antes das três e quinze. Bem, são duas e trinta e cinco agora. Eu juro que a levarei embora exatamente às três e que a levarei até onde está seu filho. Mas não irei embora até saber de tudo.

– O que devo fazer? – ela perguntou.

– Responda-me e responda com sinceridade. Temos vinte minutos. É o bastante. Mas não é muito.

– Pergunte-me o que quer saber.

– Acha que o conde tinha alguma... alguma intenção assassina?

– Não.

– Então é a respeito de seu filho?

– Sim.

– Ele está levando-o embora, imagino, porque quer divorciar-se da senhora e casar com outra mulher, uma antiga amiga sua, que a senhora expulsou da sua casa. É isso? Oh, eu suplico que responda com franqueza! Esses são fatos de notoriedade pública; e sua hesitação, seus escrúpulos, tudo isso deve ficar para trás, agora que o assunto envolve o seu filho. Então, seu marido desejava se casar com outra mulher?

– Sim.

– A mulher não tem dinheiro. Seu marido, por sua vez, perdeu tudo o que tinha em apostas e não tem mais nada além da pensão que recebe da mãe, a condessa d'Origny, e os juros da grande fortuna que seu filho herdou de dois dos seus tios. É essa fortuna que seu marido cobiça e da qual ele se apropriaria mais facilmente se o garoto estivesse sob seu controle. Esta é a única forma: divórcio. Estou certo?

– Sim.

– E o que o impediu até agora foi a sua recusa?

– Sim, a minha e a da minha sogra, cujos sentimentos religiosos são contra o divórcio. A condessa d'Origny só cederia caso...

– Caso?

– Caso eles pudessem comprovar que eu sou culpada de conduta vergonhosa.

Vermont deu de ombros:

– Portanto, ele é impotente para fazer qualquer coisa contra a senhora ou contra o seu filho. Tanto do ponto de vista legal quanto dos próprios interesses dele, ele encontra um obstáculo que é o mais intransponível de todos: a virtude de uma mulher honesta. E mesmo assim, apesar de tudo isso, ele repentinamente decide entrar na briga.

– O que quer dizer?

– Quero dizer que, se um homem como o conde, após tantas hesitações e diante de tantas dificuldades, arrisca uma aventura tão duvidosa, deve ser porque ele pensa que dispõe de armas...

– Que armas?

– Não sei. Mas elas existem... ou então ele nem teria começado levando seu filho embora.

Yvonne cedeu ao desespero:

– Oh, isso é horrível! Como posso saber o que ele pode ter feito, o que pode ter inventado?

– Tente pensar... Procure em suas memórias... Diga-me: nesta escrivaninha, que ele arrombou, havia algum tipo de carta que ele poderia de alguma forma usar contra a senhora?

– Não, apenas contas e endereços...

– E, nas palavras que ele usou contra a senhora, em suas ameaças, há alguma coisa que lhe permita tentar adivinhar?

- Nada.

- Mesmo assim... mesmo assim - Velmont insistia -, deve haver algo - ele continuou. - O conde tem um amigo particularmente íntimo... em quem ele confie?

- Não.

- Alguém veio vê-lo ontem?

- Não, ninguém.

- Ele estava sozinho quando a amarrou e a trancou?

- Naquele momento, sim.

- Mas depois?

- Seu criado, Bernard, juntou-se a ele perto da porta, e eu os ouvi falar sobre um ourives...

- Isso é tudo?

- E sobre algo que aconteceria no dia seguinte, quer dizer, hoje, ao meio-dia, porque a condessa d'Origny não poderia chegar mais cedo.

Velmont refletiu:

- Essa conversa tem algum significado que possa esclarecer os planos de seu marido?

- Não vejo significado algum.

- Onde estão suas joias?

- Meu marido vendeu todas.

- Não restou nenhuma?

- Não.

- Nem mesmo um anel?

- Não - disse ela, mostrando suas mãos -, nenhum exceto esta aliança.

- Que é sua aliança de casamento?

- Que é minha... aliança...

Ela parou, perplexa, Velmont viu-a corar enquanto gaguejava:

- Seria possível? Mas não... não... ele não sabe...

Velmont imediatamente pressionou-a com perguntas, e Yvonne ficou calada, imóvel, com a expressão ansiosa. Finalmente, ela respondeu, em voz baixa:

– Esta não é minha aliança de casamento. Um dia, há muito tempo, ela caiu da lareira no meu quarto, onde eu a colocara logo antes, e, por mais que eu a procurasse, não consegui encontrá-la. Então encomendei uma nova, sem contar nada... E é esta aqui, na minha mão...

– A aliança de verdade tinha a data do seu casamento?

– Sim... 23 de outubro.

– E a segunda?

– Esta não tem data.

Ele percebeu uma leve hesitação nela e uma confusão que, na verdade, ela não tentou esconder.

– Eu lhe imploro – exclamou ele –, não esconda nada de mim... Vê quão longe fomos em alguns minutos, com lógica e calma? Continuemos, peço como um favor.

– Tem certeza de que isso é necessário? – perguntou ela.

– Tenho certeza de que o menor detalhe tem importância e que estamos quase chegando ao nosso objetivo. Mas devemos nos apressar. Este é um momento crucial.

– Não tenho nada a esconder – disse ela, levantando sua cabeça com orgulho. – Foi o período mais miserável e perigoso da minha vida. Enquanto era humilhada em casa, era cercada de atenções, tentações e armadilhas do lado de fora, assim como qualquer mulher que é perceptivelmente negligenciada por seu marido. Então eu me lembrei: antes do meu casamento, um homem se apaixonara por mim. Eu adivinhara seu amor inconfesso; e então ele morreu. O nome desse homem estava gravado dentro da aliança; e eu a usava como um talismã. Não havia amor em mim, pois era a esposa de outro homem. Mas, em segredo, dentro do meu coração, havia uma memória, um sonho triste, algo doce e gentil que me protegia...

Ela falara lentamente, sem estar envergonhada, e Velmont não duvidou nem por um segundo de que ela contava a verdade inteira. Ele ficou em silêncio; e ela, novamente ansiosa, perguntou:

– Acha que... meu marido...

Ele segurou a mão dela e, enquanto examinava a simples aliança de ouro, disse:

– O enigma está aqui. Seu marido, não sei como, sabe sobre a substituição de uma aliança pela outra. A mãe dele estará aqui ao meio-dia. Na presença de testemunhas, ele a convencerá a tirar sua aliança; e, dessa forma, obterá a aprovação da mãe e, ao mesmo tempo, conseguirá o divórcio, porque terá a prova que procurava.

– Estou perdida! – lamentou ela. – Perdida!

– Ao contrário, está salva! Dê-me essa aliança... E em pouco tempo ele encontrará outra aí, outra que mandarei para a senhora, que chegará antes do meio-dia e que trará a data de 23 de outubro. Então...

Ele parou subitamente. Enquanto falava, a mão de Yvonne ficara gelada na sua; e, levantando seus olhos, ele viu que a jovem estava pálida, terrivelmente pálida:

– Qual o problema? Eu lhe imploro...

Ela entrou em um ataque enlouquecido de desespero.

– O problema é esse, que estou perdida! O problema é que não consigo tirar a aliança! Ficou pequena demais para mim! Está entendendo? Não fazia diferença e eu nem pensei nisso... Mas hoje... essa prova... essa acusação... Oh, que tortura! Veja... é como se fosse parte do meu dedo... entrou na minha carne... e não consigo... não consigo...

Ela puxava a aliança em vão, com toda a sua força, correndo o risco de se machucar. Mas a carne em volta da aliança inchou; e a aliança nem se moveu.

– Oh! – gritou ela, tomada por uma ideia que a aterrorizava. – Eu me lembro... uma noite... um pesadelo que tive... Parecia que alguém entrava no meu quarto e segurava minha mão... E eu não conseguia acordar... Foi ele! Foi ele! Ele me deu algo para dormir, eu tenho certeza... e estava olhando para minha aliança... E em pouco tempo ele a arrancará diante dos olhos de sua mãe... Ah, eu entendo tudo: o ourives! Ele a cortará da minha mão amanhã... Está vendo, está vendo... Estou perdida!

Ela escondeu o rosto nas mãos e começou a chorar. Mas, durante o silêncio, o relógio bateu uma vez... duas... e mais uma. Yvonne se levantou em um salto:

– Ele está vindo! – gritou. – Está chegando... São três horas! Vamos embora!

Ela agarrou sua capa e correu para a porta... Velmont ficou no caminho e disse em um tom magistral:

– Você não deve ir!

– Meu filho... Quero vê-lo, trazê-lo de volta...

– Você nem sabe onde ele está!

– Quero ir.

– Não deve ir! Seria loucura... Ele segurou seus punhos. Ela tentou se soltar; e Velmont teve de usar um pouco de força para vencer sua resistência. No fim, ele conseguiu levá-la de volta ao sofá, depois conseguiu deitá-la e imediatamente, sem ouvir suas lamentações, pegou as tiras de lona e prendeu seus punhos e tornozelos:

– Sim – disse ele. – Seria loucura! Quem a teria soltado? Quem teria aberto a porta para que saísse? Um cúmplice? Que bom argumento contra a senhora seria esse e que bom uso seu marido faria dele com a mãe! Além disso, que bem faria? Fugir significa aceitar o divórcio... E, se não fugir, o que pode acontecer? Deve ficar aqui...

Ela soluçou:

– Estou com medo... Com medo... A aliança está me queimando... Quebre-a... Leve-a... Não deixe que ele a encontre!

– E se ela não estiver em seu dedo, quem a terá quebrado? Novamente, um cúmplice... Não, deve dançar conforme a música... E dançar feliz, pois eu respondo por tudo... Acredite em mim... Eu respondo por tudo... Mesmo que eu precise derrubar a condessa d'Origny no chão para atrasar o encontro... Se eu mesmo tiver que vir aqui antes do meio-dia... A aliança que será tirada do seu dedo será a real. Eu prometo! E seu filho será devolvido.

Convencida e subjugada, Yvonne instintivamente estendeu suas mãos para serem amarradas. Quando Velmont se levantou, ela estava amarrada da mesma forma como estivera antes.

Ele deu uma olhada pelo cômodo para ter certeza de que não houvesse vestígios de sua visita. Então ele parou perto da condessa novamente e sussurrou:

– Pense em seu filho e, aconteça o que acontecer, não tema coisa alguma... Estou cuidando da senhora.

Ela o ouviu abrir e fechar a porta do *closet* e, alguns momentos depois, a porta do saguão.

Às três e meia, um táxi se aproximou. A porta do andar de baixo bateu novamente; e, quase imediatamente em seguida, Yvonne viu seu marido entrar com pressa, com um olhar furioso. Ele correu até ela, tateou para verificar se ainda estava amarrada e, agarrando sua mão, examinou sua aliança. Yvonne desmaiou...

Ela não conseguia dizer, quando acordou, por quanto tempo tinha dormido. Mas a clara luz do dia enchia o *closet,* e ela percebeu, com o primeiro movimento que fez, que suas amarras tinham sido cortadas. Virou a cabeça e viu seu marido parado de pé ao seu lado, olhando para ela:

– Meu filho... Meu filho... – gemeu ela. – Quero meu filho...

Ele respondeu, com uma voz na qual ela sentiu uma insolência zombeteira:

– Nosso filho está em um lugar seguro. E, por enquanto, a questão não é com ele, mas, sim, com você. Estamos frente a frente um com o outro, provavelmente pela última vez, e o esclarecimento entre nós será muito sério. Devo lhe avisar que acontecerá na presença da minha mãe. Tem alguma objeção?

Yvonne tentou esconder sua agitação e respondeu:

– De forma nenhuma.

– Posso mandar chamá-la?

– Sim. Deixe-me sozinha, enquanto isso. Estarei pronta quando ela chegar.

– Minha mãe está aqui.

– Sua mãe está aqui? – exclamou Yvonne, desesperada, lembrando-se da promessa de Horace Velmont.

– Por que está surpresa com isso?

– E é agora... quer fazer isso imediatamente?

– Sim.

– Por quê? Por que não hoje à noite? Por que não amanhã?

– Hoje e agora – avisou o conde. – Um incidente muitíssimo curioso aconteceu ontem à noite, um incidente que não consigo entender e que me fez decidir apressar esse esclarecimento. Não quer comer algo antes?

– Não... não...

– Então vou buscar minha mãe.

Ele foi em direção ao quarto de Yvonne. Ela olhou para o relógio. Eram dez e trinta e cinco!

– Ah! – lamentou ela, tremendo de medo.

Faltavam vinte e cinco minutos para as onze! Horace Velmont não a salvaria, e ninguém nem nada no mundo poderia salvá-la, pois não havia um milagre que poderia colocar a aliança em seu dedo.

O conde, voltando com a condessa d'Origny, pediu que ela se sentasse. Sua mãe era uma mulher alta, esguia e angular, que sempre demonstrara um sentimento hostil para com Yvonne. Ela nem mesmo desejou bom-dia à nora, mostrando que já estava decidida quanto à acusação:

– Não acho que precisaremos conversar muito – disse ela. – Meu filho acha que em duas palavras...

– Não acho, mãe – disse o conde. – Tenho certeza. Afirmo com a minha palavra que, três meses atrás, durante o feriado, o tapeceiro, ao colocar o carpete neste cômodo e no *closet,* encontrou em uma fresta no chão a aliança de casamento que dei à minha mulher. Aqui está ela. A data de 23 de outubro está gravada do lado de dentro.

– Então – disse a condessa –, a aliança que está na mão de sua mulher...

– Essa é outra aliança, que ela encomendou em troca da verdadeira. Agindo de acordo com minhas ordens, Bernard, meu criado, depois de muito procurar, acabou descobrindo nos arredores de Paris, onde ele mora agora, o pequeno ourives aonde ela foi. Esse homem lembra-se perfeitamente e está disposto a servir de testemunha de que sua cliente não pediu que ele gravasse uma data, mas, sim, um nome. Ele esqueceu o nome, mas o homem que trabalhava em sua loja com ele talvez ainda se lembre. Esse ourives foi informado por carta de que eu precisava de seus serviços e respondeu ontem, colocando-se à minha disposição. Bernard foi buscá-lo às nove hoje. Os dois estão aguardando em meu escritório.

Ele virou-se para sua mulher:

– Vai me entregar a aliança por vontade própria?

– Já sabe desde a outra noite que ela não vai sair do meu dedo – disse ela.

– Nesse caso, posso pedir que o homem suba? Ele está com os equipamentos necessários.

– Sim – ela assentiu, em uma voz que mais parecia um sussurro.

Yvonne estava resignada. Imaginou o futuro como em uma visão: o escândalo, o decreto de divórcio pronunciado contra si, a custódia do garoto dada ao pai; e ela aceitou tudo isso pensando que sequestraria seu filho, que iria até os confins da terra com ele e que os dois viveriam sozinhos e felizes…

Sua sogra disse:

– Foi muito descuidada, Yvonne.

Yvonne estava prestes a confessar à sogra e pedir sua proteção. Mas que bem isso faria? Como a condessa d'Origny poderia acreditar em sua inocência? Não encontrou resposta.

Além disso, o conde logo retornou, seguido por seu criado e um homem que carregava uma sacola de ferramentas.

E o conde disse para o homem:

– Sabe o que tem de fazer?

– Sim – disse o artesão. – Cortar uma aliança que ficou pequena demais… Isso é fácil… É só usar o alicate…

– E então verá se a inscrição dentro da aliança foi a que você gravou – disse o conde.

Yvonne olhou para o relógio. Faltavam dez minutos para as onze. Ela parecia ouvir, em algum lugar da casa, o som de vozes mais altas discutindo; e, contra sua vontade, sentiu uma centelha de esperança. Talvez Velmont tivesse conseguido... Mas o som se repetiu; e ela percebeu que eram alguns vendedores passando sob sua janela e seguindo caminho.

Era o fim. Horace Velmont não tinha conseguido ajudá-la. E ela entendia que, para recuperar seu filho, teria de confiar em sua própria força, pois as promessas dos outros são vãs.

Fez um movimento de recuo. Ela sentira a mão pesada do ourives na sua; e aquele toque odioso a revoltou.

O homem se desculpou, desajeitadamente. O conde disse à sua mulher:

– Tem que se decidir, você sabe.

Então ela esticou sua mão esguia e trêmula para o artesão, que a segurou, virou-a e a colocou na mesa, com a palma virada para cima. Yvonne sentiu o ferro frio. Ela queria morrer naquele momento; e, imediatamente atraída por aquela ideia de morte, ela pensou nos venenos que poderia comprar e qual deles a faria dormir quase sem saber.

A operação não levou muito tempo. Colocado de forma inclinada, o pequeno alicate de aço empurrou a carne, abriu espaço para ele e mordeu a aliança. Um grande esforço... e a aliança quebrou. As duas metades só precisaram ser separadas para tirar a aliança do dedo. Foi o que o artesão fez.

O conde exclamou, triunfante:

– Finalmente! Agora veremos! A prova está ali! E todos somos testemunhas...

Ele agarrou a aliança e olhou a inscrição. Um grito de surpresa escapou-lhe: a aliança trazia a data de seu casamento com Yvonne: “23 de outubro”.

Estávamos sentados na varanda em Monte Carlo. Lupin terminou sua história, acendeu um cigarro e calmamente soprou a fumaça no céu azul.

Eu disse:

– E então?

– E então o quê?

– Ora, o fim da história…

– O fim da história? Mas que outro fim poderia ter?

– Ora, vamos… você está brincando…

– De modo algum. Não foi suficiente para você? A condessa foi salva. O conde, sem ter a menor prova contra ela, foi forçado por sua mãe a desistir do divórcio e devolver o garoto. Isso é tudo. Desde então, ele deixou a esposa, que está vivendo feliz com seu filho, um belo jovem de dezesseis anos.

– Sim… Sim… Mas e a maneira como a condessa foi salva?

Lupin desatou a rir:

– Meu caro amigo – Lupin às vezes se digna a dirigir-se a mim dessa forma afetuosa –, meu caro amigo, você pode ser muito esperto ao relatar minhas aventuras, mas, por Deus, você quer que eu faça todo o trabalho por você! Eu lhe garanto, a condessa não pediu explicações!

– É bem provável. Mas não tenho tanto orgulho – acrescentei, rindo. – Ponha os pingos nos is para mim, por favor.

Ele pegou uma moeda de cinco francos e fechou a mão em volta dela.

– O que tenho em minha mão?

– Uma moeda de cinco francos.

Ele abriu a mão. A moeda tinha desaparecido.

– Veja como é fácil! Um ourives, com seu alicate, corta uma aliança com uma data gravada nela: 23 de outubro. É um simples truque de prestidigitação, um dos vários que tenho na manga. Por Deus, não passei seis meses com Dickson, o invocador[8], por nada!

– Mas então…

– Diga logo!

[8] *Arsène Lupin, o ladrão de casaca*, de Maurice Leblanc: "A fuga de Arsène Lupin".

– O ourives?

– Era Horace Velmont! Era o bom e velho Lupin! Ao deixar a condessa às três da manhã, eu empreguei os últimos minutos que me restavam antes do retorno do marido para dar uma olhada em seu escritório. Na escrivaninha, eu encontrei a carta do ourives. A carta me deu o endereço. Um suborno de alguns luíses[9] permitiu que eu tomasse o lugar dele; e eu cheguei com uma aliança já cortada e gravada. *Eureka*! O conde não conseguiu perceber a diferença.

– Esplêndido! – exclamei. E acrescentei, irritadiço, por minha vez. – Mas não acha que foi um pouco enganado naquela ocasião?

– Oh! E por quem, diga-me?

– Pela condessa?

– De que forma?

– Ora bolas, aquele nome gravado como um talismã! O adônis misterioso que a amou e sofreu por ela! Toda essa história parece muito improvável; e eu me pergunto se, mesmo sendo Lupin, você não caiu em uma história de amor bonitinha, absolutamente genuína e... nada inocente.

Lupin olhou de esguelha para mim:

– Não – disse ele.

– Como sabe?

– Se a condessa tivesse mentido ao me contar que tinha conhecido o homem antes de seu casamento, e que ele estava morto, e se ela realmente o amasse no fundo do coração, eu pelo menos teria uma prova certeira de que era um amor idealizado e que o conde não tinha suspeita alguma.

– E onde está a prova?

– Está gravada dentro da aliança que eu mesmo quebrei no dedo da condessa... E que eu carrego comigo. Aqui está. Pode ler o nome gravado.

Ele me entregou a aliança. Eu li:

– Horace Velmont.

---

[9] Luís, oficialmente luís de ouro, foi uma antiga moeda francesa. A mais recente delas valia vinte francos e circulou entre 1800 e 1914. (N.T.)

Houve um momento de silêncio entre mim e Lupin; e, ao percebê-lo, também observei em seu rosto certa emoção, um toque de melancolia.

Eu continuei:

– O que o fez me contar essa história... à qual já fez tantas alusões em minha presença?

– O que me fez...

Ele chamou minha atenção para uma mulher, ainda extremamente bela, que passava de braços dados com um jovem. Ela viu Lupin e fez uma mesura.

– É ela – sussurrou ele. – Ela e o filho.

– Então ela o reconheceu?

– Ela sempre me reconhece, não importa o disfarce.

– Mas desde o roubo no Château de Thibermesnil[10] a polícia identificou os dois nomes, Arsène Lupin e Horace Velmont.

– Sim.

– Então ela sabe quem você é.

– Sim.

– E ela se curva para você? – exclamei, sem querer.

Ele agarrou meu braço e disse ferozmente:

– Acha que sou Lupin para ela? Acha que sou um assaltante a seus olhos, um ladrão, um trapaceiro? Ora, posso ser o pior dos cafajestes, posso ser até mesmo um assassino... E mesmo assim ela se curvaria para mim!

– Por quê? Porque ela o amou uma vez?

– Claro que não! Muito pelo contrário, essa seria uma razão extra para que ela me desprezasse.

– Por que, então?

– Eu sou o homem que lhe devolveu seu filho!

---

[10] *Arsène Lupin, o ladrão de casaca,* de Maurice Leblanc: "Herlock Sholmes chega tarde demais". (N.T.)

O SIGNO DA SOMBRA

– Recebi seu telegrama e aqui estou – disse um cavalheiro com um bigode grisalho, que entrou em meu escritório usando um fraque marrom escuro e um chapéu de aba larga, com um laço vermelho em sua botoeira. – Qual é o problema?

Se eu não estivesse esperando Arsène Lupin, certamente nunca o reconheceria na pessoa desse velho oficial de reserva.

– Qual é o problema? – repeti. – Oh, nada de mais: uma coincidência muito curiosa, só isso. E, como sei que você gosta tanto de esclarecer um mistério quanto de planejar um…

– E então?

– Parece estar com muita pressa!

– Estou… A não ser que o mistério em questão valha o meu esforço. Então, vá direto ao ponto.

– Muito bem. Comece dando uma olhada neste pequeno quadro, que eu comprei uma ou duas semanas atrás, em uma loja velha e suja do outro lado do rio. Eu o comprei por causa da moldura imperial, com os ornamentos de palmeira nela… Já que a pintura é execrável.

– É execrável, como você diz – disse Lupin depois de tê-la examinado –, mas o objeto da pintura é bastante agradável. Esse canto de um pátio antigo, com sua rotunda de colunas gregas, seu relógio de sol e sua lagoa de peixes e aquele poço arruinado com o telhado renascentista e os degraus e bancos de pedra: tudo muito pitoresco.

– E genuíno – acrescentei. – A pintura, boa ou ruim, nunca foi tirada da sua moldura imperial. Além disso, ela é datada... Ali, no canto inferior esquerdo: aqueles números vermelhos, 15.4.2, que obviamente querem dizer 15 de abril de 1802.

– Devo dizer... devo dizer... Mas você estava falando sobre coincidências e, até agora, não estou vendo...

Fui até um canto do meu escritório, peguei um telescópio, coloquei-o em seu suporte e apontei, pela janela aberta, para a janela aberta do pequeno cômodo em frente ao meu apartamento, do outro lado da rua. E pedi que Lupin olhasse através dele.

Ele inclinou-se para a frente. Os raios oblíquos do sol da manhã iluminavam o cômodo do outro lado, revelando um conjunto de móveis de mogno, todos muito simples, uma cama grande e uma cama de criança com cortinas de cretone.

– Ah! – exclamou Lupin, repentinamente. – O mesmo quadro!

– Exatamente o mesmo! – disse eu. – E a data: está vendo a data, em vermelho? 15.4.2.

– Sim, estou vendo... E quem vive naquele cômodo?

– Uma dama... ou melhor, uma trabalhadora, pois tem que trabalhar por seu sustento... Ela costura para fora e mal é o suficiente para manter os dois, ela e a criança.

– Como ela se chama?

– Louise d'Ernemont... Até onde sei, ela é bisneta de um agente de impostos que foi guilhotinado durante o Terror[11].

---

[11] Período da Revolução Francesa compreendido entre setembro de 1793 e julho de 1794. (N.T.)

– Sim, no mesmo dia que André Chénier[12] – disse Lupin. – Segundo as memórias da época, esse d'Ernemont devia ser um homem muito rico. – Ele levantou a cabeça e acrescentou: – Essa história é interessante... Por que esperou para me contar?

– Porque hoje é 15 de abril.

– E?

– Bem, descobri ontem... Eu os ouvi falar sobre isso na portaria... Que o dia 15 de abril é um dia importante da vida de Louise d'Ernemont.

– Baboseira!

– Contrariamente aos seus hábitos de sempre, essa mulher que trabalha todos os dias da sua vida, que mantém os dois cômodos organizados, que cozinha o almoço que sua filhinha come quando volta para casa da escola municipal... Essa mulher, no dia 15 de abril, sai com a criança às dez da manhã e não volta até o anoitecer. E isso tem acontecido por anos e em todos os climas. Deve admitir que há algo estranho sobre essa data, que eu encontrei em uma pintura antiga, que está escrita em outra pintura similar e que controla os movimentos anuais da descendente do agente de impostos d'Ernemont.

– Sim, é curioso... Você está definitivamente certo – disse Lupin lentamente. – E não sabe aonde ela vai?

– Ninguém sabe. Ela não confia em ninguém. Na verdade, ela fala muito pouco.

– Tem certeza da sua informação?

– Absolutamente. E a melhor prova de sua precisão é que lá vem ela.

Uma porta se abrira no fundo do cômodo do outro lado da rua. Uma garotinha de sete ou oito anos entrou e olhou pela janela. Uma senhora apareceu atrás dela, alta, ainda bonita e com uma expressão triste e gentil. Ambas estavam prontas e vestidas com roupas que eram simples, mas que demonstravam um amor pelo asseio e certa elegância da parte da mãe.

– Está vendo? – sussurrei. – Elas estão saindo.

---

[12] André Marie Chénier (1762-1794) foi um poeta francês que, por criticar certos eventos da Revolução Francesa, foi executado na guilhotina. (N.T.)

E logo depois a mãe pegou a criança pela mão e elas saíram juntas do quarto.

Lupin apanhou seu chapéu.

– Você vem?

Minha curiosidade era grande demais para que eu levantasse a menor das objeções. Desci com Lupin.

Ao sairmos à rua, vimos minha vizinha entrar em uma padaria. Ela comprou dois pães e os colocou em uma pequena cesta que sua filha carregava e que parecia já conter outras provisões. Então elas foram na direção das avenidas externas, e nós as seguimos até a Praça de l'Étoile, onde elas viraram na direção da Avenida Kléber para andar em direção à Passy.

Lupin andava ao meu lado silenciosamente, evidentemente obcecado por uma linha de raciocínio que eu estava feliz de ter provocado. De vez em quando, ele murmurava uma sentença que me mostrava a linha de suas reflexões; e eu podia ver que o enigma continuava sendo um mistério tão grande para ele quanto era para mim.

Enquanto isso, Louise d'Ernemont dobrou à esquerda, ao longo da Rua Raynouard, uma velha rua tranquila em que Franklin e Balzac um dia moraram, uma dessas ruas que, repletas de casas antiquadas e jardins murados, dão a impressão de se estar em uma cidade de interior. O Sena corria pela encosta do monte encimado pela rua; e várias vielas iam em direção ao rio.

Minha vizinha tomou uma dessas vielas estreitas, sinuosas e desertas. A primeira construção, à direita, era uma casa cuja fachada ficava de frente para a Rua Raynouard. Depois dela vinha um muro cheio de musgo, mais alto que a média, sustentado por contrafortes e cheio de cacos de vidro.

Na metade do muro havia uma porta arqueada baixa. Louise d'Ernemont parou diante dela e a abriu com uma chave que parecia enorme para nós. Mãe e filha entraram e fecharam a porta.

– De qualquer forma – disse Lupin –, ela não tem nada a esconder, pois não olhou em sua volta uma única vez...

Ele mal terminara sua frase quando ouvimos o som de passos atrás de nós. Eram dois velhos mendigos, um homem e uma mulher, esfarrapados, sujos e esquálidos, vestidos em trapos. Eles passaram por nós sem prestar a menor atenção à nossa presença. O homem pegou em sua sacola uma chave parecida com a da minha vizinha e a colocou na fechadura. A porta se fechou atrás deles.

E subitamente, do começo da viela, veio o som de um automóvel parando... Lupin me arrastou por mais cinquenta metros pela viela, até uma esquina onde podíamos nos esconder. E vimos uma jovem mulher muito bem vestida descer a viela, carregando um cachorro embaixo do braço, usando muitas joias. Tinha olhos escuros demais, lábios vermelhos demais e cabelos claros demais. Diante da porta, o mesmo desempenho, com a mesma chave... A dama e o cachorro desapareceram de vista.

– Isso promete ser divertido – disse Lupin, rindo. – Qual será a conexão possível entre essas pessoas tão diferentes?

Enquanto estávamos lá, apareceram sucessivamente duas senhoras mais velhas, magras e de aparência bastante miserável, muito parecidas, evidentemente irmãs; um lacaio de libré; um cabo de infantaria; um cavalheiro gordo em um terno manchado e remendado; e, finalmente, a família de um operário, pai, mãe e quatro filhos, todos os seis pálidos e com aparência doentia, parecendo pessoas que nunca comem o suficiente. E cada um dos recém-chegados carregava uma cesta ou uma sacola cheia de provisões.

– É um piquenique! – exclamei.

– Fica cada vez mais surpreendente – disse Lupin –, e não ficarei satisfeito até saber o que está acontecendo por trás daquele muro.

Escalá-lo estava fora de cogitação. Também observamos que ele terminava, tanto na parte mais alta da viela quanto na mais baixa, em casas que não tinham nenhuma janela virada para a área que o muro cercava.

Durante a hora seguinte, ninguém mais apareceu. Nós tentamos pensar em um estratagema, em vão; e Lupin, cuja mente fértil já tinha pensado em qualquer recurso possível, estava prestes a ir à procura de uma escada quando, repentinamente, a pequena porta se abriu e um dos filhos do operário saiu.

O garoto subiu a viela até a Rua Raynouard. Alguns minutos depois ele voltou, carregando duas garrafas de água, que colocou na calçada para pegar a grande chave de dentro do bolso.

Naquele momento, Lupin já tinha saído de perto de mim e caminhava lentamente ao longo do muro. Quando o garoto, depois de entrar no espaço murado, empurrou a porta, Lupin se adiantou e colocou a ponta de sua faca na fechadura. A fechadura não travou; então foi fácil deixar a porta entreaberta.

– Funcionou muito bem! – disse Lupin.

Ele colocou sua mão pela porta com cautela e depois, para minha grande surpresa, entrou audaciosamente. Mas, ao seguir seu exemplo, eu vi que, a dez metros do muro, uma moita de louros formava um tipo de cortina que permitia que nos aproximássemos sem ser notados.

Lupin tomou sua posição bem no meio da moita. Eu me juntei a ele e, da mesma forma, empurrei para o lado os galhos de um dos arbustos. E a visão que se apresentou diante dos meus olhos foi tão inesperada que não pude reprimir uma exclamação, enquanto Lupin, no seu canto, murmurou, entre dentes:

– Por Júpiter! Que situação curiosa!

Vimos diante de nós, dentro do espaço confinado entre duas casas sem janelas, uma cena idêntica à representada na velha pintura que eu comprara em um vendedor de coisas usadas!

A cena idêntica! Ao fundo, contra o muro do outro lado, a mesma rotunda grega mostrava suas colunas esguias. No centro, os mesmos bancos de pedra encimavam um círculo de quatro degraus que desciam para um lago de peixes com pedras cheias de musgo. À esquerda, o mesmo poço trazia sua cobertura de ferro fundido; e, perto dele, o mesmo relógio de sol trazia seu gnômon inclinado e o mostrador de mármore.

A cena idêntica! E o que aumentou a estranheza da visão foi a memória, que obcecava tanto a Lupin quanto a mim, da data do dia 15 de abril, inscrita no canto da pintura, e o pensamento de que esse dia era 15 de abril e que dezesseis ou dezessete pessoas, de idades, condições e maneiras tão diferentes, tivessem escolhido o dia 15 de abril para se juntar nesse canto esquecido de Paris!

Todos eles, no momento em que os vimos, estavam sentados em grupos separados nos bancos e nos degraus; e todos estavam comendo. Não muito distantes da minha vizinha e sua filha, a família do operário e o casal mendigo dividiam suas provisões; enquanto o lacaio, o cavalheiro com o terno encardido, o cabo de infantaria e as duas irmãs esguias compartilhavam seu estoque de presunto fatiado, suas latas de sardinha e seu queijo Gruyère.

Apenas a dama com o cachorrinho, que não trouxera comida, sentava-se longe dos outros, os quais fizeram questão de se sentar de costas para ela. Mas Louise d'Ernemont ofereceu-lhe um sanduíche, e imediatamente depois seu exemplo foi seguido pelas duas irmãs; e o cabo começou a ser tão agradável com a jovem dama quanto possível.

Agora já eram treze e trinta. O mendigo pegou seu cachimbo, assim como o cavalheiro gordo; e, ao perceberem que um não tinha tabaco e o outro não tinha fósforos, suas necessidades logo os uniram. Os homens foram fumar perto da rotunda, e as mulheres juntaram-se a eles. Na verdade, todas essas pessoas pareciam se conhecer muito bem.

Eles estavam a alguma distância de nós, então não conseguíamos ouvir o que diziam. Entretanto, gradualmente notamos que as conversas iam se animando. A jovem com o cachorro, em particular, que a essa hora parecia ser muito requisitada, deixava-se levar em uma conversa muito loquaz, acompanhando suas palavras com muitos gestos, o que fazia seu cachorrinho latir furiosamente.

Mas, subitamente, houve um clamor, prontamente seguido por gritos de fúria; e todos eles, tanto homens quanto mulheres, apressaram-se desordenadamente na direção do poço. Um dos filhos do operário estava naquele instante saindo dele, com seu cinto preso ao gancho na ponta da corda; e os outros três pestinhas giravam a alavanca para puxá-lo. Mais ativo que o restante, o cabo se jogou sobre ele; e logo em seguida o lacaio e o cavalheiro gordo também o agarraram, enquanto os mendigos e as irmãs esbeltas começaram a brigar com o operário e sua família.

Em poucos segundos, o garotinho não tinha nada além de sua camisa no corpo. O lacaio, que pegara o restante das roupas dele, fugiu, seguido pelo cabo, que surrupiara as calças do garoto, mas que depois foram arrancadas dele por uma das irmãs esbeltas.

– Eles enlouqueceram! – murmurei, sentindo-me completamente desnorteado.

– De forma nenhuma, de forma nenhuma – disse Lupin.

– O quê? Você quer dizer que consegue entender o que está acontecendo?

Ele não respondeu. A jovem com o cachorrinho, colocando seu bichinho embaixo do braço, começou a correr atrás do garoto só de camisa, que gritava alto. Os dois correram em volta da moita de louros onde nos escondíamos; e o menino se jogou nos braços da mãe.

Finalmente, Louise d'Ernemont, que tivera um papel conciliatório desde o começo, conseguiu apaziguar o tumulto. Todos se sentaram novamente; mas houve uma reação em todas aquelas pessoas exasperadas, e elas continuaram imóveis e quietas, como se exaustas com seus esforços.

E o tempo passou. Perdendo a paciência e começando a sentir a fome apertar, fui à Rua Raynouard buscar algo para comer, que nós dividimos enquanto observávamos os atores daquela comédia incompreensível que estava se desenrolando diante dos nossos olhos. Eles mal se moveram. Cada minuto que se passava parecia deixá-los ainda mais melancólicos; e eles caíram em uma atitude de desânimo, curvaram mais suas costas e sentaram-se cada vez mais absorvidos em seus pensamentos.

A tarde se passou dessa maneira, sob um céu cinzento que banhava o lugar em uma luz lúgubre.

– Eles vão passar a noite aqui? – perguntei, com a voz entediada.

Mas, aproximadamente às cinco da tarde, o cavalheiro gordo com o terno encardido pegou seu relógio. Os outros fizeram a mesma coisa, e todos eles, com o relógio em mãos, pareciam estar ansiosamente aguardando um evento bastante importante para o grupo. O evento não aconteceu, pois em quinze ou vinte minutos o cavalheiro gordo fez um gesto de desespero, levantou-se e colocou o chapéu.

Então as lamentações começaram. As duas irmãs esbeltas e a mulher do operário caíram de joelhos e fizeram o sinal da cruz. A dama com o cachorrinho e a mendiga se beijaram e choraram; e vimos Louise d'Ernemont pressionar sua filha contra si, tristemente.

– Vamos embora – disse Lupin.

– Acha que acabou?

– Sim, e temos pouco tempo para dar o fora.

Saímos sãos e salvos. No começo da viela, Lupin virou à esquerda, deixando-me do lado de fora, e entrou na primeira casa na Rua Raynouard, aquela que ficava com a parte de trás virada para o cercado.

Depois de falar com o porteiro por alguns segundos, ele se juntou a mim e paramos um táxi que passava:

– Número 34, Rua de Turin – disse ao motorista.

O térreo do número 34 era ocupado por um cartório; e fomos levados, quase sem espera, ao senhor Valandier, o dono, um homem de certa idade, sorridente e de fala agradável.

Lupin se apresentou como capitão Jeanniot, aposentado do Exército. Disse que queria construir uma casa própria e que alguém tinha sugerido a ele um lote situado perto da Rua Raynouard.

– Mas aquele lote não está à venda – disse o tabelião Valandier.

– Ah, mas me disseram...

– Receio que foi uma informação errada.

O advogado se levantou, foi até um armário e voltou com um quadro, o qual nos mostrou. Eu fiquei petrificado. Era o mesmo quadro que eu comprara, o mesmo quadro que estava pendurado no quarto de Louise d'Ernemont.

– Esta é uma pintura do lote a que se refere – disse ele. – É conhecido como Clos d'Ernemont.

– Precisamente.

– Bem, esse *clos* – prosseguiu o tabelião – já foi parte de um grande jardim que pertencia ao d'Ernemont, o agente de impostos, que foi executado durante o Terror. Os herdeiros venderam tudo o que podia ser vendido, pouco a pouco. Mas sobrou esse último lote, e ele continuará na posse conjunta deles... a não ser...

O tabelião começou a rir.

– A não ser o quê?

– Bem, é quase um romance, um romance bastante curioso, na verdade. Frequentemente me divirto olhando os muitos documentos do caso.

– Seria indiscrição minha perguntar...

– De forma nenhuma, de forma nenhuma – afirmou o Valandier, que, muito ao contrário, parecia encantado por ter encontrado um ouvinte para sua história. E, sem esperar pedirem, começou: – No início da Revolução, Louis Agrippa d'Ernemont, com o pretexto de encontrar sua esposa, que estava em Genebra com a filha deles, Pauline, fechou sua mansão no bairro Saint-Germain, dispensou os criados e, com seu filho Charles, veio e fixou residência em sua casa de férias em Passy, onde ninguém o conhecia, a não ser uma criada velha e devotada. Ele ficou escondido ali por três anos e tinha todos os motivos para esperar que esse esconderijo não seria descoberto quando um dia, após o almoço, enquanto ele cochilava, a velha criada irrompeu pela porta do seu quarto. Ela vira, no fim da rua, uma patrulha de homens armados que pareciam estar vindo na direção da casa. Louis d'Ernemont se vestiu rapidamente e, assim que os homens bateram à porta da frente, desapareceu pela porta que dava para o jardim, gritando para seu filho, com uma voz atemorizada, para mantê-los falando, mesmo que só por cinco minutos. Ele deve ter tido a intenção de escapar e deu com as saídas do jardim vigiadas. De qualquer forma, ele voltou em seis ou sete minutos, respondeu com muita calma às perguntas que lhe fizeram e acompanhou os homens sem resistência. Seu filho, Charles, apesar de ter apenas dezoito anos de idade, também foi preso.

– Quando foi isso? – perguntou Lupin

– Aconteceu no dia 26 do germinal do ano II[13], o que quer dizer, no dia...

Valandier parou, com o olhar fixo em um calendário pendurado na parede, e exclamou:

– Ora, foi no mesmo dia de hoje! Hoje é 15 de abril, o aniversário da prisão do agente de impostos.

– Que coincidência curiosa! – disse Lupin. – E, considerando o período em que aconteceu, a prisão sem dúvida teve consequências muito graves.

– Oh, as mais graves! – disse o tabelião, rindo. – Três meses depois, no começo do Termidor[14], o agente de impostos subiu ao cadafalso. Seu filho Charles ficou esquecido na prisão, e a propriedade foi confiscada.

– Imagino que o patrimônio fosse imenso. – disse Lupin.

– Veja só! É aí que a situação complica. O patrimônio, que, de fato, era imenso, nunca foi localizado. Descobriu-se que a mansão em Saint-Germain fora vendida, antes da Revolução, para um inglês, junto de todas as casas de campo e propriedades e todas as joias, títulos e coleções pertencentes ao agente de impostos. A Convenção instituiu inquéritos minuciosos, assim como o Diretório fez depois. Mas os inquéritos não chegaram a resultado nenhum[15].

– De qualquer modo, ainda existia a casa em Passy – disse Lupin.

– A casa em Passy foi comprada, a preço de banana, pelo mesmo delegado da Comuna que prendera d'Ernemont, um tal de cidadão Broquet. Broquet se fechou lá dentro, barricou as portas, fortificou as paredes e, quando Charles d'Ernemont finalmente foi libertado e apareceu do lado

[13] Germinal é o primeiro mês da primavera no calendário da Revolução Francesa. Criado em 1792 para celebrar o fim da ordem antiga e o início da nova era, ele só vigorou entre 1792 e 1805 e durante a Comuna de Paris, em 1871. O mês germinal representava o período de 21 de março a 19 de abril. (N.T.)

[14] Décimo-primeiro mês do calendário revolucionário francês, representando o período de 19 de julho a 17 de agosto. (N.T.)

[15] Convenção Nacional, ou simplesmente Convenção, é a denominação dada ao regime político que vigorou na França de setembro de 1792 a outubro de 1795. Já o Diretório foi o regime político adotado pela Primeira República Francesa entre outubro de 1795 (no calendário revolucionário, 4 de Termidor do ano IV) e o golpe de Estado do 18 de brumário (9 de novembro de 1799). Foi assim chamado porque o poder executivo era exercido por cinco membros, denominados Diretores. (N.T.)

de fora, recebeu-o atirando contra ele com um mosquete. Charles tentou um processo atrás do outro, perdeu todos, e então decidiu oferecer grandes somas de dinheiro. Mas o Broquet se provou intratável. Ele comprara a casa e ali ficou; e ele teria ficado ali até sua morte se Charles não tivesse conseguido o apoio de Napoleão Bonaparte. Broquet saiu de lá em 12 de fevereiro de 1803; mas a alegria de Charles d'Ernemont foi tamanha e sua mente, sem dúvida, fora tão violentamente perturbada por tudo que ele passara que, ao chegar à porta da casa que ele finalmente recuperara, mesmo antes de abri-la, ele começou a dançar e cantar na rua. Claramente tinha perdido a cabeça.

– Por Deus! – disse Lupin. – E o que aconteceu com ele?

– Sua mãe e sua irmã Pauline, que acabara de se casar com um primo com o mesmo nome em Genebra, tinham morrido. A velha criada cuidou dele, e eles viveram juntos na casa em Passy. Passaram-se anos sem nenhum acontecimento notável, mas subitamente, em 1812, aconteceu um incidente inesperado. A velha criada fez uma série de revelações estranhas em seu leito de morte, na presença de duas testemunhas que ela mandara buscar. Ela afirmou que o agente de impostos levara para sua casa em Passy várias malas repletas de ouro e prata e que essas malas desapareceram alguns dias antes de ele ser preso. De acordo com as confissões dadas antes por Charles d'Ernemont, que as recebera de seu pai, os tesouros estavam escondidos no jardim, entre a rotunda, o relógio de sol e o poço. Como prova do que dizia, ela mostrou três quadros, ou, melhor dizendo, três telas, pois ainda não estavam emolduradas, que o agente de impostos tinha pintado durante seu cativeiro e que ele tinha conseguido entregar a ela, com instruções para entregá-las a sua esposa, seu filho e sua filha. Tentados pela promessa da riqueza, Charles e a velha criada não contaram nada. E então vieram os processos, a retomada da casa, a loucura de Charles, as buscas infrutíferas da própria criada; e os tesouros continuaram lá.

– E ainda continuam lá – riu Lupin.

– E continuarão lá para sempre – exclamou Valandier. – A não ser… A não ser que Broquet, que sem dúvida farejou algo, os tenha encontrado.

Mas isso é uma suposição pouco provável, já que o cidadão Broquet morreu em extrema pobreza.

– Então...

– Então todos começaram a caçar. Os filhos de Pauline, a irmã, vieram de Genebra. Descobriram que Charles se casara secretamente e que tinha filhos. Todos esses herdeiros colocaram as mãos à obra.

– E o próprio Charles?

– Viveu em completo isolamento. Não saiu do seu quarto.

– Nunca?

– Bem, essa é a parte mais extraordinária, mais espantosa, da história. Uma vez ao ano, Charles d'Ernemont, impelido por um tipo de força de vontade do subconsciente, descia, saía pelo mesmo caminho que o pai saíra, atravessava o jardim e se sentava nos degraus da rotunda, que podem ver aqui, no quadro, ou à beira do poço. Às dezessete e vinte e sete ele se levantava e voltava para dentro de casa; e até morrer, em 1820, ele nunca deixou de fazer essa peregrinação incompreensível. Bem, o dia em que isso acontecia era invariavelmente 15 de abril, o aniversário da prisão.

Valandier não estava mais sorrindo, e ele mesmo parecia impressionado pela história que nos contava.

– E desde que Charles morreu? – perguntou Lupin, depois de um momento de reflexão.

– Desde então – respondeu o advogado, em um tom um pouco solene –, por quase um século os herdeiros de Charles e Pauline d'Ernemont continuaram a peregrinação de 15 de abril. Nos primeiros anos eles fizeram as escavações mais completas possíveis. Fizeram buscas em cada centímetro do jardim, cada pedacinho de terra foi cavado. Mas tudo isso chegou ao fim. Eles mal se esforçam agora. Tudo o que fazem é, de vez em quando, por nenhum motivo em especial, virar uma pedra ou explorar o poço. Na maior parte do tempo eles se contentam em se sentar nos degraus da rotunda, como o pobre homem enlouquecido; e, como ele, aguardam. E essa, vocês podem perceber, é a parte triste do destino deles. Nesses cem anos, todas essas pessoas que se sucederam, de pai para filho, perderam...

como posso dizer... a energia da vida. Não lhes resta mais coragem nem iniciativa. Eles aguardam. Esperam pelo dia 15 de abril; e, quando esse dia chega, esperam que um milagre aconteça. Todos eles acabaram sendo tomados pela pobreza. Meus antecessores e eu vendemos primeiro a casa, para construir outra que tenha um aluguel melhor, e depois partes do jardim e outras partes. Mas aquele canto ali – apontou para o quadro –, eles prefeririam morrer a vendê-lo. Todos eles concordam quanto a isso: Louise d'Ernemont, que é a herdeira direta de Pauline, assim como os mendigos, o operário, o lacaio, a dançarina do circo, e assim por diante, que representam o infeliz Charles.

Depois de uma nova pausa, Lupin perguntou:

– Qual é sua opinião, Valandier?

– Minha opinião pessoal é de que não há nada lá. Que crédito podemos dar às declarações de uma velha criada debilitada pela idade? Que importância podemos dar aos caprichos de um homem louco? Além disso, se o agente de impostos tivesse realizado seus bens, não acha que essa fortuna teria sido encontrada? Pode-se esconder um papel, um documento, em um espaço pequeno como aquele, mas não tesouros.

– Mesmo assim, e os quadros?

– Sim, é claro. Mas, no fim das contas, eles são prova suficiente?

Lupin curvou-se sobre a cópia que o advogado tirara do armário e, depois de examiná-la por um tempo, perguntou:

– Disse que havia três quadros?

– Sim, este que está aqui foi entregue ao meu antecessor pelos herdeiros de Charles. Louise d'Ernemont tem o outro. Quanto ao terceiro, ninguém sabe o que foi feito dele.

Lupin olhou para mim e continuou:

– E todos eles trazem a mesma data?

– Sim, a data inscrita por Charles d'Ernemont quando emoldurou as pinturas, pouco antes de sua morte... A mesma data, o que quer dizer 15 de abril, do ano II, de acordo com o calendário revolucionário, já que a prisão aconteceu em abril de 1794.

– Oh, sim, é claro – disse Lupin. – O número 2 significa...

Ele pensou por alguns instantes e continuou:

– Mais uma pergunta, por favor. Ninguém se dispôs a resolver o problema?

Valandier jogou os braços para cima:

– Meu Deus do céu! – exclamou. – Ora, foi a praga do escritório! Um dos meus antecessores, o professor Turbon, foi convocado a Passy nada menos que dezoito vezes, entre 1820 e 1843, pelos grupos de herdeiros, a quem adivinhos, clarividentes, visionários e impostores de todo tipo tinham prometido que encontrariam os tesouros do agente de impostos. Finalmente, estabelecemos uma regra: qualquer intruso que quisesse fazer uma busca precisaria depositar uma soma.

– Que soma?

– Mil francos.

– E isso teve o efeito de espantá-los?

– Não. Quatro anos atrás, um hipnólogo húngaro tentou o experimento e fez com que eu perdesse um dia inteiro. Depois disso, determinamos que o depósito seria de cinco mil francos. Em caso de sucesso, um terço do tesouro vai para quem encontrá-lo. Em caso de fracasso, o depósito é dado para os herdeiros. Desde então, fui deixado em paz.

– Aqui estão seus cinco mil francos.

O advogado se sobressaltou:

– Hein? O que disse?

– Eu disse – repetiu Lupin, tirando cinco notas de seu bolso e espalhando-as calmamente sobre a mesa – que aqui está o depósito de cinco mil francos. Por gentileza, entregue-me o recibo e convide todos os herdeiros de d'Ernemont para me encontrarem em Passy no dia 15 de abril do ano que vem.

O tabelião não acreditava em seus sentidos. Eu mesmo, apesar de Lupin já ter me acostumado a essas surpresas, estava completamente chocado.

– Está falando sério? – perguntou Valandier.

– Completamente sério.

– Mas, sabe, eu lhe disse minha opinião. Todas essas histórias improváveis não têm nenhum tipo de prova.

– Não concordo com isso.

O tabelião olhou para ele da mesma maneira que olhamos para alguém que não bate bem da cabeça. Então, aceitando a situação, pegou sua caneta e escreveu um contrato em um papel timbrado, reconhecendo o pagamento do depósito pelo capitão Jeanniot e prometendo-lhe um terço de qualquer dinheiro que ele encontrasse:

– Se mudar de ideia – acrescentou –, pode me avisar até uma semana antes do dia. Não informarei à família d'Ernemont até o último momento, para não dar àquelas pobres pessoas uma esperança muito duradoura.

– Pode informá-las hoje mesmo, professor Valandier. Fará o ano delas ser melhor.

Nós nos despedimos. Do lado de fora, na rua, eu exclamei:

– Então, descobriu algo?

– Eu? – respondeu Lupin. – Absolutamente nada! E é exatamente o que me diverte.

– Mas estão procurando há cem anos!

– Não é tanto uma questão de procurar, e sim de pensar. Agora eu tenho 365 dias para pensar. É bem mais do que eu desejo; e receio que esquecerei tudo sobre o assunto, por mais interessante que ele seja. Faça o favor de me lembrar, sim?

Eu o lembrei do caso diversas vezes nos meses que se seguiram, apesar de ele nunca parecer dar muita importância ao assunto. E então veio um longo período em que eu não tive oportunidade de vê-lo. Foi o período, como descobri depois, da sua visita à Armênia e da terrível luta em que ele embarcou contra Abdul, o Maldito, uma luta que terminou com a queda do tirano.

No entanto, eu costumava escrever para ele no endereço que ele me deu, e assim pude mandar-lhe alguns detalhes que consegui juntar, aqui e ali, sobre minha vizinha Louise d'Ernemont, tais como o amor que ela tivera, havia alguns anos, por um jovem rico, que ainda a amava, mas tinha sido convencido por sua família a abandoná-la; o desespero da jovem viúva e a vida corajosa que levava com sua filhinha.

Lupin não respondeu a nenhuma de minhas cartas. Eu não sabia se elas chegaram até ele; e, enquanto isso, a data se aproximava e eu não podia deixar de pensar se suas numerosas empreitadas não o impediriam de manter o compromisso que ele mesmo tinha assumido.

Na verdade, a manhã do dia 15 de abril chegou e Lupin não estava comigo quando eu tinha terminado de almoçar. Já era meio-dia e quinze. Saí do meu apartamento e fui de táxi para Passy.

Mal eu entrara na viela e já vi os quatro filhos do operário parados do lado de fora da porta no muro. O advogado Valandier, informado da minha chegada por eles, apressou-se em minha direção:

– E então? – exclamou. – Onde está o capitão Jeanniot?

– Ele não veio?

– Não; e posso garantir que todos estão muito impacientes para vê-lo.

Os grupos distintos começaram a se amontoar em torno do advogado; e eu notei que todos os rostos, que eu reconheci, tinham abandonado as expressões sombrias e desanimadas que exibiam no ano anterior.

– Estão cheios de esperança – disse Valandier –, e a culpa é minha. Mas o que poderia ter feito? Seu amigo me causou tamanha impressão que falei com essas pessoas com muita confiança... Que não posso dizer estar sentindo agora. Mas ele parece um tipo estranho esse seu capitão Jeanniot...

Ele me fez várias perguntas e eu lhe dei vários detalhes mais ou menos fantasiosos sobre o capitão, que os herdeiros escutaram, acenando as cabeças, apreciando minhas observações.

– Claro, a verdade seria descoberta mais cedo ou mais tarde – disse o cavalheiro gordo, com um tom convencido.

O cabo de infantaria, deslumbrado pela patente do capitão, não tinha dúvida alguma em sua mente.

A dama com o cachorrinho queria saber se o capitão Jeanniot era jovem.

Mas Louise d'Ernemont disse:

– E se ele não vier?

– Ainda assim teremos os cinco mil francos para dividir entre nós – disse o mendigo.

Mesmo assim, as palavras de Louise d'Ernemont diminuíram o entusiasmo deles. Seus rostos começaram a assumir expressões taciturnas, e eu sentia uma atmosfera de angústia pesar sobre nós.

Às treze e trinta, as duas irmãs esguias se sentiram fracas e se sentaram. Então o cavalheiro gordo com o terno encardido subitamente se virou contra o tabelião:

– A culpa é toda sua, Valandier... Devia ter trazido o capitão aqui à força... Ele é um charlatão, e isso está muito claro.

Ele me lançou um olhar selvagem, e o lacaio, por sua vez, murmurou xingamentos para mim.

Confesso que suas reprovações me pareciam muito bem fundadas e que a ausência de Lupin me incomodava muito:

– Ele não virá agora – sussurrei para o advogado.

Eu estava pensando em como sairia dali, quando o garoto mais velho apareceu na porta, gritando:

– Tem alguém vindo! Uma motocicleta!

O motor rugia do outro lado do muro. Um homem em uma motocicleta veio disparado pela ruela, correndo o risco de partir o pescoço. Subitamente, ele freou, do lado de fora da porta, e saltou da moto.

Sob a camada de pó que o cobria da cabeça aos pés, podíamos ver que seu paletó social azul-marinho, suas calças cuidadosamente vincadas, o chapéu preto de feltro e as botas de couro envernizado não eram as roupas que um homem geralmente veste para andar de motocicleta.

– Mas esse não é o capitão Jeanniot! – gritou o tabelião, que não o reconheceu.

– É, sim – disse Lupin, apertando nossas mãos. – Sou o capitão Jeanniot, com toda certeza... É que tirei o bigode... Além disso, Valandier, aqui está seu recibo.

Ele pegou um dos filhos do operário pelo braço e disse:

– Vá até a praça e peça um táxi para a esquina da Rua Raynouard. Vá depressa! Tenho um compromisso urgente às duas da tarde, no máximo às duas e quinze.

Ouviu-se um murmúrio de protesto. Jeanniot pegou seu relógio:

– Ora! São apenas treze e quarenta e oito! Tenho ainda uns bons quinze minutos pela frente. Mas, por Deus, como estou cansado! E, além de tudo, com fome!

O cabo enfiou seu pão de munição[16] nas mãos de Lupin, ele o mastigou enquanto se sentava e disse:

– Devem me desculpar. Estava no expresso de Marselha, que descarrilou entre Dijon e Laroche. Doze pessoas morreram e várias ficaram feridas, as quais eu tive de ajudar. Então eu encontrei essa motocicleta no vagão de bagagens... Professor Valandier, faça a gentileza de devolvê-la ao dono. Vai ver a etiqueta presa no guidão. Ah, você voltou, meu garoto! O táxi está lá? Na esquina da Rua Raynouard? Excelente!

Ele olhou seu relógio novamente:

– Epa! Não temos tempo a perder!

Eu olhava para ele com uma curiosidade interessada. Mas imagine o tamanho da ansiedade dos herdeiros d'Ernemont! É verdade, eles não tinham a mesma confiança no capitão Jeanniot que eu tinha em Lupin. Mesmo assim, seus rostos estavam pálidos e com caretas de preocupação. O capitão Jeanniot virou-se lentamente para a esquerda e foi na direção do relógio de sol. O pedestal representava a figura de um homem com um torso forte, que trazia nos ombros uma placa de mármore, cuja superfície já estava tão gasta pelo tempo que mal se conseguia distinguir as linhas

[16] Pão especial fornecido por alguns exércitos. No caso da França, houve uma crise de abastecimento de pão entre setembro de 1788 e dezembro de 1789, agravada pela má colheita de trigo no inverno deste último ano. A escassez do alimento minou a estabilidade social e política do país. É de 1789 a sentença de desprezo à fome do povo, atribuída à rainha Maria Antonieta, mulher do então rei Luís XVI: "Se não têm pão, que comam brioches". O casal foi executado em 1793, logo após a queda da Bastilha e a Revolução Francesa. Restam controvérsias sobre se realmente Maria Antonieta pronunciou essa frase. (N.R.)

gravadas marcando as horas. Acima da placa, o cupido, com suas asas abertas, segurava uma flecha que servia como gnômon.

O capitão ficou ali curvado para a frente por um minuto, com olhos atentos.

Então ele pediu:

– Alguém me dê uma faca, por favor?

Um relógio no bairro bateu duas horas. Naquele exato momento, a sombra da flecha foi lançada sobre o relógio pela linha de uma rachadura no mármore que quase dividia a placa em duas.

O capitão pegou a faca que lhe entregaram e, com a ponta, muito lentamente, começou a raspar a mistura de terra e musgo que preenchia a rachadura estreita.

Quase imediatamente, a alguns centímetros da beirada, ele parou, como se sua faca tivesse encontrado um obstáculo, colocou o polegar e o indicador ali e tirou um pequeno objeto, que esfregou entre a palma das mãos e entregou para o advogado:

– Aqui, professor Valandier. Pelo menos já temos algo.

Era um diamante enorme, do tamanho de uma avelã, lindamente lapidado.

O capitão continuou seu trabalho. Logo em seguida, parou novamente. Surgiu um segundo diamante, tão magnífico e brilhante quanto o primeiro.

E depois surgiram um terceiro e um quarto.

Em um minuto, seguindo a rachadura de uma beirada à outra, e certamente sem se aprofundar mais do que uma polegada, o capitão tinha retirado dezoito diamantes do mesmo tamanho.

Durante esse minuto não houve uma só exclamação, nem mesmo um movimento em volta do relógio de sol. Os herdeiros pareciam paralisados em um tipo de estupor. Então o cavalheiro gordo murmurou:

– Maldição!

O cabo gemeu:

– Oh, capitão! Oh, capitão!

As duas irmãs caíram desmaiadas. A dama com o cachorrinho caiu de joelhos, orando, enquanto o lacaio, cambaleando como se estivesse bêbado, segurou a cabeça com as duas mãos, e Louise d'Ernemont chorou.

Quando a calma foi restaurada e todos quiseram agradecer ao capitão Jeanniot, viram que ele tinha ido embora.

Alguns anos se passaram antes que eu tivesse a oportunidade de falar com Lupin sobre esse caso. Ele estava disposto a confidenciar e respondeu:

– O caso dos dezoito diamantes? Céus, quando penso que três ou quatro gerações de meus companheiros estiveram procurando a solução! E os dezoito diamantes estavam ali o tempo todo, debaixo de um pouco de barro e poeira.

– Mas como você adivinhou?

– Eu não adivinhei. Eu refleti. Duvido até que precisava ter refletido. Percebi, desde o princípio, o fato de que toda a circunstância era governada por uma questão primária: a questão do tempo. Quando Charles d'Ernemont ainda estava bem do juízo, escreveu uma data nos quadros. Depois, na escuridão em que vivia, uma fagulha de inteligência o levava todo ano ao centro do velho jardim; e aquela mesma fagulha o afastava dele todo ano, no mesmo instante, ou seja, às dezessete e vinte e sete. Algo devia ter feito a máquina falha que era seu cérebro funcionar dessa forma. Qual era a força superior que controlava os movimentos do pobre louco? Obviamente, a noção instintiva de tempo representada pelo relógio de sol nas pinturas do agente de impostos. O movimento anual da Terra ao redor do sol levava Charles d'Ernemont ao jardim em uma data fixa. E era o movimento diário da Terra em torno de seu próprio eixo que o levava embora de lá em uma hora fixa, ou seja, muito provavelmente, quando o sol, escondido por objetos diferentes dos que temos hoje, deixava de iluminar o jardim de Passy. Agora, de tudo isso, o relógio de sol era o símbolo. E por isso eu sabia onde procurar.

– Mas como decidiu a que horas começar a procurar?

– Simplesmente pelos quadros. Um homem vivendo naquela época, como Charles d'Ernemont, teria escrito 26 do germinal, Ano II, ou então 15 de abril de 1794, mas não 15 de abril, Ano II. Eu fiquei chocado que ninguém pensou nisso.

– Então o número 2 queria dizer duas da tarde?

– Evidentemente. E o que deve ter acontecido foi o seguinte: o agente de impostos começou a transformar sua fortuna em ouro sólido e dinheiro de prata. E então, como uma precaução extra, com todo esse outro e prata, ele comprou dezoito diamantes maravilhosos. Quando foi surpreendido pela chegada da patrulha, ele fugiu para o jardim. Qual era o melhor lugar para escondê-los? O destino fez com que seus olhos caíssem sobre o relógio de sol. Eram duas da tarde. A sombra da flecha estava caindo sobre a rachadura no mármore. Ele obedeceu ao sinal da sombra, enfiou os dezoito diamantes no pó e calmamente voltou e se rendeu aos soldados.

– Mas a sombra da flecha coincide com a rachadura no mármore todos os dias, e não só no dia 15 de abril.

– Você se esquece, meu caro amigo, de que estamos lidando com um lunático e de que ele se lembrava somente dessa data do dia 15 de abril.

– Muito bem; mas você, uma vez que já tinha desvendado o enigma, poderia facilmente ter ido ao cercado e pegado os diamantes.

– É bem verdade; e não teria nem hesitado se estivesse lidando com pessoas diferentes. Mas realmente senti pena daqueles pobres miseráveis. E você sabe quanto este Lupin é idiota. A ideia de surgir subitamente como um gênio benevolente e maravilhar seus comuns seria suficiente para fazê-lo cometer qualquer insensatez.

– Ora! – exclamei. – A insensatez nem foi tão grande assim. Seis diamantes magníficos! Imagino que os d'Ernemont não gostaram nada de cumprir com a parte deles do contrato!

Lupin olhou para mim e desatou a rir incontrolavelmente:

– Então não ficou sabendo? Oh, que piada! A satisfação dos herdeiros d'Ernemont! Ora, meu caro amigo, no dia seguinte, aquele valoroso capitão Jeanniot tinha aquele mesmo tanto de inimigos mortais! No dia seguinte, as duas irmãs esguias e o cavalheiro gordo organizaram uma oposição. Um contrato? Não valia nem o papel em que fora escrito, porque, como podia ser facilmente comprovado, não existia nenhum capitão Jeanniot. De onde surgira aquele aventureiro? Pois deixe que ele os processe e ele vai ver com quantos paus se faz uma canoa!

– Louise d'Ernemont também?

– Não, Louise d'Ernemont protestou contra essa sem-vergonhice. Mas o que poderia fazer contra tantos outros? Além disso, agora que era rica, conseguiu seu jovem de volta. Não ouvi mais dela desde então.

– E então?

– Então, meu caro amigo, fui pego em uma armadilha, sem ter o que fazer, e tive de ceder e aceitar um diamante modesto como minha parte, o menor e menos bonito de todos eles. É isso que eu ganho por fazer o meu melhor para ajudar as pessoas!

E Lupin resmungou entre dentes:

– Oh, gratidão! É tudo uma enganação! Onde estaríamos nós, homens honestos, se não tivéssemos nossa própria consciência e a satisfação de uma tarefa cumprida para nos recompensar?

A ARMADILHA INFERNAL

Quando a corrida terminou, uma multidão de pessoas, indo para a saída da arquibancada, pressionava-se contra Nicolas Dugrival. Ele rapidamente pôs a mão no bolso interno do paletó.

– Qual é o problema? – perguntou sua esposa.

– Ainda me sinto nervoso... com todo esse dinheiro comigo! Fico com medo de algum acidente horrível.

Ela murmurou:

– Eu não consigo entendê-lo. Como pode pensar em andar com uma soma tão grande assim? Cada centavo que possuímos! Só Deus sabe o trabalho que foi conseguirmos!

– Ora! – disse ele. – Ninguém adivinharia que está aqui na minha carteira.

– Sim, sim – ela resmungou. – Aquele jovem criado que dispensamos na semana passada sabia tudo a respeito disso, não sabia, Gabriel?

– Sim, tia – disse um jovem ao seu lado.

Nicolas Dugrival, sua esposa e seu sobrinho Gabriel eram figuras conhecidas nas corridas, onde os frequentadores regulares os viam quase todos os dias: Dugrival, um homem grande e gordo com o rosto vermelho, que se parecia com alguém que sabia aproveitar a vida; sua esposa, tão grande quanto ele, dona de um rosto vulgar e grosseiro, e sempre vestida com um vestido de seda cor de ameixa que já vira dias melhores; o sobrinho, bem jovem, esbelto, com traços pálidos, olhos escuros e um cabelo claro e bem cacheado.

Como de hábito, o casal ficava sentado a tarde inteira. Era Gabriel quem fazia as apostas por seu tio, observando os cavalos no *paddock*[17], ouvindo dicas por todos os lados entre os jóqueis e os cavalariços da cocheira, indo de um lado para outro entre as arquibancadas e o guichê de apostas.

A sorte os favorecera naquele dia, pois por três vezes as pessoas ao lado de Dugrival viram o jovem voltar e entregar dinheiro a ele.

A quinta corrida estava quase terminando. Dugrival acendeu um charuto. Naquele momento, um cavalheiro vestindo um terno marrom justo, com um rosto que terminava em uma barba grisalha pontuda, aproximou-se e perguntou, com um sussurro discreto:

– Isso por acaso pertence ao senhor?

E mostrou um relógio e uma corrente de ouro.

Dugrival se sobressaltou:

– Ora, sim... São meus... Olhe, aqui estão minhas iniciais, N. G.: Nicolas Dugrival!

E ele imediatamente, com um movimento aterrorizado, apertou o bolso do paletó. A carteira ainda estava ali.

– Ah – disse, imensamente aliviado –, que sorte a minha! Mas, de qualquer forma, como diabos conseguiram pegar? Conhece o salafrário?

– Sim, eu o prendi. Por favor, venha comigo e logo resolveremos a situação.

– Quem eu tenho a honra de...

– Senhor Delangle, inspetor-detetive. Mandei avisar o senhor Marquenne, o magistrado.

[17] Área junto à pista dos hipódromos onde os cavalos fazem os últimos preparativos para a corrida. (N.R.)

Nicolas Dugrival saiu com o inspetor; e os dois foram para o escritório do comissário, alguns metros atrás da arquibancada. Estavam a cinquenta metros do escritório quando o inspetor foi abordado por um homem que lhe disse apressadamente:

– O homem com o relógio deu com a língua nos dentes; estamos na trilha da gangue inteira. O senhor Marquenne quer que espere por ele no guichê de apostas e que mantenha alguém de vigia perto do quarto guichê.

Havia uma multidão do lado de fora dos guichês de apostas, e o inspetor Delangle sussurrou:

– Mas isso é uma ideia absurda... Eu devo vigiar atrás de quem? É bem a cara do senhor Marquenne!

Ele empurrou um grupo de pessoas que se amontoavam perto demais:

– Céus, por aqui temos que usar nossos cotovelos e segurar bem as carteiras. Foi assim que levaram seu relógio, senhor Dugrival.

– Não consigo entender...

– Oh, se soubesse como essa gentalha trabalha! Não se pode adivinhar o que farão em seguida. Um deles pisa no seu pé, o outro acerta seu olho com a bengala, e o terceiro rouba seu bolso antes que saiba onde está... Já fizeram isso comigo – ele parou e depois continuou, irritado. – Inferno, do que serve ficar aqui? Com uma multidão dessas! É insuportável! Ah, lá está o senhor Marquenne acenando para nós! Um momento, por favor... E aguarde por mim bem aqui.

Ele fez seu caminho empurrando a multidão com os ombros. Nicolas Dugrival seguiu-o com os olhos por um tempo. Uma vez que o inspetor tinha saído de vista, afastou-se um pouco, para evitar ser assaltado.

Alguns minutos se passaram. A sexta corrida estava quase começando quando Dugrival viu sua esposa e sobrinho procurar por ele. Ele explicou aos dois que o inspetor Delangle estava combinando as coisas com o magistrado.

– Seu dinheiro ainda está aí? – perguntou sua esposa.

– Ora, claro que está! – respondeu. – O inspetor e eu tomamos cuidado, garanto, para que a multidão não nos passasse a perna.

Ele tateou a jaqueta, deu um grito abafado, enfiou a mão no bolso e começou a gaguejar sílabas inarticuladas, enquanto a senhora Dugrival arquejava, preocupada:

– O que foi? Qual é o problema?

– Roubada! – lamentou ele. – A carteira... As cinquenta notas!

– Não é verdade! – gritou ela. – Não é verdade!

– Sim, o inspetor... um trapaceiro comum... foi ele...

Ela começou a gritar bem alto:

– Ladrão! Ladrão! Parem o ladrão! Meu marido foi roubado! Cinquenta mil francos! Estamos arruinados! Ladrão! Ladrão...

Em um momento estavam cercados por policiais e foram levados ao escritório do comissário. Dugrival foi como um cordeirinho, completamente perplexo. Sua esposa continuou gritando o mais alto que podia, acumulando explicações, queixando-se ao inspetor:

– Procure-o! Encontre-o! Um terno marrom... uma barba pontuda... Oh, aquele patife, pensar no que ele nos roubou! Cinquenta mil francos! Por quê... Por quê... Dugrival, o que você está fazendo?

Com um salto, ela se jogou sobre seu marido. Tarde demais! Ele tinha colocado o cano de um revólver contra sua têmpora. Ouviu-se um tiro. Dugrival caiu. Estava morto.

O leitor não pode ter-se esquecido da comoção feita pelos jornais a respeito do caso, nem de quanto eles aproveitaram a oportunidade para mais uma vez acusar a polícia de negligência e inépcia. Era concebível que um batedor de carteiras pudesse fingir ser um inspetor dessa forma, em plena luz do dia e em um local público, e que roubasse impunemente um homem respeitável?

A viúva de Nicolas Dugrival manteve a controvérsia viva graças a seus queixumes e às entrevistas que concedia a qualquer oportunidade. Um repórter garantiu uma fotografia dela na frente do corpo do marido, com a mão levantada, jurando que vingaria a morte dele. Seu sobrinho Gabriel estava de pé a seu lado, com o ódio estampado no rosto. Ele também, aparentemente, com algumas palavras sussurradas, mas em um tom de firme determinação, fizera um voto de caçar e encontrar o assassino.

Os relatos descreviam o apartamento humilde que eles ocupavam na Rua Batignolles; e, como todo o seu dinheiro tinha sido roubado, um jornal esportivo fez uma assinatura em favor da família.

Quanto ao misterioso Delangle, permaneceu foragido. Dois homens foram presos, mas logo tiveram de ser liberados. A polícia encontrou muitas pistas, que foram imediatamente abandonadas; sugeriram mais de um nome; e, finalmente, acusaram Arsène Lupin, uma ação que provocou o famoso telegrama, mandado de Nova Iorque, seis dias após o incidente:

> *Protesto com indignação contra calúnia inventada pela polícia aturdida. Mando meus pêsames para vítimas infelizes. Instruo meus banqueiros a enviar cinquenta mil francos a eles.*
>
> *Lupin*

E, assim como prometido, no dia seguinte à publicação do telegrama um estranho tocou a campainha da senhora Dugrival e entregou um envelope. Continha cinquenta notas de mil francos.

Esse golpe teatral não foi de forma alguma calculado para acalmar o burburinho global. Mas logo aconteceu um evento que garantiu uma boa animação extra. Dois dias depois os moradores do mesmo prédio da senhora Dugrival e seu sobrinho foram despertados, às quatro horas da manhã, por terríveis choros e gritos clamando por ajuda. Eles correram para o apartamento. O porteiro conseguiu abrir a porta. Com a luz de uma lanterna levada por um dos vizinhos, ele encontrou Gabriel completamente estirado em seu quarto, com os tornozelos e punhos amarrados e amordaçado, enquanto, no outro cômodo, a senhora Dugrival estava se esvaindo em sangue com uma ferida no peito.

Ela sussurrou:

– O dinheiro… Fui roubada… Todas as notas se foram…

E ficou inconsciente.

O que acontecera? Gabriel contou (e, assim que conseguiu falar novamente, a senhora Dugrival completou a história do sobrinho) que acordou assustado ao ser atacado por dois homens, um dos quais o amordaçou, enquanto o outro o amarrava. Ele não conseguiu ver os homens na escuridão, mas ouviu o barulho da luta entre eles e sua tia. Foi uma luta terrível, afirmou a senhora Dugrival. Os bandidos, que obviamente sabiam o que estavam fazendo, levados por alguma intuição, foram direto para o pequeno armário onde o dinheiro estava guardado e, apesar da resistência e dos gritos dela, puseram as mãos no monte de notas. Enquanto saíam, um deles, que ela mordera no braço, a esfaqueou, e logo depois os dois homens fugiram.

– Por onde? – perguntaram a ela.

– Pela porta do meu quarto e depois, eu presumo, pela porta do saguão.

– Impossível! O porteiro os teria visto.

Então todo o mistério era esse: como os ladrões entraram na casa e como conseguiram sair? Não havia uma passagem aberta para eles. Teria sido um dos inquilinos? Um inquérito cuidadoso comprovou o absurdo dessa suposição.

O que poderia ser, então?

O inspetor-chefe Ganimard, a quem o caso fora especialmente designado, confessou que nunca tinha visto algo tão surpreendente:

– Parece muito ser obra de Lupin – disse. – Ainda assim, não foi ele... Não, há algo escondido, algo muito duvidoso e suspeito... Além disso, se tivesse sido Lupin, por que levaria de volta os cinquenta mil francos que mandou? E há outro ponto que me intriga: qual é a ligação entre o segundo roubo e o primeiro, aquele do hipódromo? A situação toda é incompreensível, e tenho um tipo de sensação, que é algo muito raro para mim, de que não adianta sair caçando. Do meu lado, eu desisto.

O juiz de instrução se dedicou ao caso de corpo e alma. Os repórteres uniram esforços com a polícia. Um famoso detetive inglês cruzou o canal. Um americano muito rico, que tinha se tornado fanático por histórias de detetives, ofereceu uma grande recompensa para qualquer um que desse a primeira informação que levasse à descoberta da verdade. Seis semanas depois, ninguém tinha descoberto coisa alguma. O público adotou o ponto de vista de Ganimard; e o próprio juiz de instrução se cansou de lutar em uma escuridão que só se tornava mais densa com o passar do tempo.

E a vida continuou como sempre com a viúva de Dugrival. Com os cuidados de seu sobrinho, ela logo se recuperou da ferida. Durante as manhãs, Gabriel colocava-a em uma poltrona próxima à janela da sala de jantar, arrumava os quartos e saía para fazer compras. Ele fazia o almoço deles sem sequer aceitar a ajuda que a esposa do porteiro oferecera.

Preocupados com as investigações da polícia e, principalmente, com os pedidos para entrevista, a tia e o sobrinho recusavam-se a receber qualquer um. Não recebiam nem mesmo a porteira, cuja tagarelice incomodava e cansava a senhora Dugrival. Ela voltou-se para Gabriel, a quem abordava todas as vezes que passava pela portaria:

– Tome cuidado, senhor Gabriel, vocês dois estão sendo vigiados. Há homens que os observam. Ora, ontem à noite mesmo meu marido viu alguém espreitando suas janelas.

– Tolice! – disse Gabriel. – Está tudo bem. É a polícia nos protegendo.

Uma tarde, por volta das dezesseis horas, houve uma briga violenta entre dois vendedores ambulantes no fim da rua. A mulher do porteiro imediatamente saiu da portaria para ouvir as ofensas trocadas entre os adversários. Assim que ela virou as costas, um homem jovem, de altura mediana e com um terno cinza de corte impecável, esgueirou-se para dentro do prédio e correu escada acima.

Quando chegou ao terceiro andar, tocou a campainha. Como ninguém respondeu, ele tocou novamente. Na terceira tentativa, a porta foi aberta.

– A senhora Dugrival? – perguntou ele, tirando o chapéu.

– A senhora Dugrival continua doente e não pode receber ninguém – respondeu Gabriel, parado no *hall*.

– É de extrema importância que eu fale com ela.

– Sou o sobrinho dela e talvez possa levar uma mensagem...

– Muito bem – disse o homem. – Por favor, diga à senhora Dugrival que um acidente me forneceu informações valiosas ligadas ao roubo sofrido por ela e que eu gostaria de dar uma olhada no apartamento para averiguar certos detalhes com meus próprios olhos. Estou acostumado com esse tipo de investigação, e minha visita com certeza será útil para ela.

Gabriel examinou o visitante por um instante, refletiu e disse:

– Nesse caso, suponho que minha tia aprovaria... Entre, por gentileza.

Ele abriu a porta da sala de jantar e saiu da frente para que o outro passasse. O estranho chegou à porta, mas, enquanto a atravessava, Gabriel levantou o braço e, com um movimento rápido, acertou-o com uma adaga acima do ombro direito.

Uma explosão de risos ecoou pela sala:

– Você o pegou! – gritou a senhora Dugrival, saltando de sua cadeira. – Muito bem, Gabriel! Mas diga-me, não matou o patife, matou?

– Acho que não, tia. A lâmina é curta e não o atingi com muita força.

O homem cambaleava, com as mãos estendidas à sua frente e seu rosto mortalmente pálido.

– Seu tolo! – zombou a viúva. – Então você caiu na armadilha... E foi uma boa armadilha também! Estivemos procurando por você por um longo tempo. Venha, meu caro amigo, abaixe-se aqui! Você não se importa, não é? Mas não pode evitar, percebe? Isso mesmo: um joelho no chão, diante da patroa... agora, o outro... Veja como é educado! Caia, vamos lá, aí no chão! Senhor, se meu pobre Dugrival pudesse pelo menos vê-lo assim! E agora, Gabriel, mãos à obra!

Ela foi para o seu quarto e abriu uma das portas de uma guarda-roupa repleto de vestidos. Afastando-os para o lado, ela abriu outra porta que formava o fundo do guarda-roupa e levava a um cômodo na casa vizinha:

– Ajude-me a carregá-lo, Gabriel. E vai cuidar dele tão bem quanto puder, não vai? Neste momento ele é muito valioso para nós, esse artista!

As horas se sucederam. Dias se passaram.

Uma manhã, o homem ferido recuperou a consciência por um momento. Levantou as pálpebras e olhou em volta.

Estava deitado em um aposento maior do que aquele em que fora esfaqueado, um quarto pouco mobiliado, com cortinas pesadas cobrindo as janelas de cima a baixo. Mas havia luz suficiente para que ele pudesse ver o jovem Gabriel Dugrival sentado em uma cadeira ao seu lado, observando-o.

– Ah, é você, garoto! – murmurou. – Eu o parabenizo, meu jovem. Tem uma mão firme e sabe usar bem a adaga.

E dormiu novamente.

Naquele dia e nos seguintes, o homem acordou várias vezes, e todas as vezes ele viu o rosto pálido do rapaz, seus lábios finos e os olhos escuros, sempre com um olhar duro.

– Você me assusta – disse. – Se tiver jurado acabar comigo, não faça cerimônias. Mas alegre-se, pelo amor de Deus. A ideia da morte sempre me pareceu a coisa mais engraçada do mundo. Enquanto com você, meu amigo, ela simplesmente se torna lúgubre. Eu prefiro ir dormir. Boa noite!

Mesmo assim, Gabriel, obedecendo às ordens da senhora Dugrival, continuou cuidando dele com o maior carinho e atenção possíveis. O paciente estava quase sem febre e já começava a tomar caldo de carne e leite. Ficou um pouco mais forte e brincou:

– Quando vão deixar que o convalescente saia pela primeira vez? A cadeira para o banho está aí? Ora, alegre-se, seu tonto! Você parece um salgueiro-chorão observando um crime. Vamos, dê um sorrisinho para o papai aqui!

Um dia, ao acordar, ele teve uma sensação desagradável de estar preso. Depois de alguns esforços, percebeu que, durante o sono, suas pernas, tórax e braços foram amarrados à cama com pedaços finos de metal que cortavam sua pele com o menor dos movimentos.

– Ah – disse ao seu carcereiro –, chegou a hora da grande *performance*! Vão sangrar o frango. Você que fará a operação, anjo Gabriel? Se for, garanta que sua navalha esteja afiada e limpa, velho amigo! Se possível, dê-me o tratamento antisséptico!

Mas ele foi interrompido pelo som de uma chave rangendo na fechadura. A porta do outro lado do quarto se abriu, e a senhora Dugrival entrou.

Ela se aproximou lentamente, pegou uma cadeira e, tirando um revólver do bolso, engatilhou-o e o colocou na mesa de cabeceira.

– *Brrrrr*! – disse o prisioneiro. – Devemos estar em um teatro! Quarto ato: "A perdição do traidor". E é alguém do sexo frágil que puxa o gatilho... A mão das Graças... Quanta honra! Senhora Dugrival, confio que não desfigurará meu rosto.

– Cale a boca, Lupin.

– Ah, então sabe quem sou? Deus do céu, como somos inteligentes!

– Cale a boca, Lupin.

Havia um tom solene em sua voz que impressionou o cativo e o compeliu a fazer silêncio. Ele observou seus dois carcereiros, um de cada vez. Os traços inchados e a pele avermelhada da senhora Dugrival formavam um contraste impressionante com o rosto refinado de seu sobrinho; mas ambos tinham o mesmo ar de implacável determinação.

A viúva curvou-se para a frente e disse:

– Está pronto para responder às minhas perguntas?

– Por que não?

– Então me escute. Como sabia que Dugrival levava todo o seu dinheiro em seu bolso?

– Fofoca de criados...

– Um jovem criado que trabalhara conosco: foi isso?

– Sim.

– E você roubou o relógio de Dugrival para devolvê-lo a ele e inspirar confiança?

– Sim.

Ela reprimiu um movimento de fúria:

– Seu idiota! Seu idiota! Como assim! Você rouba meu marido, você faz com que ele se suicide e, em vez de ir se esconder no fim do mundo, continua agindo como Lupin no coração de Paris! Esqueceu que jurei, sobre a cabeça do meu marido morto, encontrar o assassino dele?

– É isso que me surpreende – disse Lupin. – Como suspeitou de mim?

– Como? Ora, você se entregou!

– Eu me entreguei?

– Claro que sim... Os cinquenta mil francos...

– E o que têm eles? Foram um presente...

– Sim, um presente sobre o qual você deu instruções por telegrama para que fosse entregue para mim, para que acreditássemos que estivesse na América no dia das corridas. Um presente, de fato! Que enganação! O fato é: você não queria pensar sobre o pobre homem que assassinara. Então devolveu o dinheiro à viúva, publicamente, é claro, porque você adora fazer esses gestos dramáticos e discursar e posar, como o charlatão que é. Isso tudo foi muito bem pensado. Mas, meu caro amigo, você não deveria ter mandado as mesmas notas que foram roubadas de Dugrival! Sim, seu idiota ignorante, as mesmíssimas notas! Nós sabíamos os números delas, Dugrival e eu. E você foi suficientemente estúpido para mandar o maço para mim. Agora entende a sua tolice?

Lupin começou a rir:

– Foi uma grande confusão, eu admito. Mas não foi minha culpa; as ordens que eu dei foram diferentes. Mas, de qualquer forma, só posso culpar a mim mesmo.

– Ah, então você admite! Assinou seu roubo e sua ruína ao mesmo tempo. Não restava mais nada a fazer além de encontrá-lo. Encontrá-lo? Não, melhor ainda. Pessoas sensatas não encontram Lupin: elas fazem com que ele venha até elas! Essa foi uma ideia brilhante. E veio da mente do meu jovem sobrinho, que o odeia tanto quanto eu, se é que isso é possível, e que o conhece profundamente, por ter lido todos os livros que foram escritos sobre você. Ele conhece sua natureza bisbilhoteira, sua necessidade de estar sempre tramando algo, sua obsessão de caçar no escuro e desvendar o que outros não conseguiram. Ele também conhece essa sua gentileza falsa, o sentimentalismo babão que o faz banhar com lágrimas de crocodilo as pessoas que você engana. E ele planejou toda a farsa! Ele inventou a história dos dois assaltantes, do segundo roubo de cinquenta mil francos! Oh, eu lhe juro, diante de Deus, que a facada que dei em mim mesma nem me machucou! E eu lhe juro, diante de Deus, que passamos momentos gloriosos aguardando a sua chegada, o garoto e eu, espreitando os seus cúmplices que rondavam sob nossas janelas, determinando as posições deles! E não havia erro: com certeza você viria! Uma vez que você tinha devolvido os cinquenta mil francos da viúva Dugrival, seria completamente absurdo pensar que permitiria que os roubassem dela! Você com certeza viria, atraído pelo cheiro do mistério. Você com certeza viria, para se gabar, por pura vaidade! E veio!

A viúva deu uma risada estridente:

– Foi uma boa jogada, não foi? O Lupin dos Lupins, o mestre dos mestres, inacessível e invisível, foi pego na armadilha de uma mulher e um garoto! Aqui está ele em carne e osso... aqui está ele com as mãos e pés atados, tão perigoso quanto um pardal... aqui está ele... aqui está ele!

Ela tremia de alegria e começou a andar pelo quarto, olhando de esguelha para a cama, como um animal selvagem que não tira os olhos da presa nem por um instante. E Lupin nunca vira tamanho ódio e selvageria em um ser humano.

– Já chega dessa tagarelice – disse ela.

Repentinamente se contendo, ela voltou até ele e, em um tom completamente diferente, com uma voz fria, disse, enfatizando cada sílaba:

– Graças aos papéis em seu bolso, Lupin, usei muito bem os últimos doze dias. Sei de todos os seus negócios, todos os seus esquemas, todos os nomes que você usa, a organização do seu bando, todas as residências que você tem em Paris e em outros lugares. Eu até mesmo visitei uma delas, a mais secreta delas, onde você guarda os seus documentos, seus registros e todo o histórico de suas operações financeiras. O resultado das minhas investigações foi muito satisfatório. Aqui tenho quatro cheques, tirados de quatro talões e que correspondem a quatro contas que você mantém em quatro bancos diferentes sob quatro nomes diferentes. Preenchi cada um deles com a soma de dez mil francos. Uma soma maior seria arriscada demais. E, agora, assine-os.

– Meu Deus! – disse Lupin sarcasticamente. – Isso é chantagem, minha honrada senhora Dugrival.

– Isso o deixa surpreso, ou não?

– Isso me deixa muito surpreso, como diz.

– E encontrou um oponente do seu nível?

– Esse oponente está muito além do meu nível. Então, a armadilha... vamos chamá-la de infernal... a armadilha infernal em que caí não foi feita apenas por uma viúva sedenta por vinganças, mas também por uma empresária de primeira linha ansiosa para aumentar seu capital?

– Exatamente.

– Meus parabéns. E, enquanto penso nisso, talvez tenha usado o senhor Dugrival para...

– Você acertou, Lupin. Afinal, para que esconder o fato? Vai aliviar sua consciência. Sim, Lupin, Dugrival costumava trabalhar pelas mesmas linhas que você. Oh, não na mesma escala! Éramos pessoas humildes: um luís aqui, outro ali... uma carteira ou outra que ensinamos Gabriel a bater nas corridas... E, dessa forma, fizemos nossa pequena economia... o suficiente para comprar um lugarzinho no interior.

– Prefiro que tenha sido assim – disse Lupin.

– Está muito bem! Só estou contando para que saiba que não sou uma iniciante e que você não tem escapatória. Um resgate? Não. O quarto em que estamos agora tem saída somente para o meu quarto. Tem uma saída privada da qual ninguém sabe. Era o apartamento especial de Dugrival. Ele costumava encontrar os amigos aqui. Deixava seus apetrechos e ferramentas guardados aqui, seus disfarces... Até mesmo seu telefone, como pode ver. Assim, não lhe resta esperança, percebe? Seus cúmplices já desistiram de procurá-lo por aqui. Já os despachei em outra pista. Sua batata está assando. Está entendendo a posição em que se encontra?

– Sim.

– Então assine os cheques.

– E, depois de assiná-los, vão me libertar?

– Devo depositá-los primeiro.

– E depois disso?

– Depois, juro pela minha alma, pela minha salvação eterna, libertaremos você.

– Não acredito em você.

– E você tem alguma escolha?

– Isso é verdade. Entregue-me os cheques.

Ela desamarrou a mão direita de Lupin, entregou-lhe uma caneta e disse:

– Não se esqueça de que os quatro cheques precisam de quatro assinaturas diferentes e que a letra precisa ser alterada em cada um deles.

– Não se preocupe.

Ele assinou os cheques.

– Gabriel – disse a viúva –, são dez horas. Se eu não tiver voltado até o meio-dia, significa que esse salafrário fez algum de seus truques. Ao meio-dia, exploda seus miolos. Vou deixar aqui o revólver que seu tio usou para se matar. Ainda tem cinco balas das seis. É mais do que suficiente.

Ela saiu do quarto, cantarolando uma música enquanto se afastava.

Lupin murmurou:

– Eu não daria nem dois centavos pela minha vida.

Ele fechou seus olhos por um instante e então, subitamente, disse para Gabriel:

– Quanto?

E, quando o outro pareceu não entender, ele ficou irritado:

– Estou falando sério. Quanto? Não consegue me responder? Estamos no mesmo negócio, você e eu. Eu roubo, tu roubas, nós roubamos. Então deveríamos nos entender: é para isso que estamos aqui. E então? Estamos negociando? Vamos começar, então? Eu lhe darei um posto na minha gangue, um posto fácil e bem pago. Quanto você quer para si mesmo? Dez mil? Vinte mil? Dê-me seu preço; não fique tímido. Tenho o suficiente para qualquer que seja o seu desejo.

Um tremor raivoso passou por seu corpo quando viu o rosto impassível de seu carcereiro.

– Oh, o mendigo não quer nem responder! Ora, você não poderia ter tanto carinho assim pelo velho Dugrival! Ouça-me: se consentir em me libertar...

Mas ele se interrompeu. Conhecia muito bem a expressão cruel que via nos olhos do jovem. Qual era a serventia de tentar convencê-lo?

– Maldição! – lamentou ele. – Não vou morrer aqui, como um cachorro! Oh, se eu pudesse pelo menos...

Enrijecendo seus músculos, ele tentou romper as amarras, fazendo um esforço tão violento que o fez soltar um grito de dor; e caiu de volta na cama, exausto.

– Muito bem – ele resmungou, depois de um momento –, é como disse a viúva: a minha batata está assando. Não resta nada a ser feito. *De profundis*[18], Lupin...

Passaram-se quinze minutos, depois meia hora...

Gabriel, aproximando-se de Lupin, viu que os olhos dele estavam fechados e que sua respiração estava compassada, como se estivesse dormindo. Mas Lupin disse:

– Não pense que estou dormindo, meu jovem. Não, as pessoas não dormem em um momento desses. Eu estou apenas me consolando. É necessário, não é? E estou aqui pensando no que vai acontecer depois.... Exatamente. Tenho uma pequena teoria própria. Não pensaria nisso só de olhar para mim, mas eu acredito na metempsicose, na transmigração de almas[19]. Mas levaria muito tempo para explicar... Veja, meu garoto... E se apertarmos as mãos antes de nos despedirmos? Não faria isso? Então adeus. Que tenha muita saúde e uma longa vida pela frente, Gabriel!

---

18 Das profundezas. Palavras iniciais da versão latina do Salmo 130, recitado nas cerimônias fúnebres e no ofício dos mortos. (N.T.)

19 Metempsicose é o termo genérico para transmigração ou teoria da transmigração da alma, de um corpo para outro, seja este do mesmo tipo de ser vivo ou não. (N.T.)

Ele fechou os olhos e não se mexeu novamente até a volta da senhora Dugrival.

A viúva entrou com um passo animado, alguns minutos antes do meio-dia. Parecia imensamente empolgada.

– Estou com o dinheiro – disse para o sobrinho. – Vá logo. Eu o encontro no carro lá embaixo.

– Mas…

– Não quero sua ajuda para acabar com ele. Posso fazer isso sozinha. Mas, se quiser ver que careta um bandido fará… Passe-me a arma.

Gabriel deu-lhe o revólver, e a viúva continuou:

– Queimou nossos documentos?

– Sim.

– Então vamos ao trabalho. E, assim que acabarmos com ele, vamos embora. Os tiros podem atrair os vizinhos. Quando eles chegarem, os dois apartamentos precisam estar vazios.

Ela se aproximou da cama:

– Está pronto, Lupin?

– Pronto não é bem a palavra: estou queimando de impaciência.

– Tem algum pedido a me fazer?

– Nenhum.

– Então…

– Tenho uma palavra apenas.

– Que palavra?

– Se eu encontrar Dugrival no além-mundo, que mensagem deseja que eu dê a ele?

Ela deu de ombros e colocou o cano do revólver na têmpora de Lupin.

– É isso – disse ele –, e se certifique de não tremer a mão, minha cara senhora. Não vai machucá-la, juro. Está pronta? Ao meu comando, sim? Um… dois… três…

A viúva puxou o gatilho. Ouviu-se o som de um tiro.

– Isso é a morte? – disse Lupin. – Que engraçado! Eu pensava que seria algo completamente diferente da vida!

Houve um segundo tiro. Gabriel arrancou a arma das mãos da tia e a examinou:

– Ah – exclamou ele –, alguém tirou as balas! Deixaram apenas as espoletas de percussão!

Por um momento, sua tia e ele pararam imóveis e confusos:

– Isso é impossível! – exclamou ela. – Quem poderia ter feito isso? Um inspetor? O juiz de instrução?

Ela parou e disse com uma voz baixa:

– Diabos... Ouço um barulho...

Eles escutaram, e a viúva saiu para o saguão. Ela voltou, furiosa, exasperada com seu fracasso e com o susto que levara:

– Não há ninguém lá fora... Deve ter sido um dos vizinhos saindo... Temos tempo de sobra... Ah, Lupin, estava começando a ficar contente! A faca, Gabriel.

– Está no meu quarto.

– Vá buscá-la.

Gabriel saiu com pressa. A viúva pisoteou o chão com raiva.

– Eu jurei que o faria! Você tem que sofrer, meu caro amigo! Eu prometi a Dugrival que o faria e repeti meu juramento toda manhã e noite desde que me ajoelhei, sim, me ajoelhei diante de Deus para que ele me ouvisse! É meu dever e meu direito vingar meu finado marido! A propósito, Lupin, não parece estar tão contente quanto estava antes! Por Deus, até se poderia pensar que está com medo! Ele está com medo! Está com medo! Posso ver em seus olhos! Venha logo, Gabriel, meu garoto! Olhe nos olhos dele! Olhe os lábios dele! Ele está tremendo! Dê-me a faca, para que eu a enterre em seu coração enquanto ele treme... Oh, seu covarde! Rápido, rápido, Gabriel, a faca!

– Não a encontro em lugar algum – disse o jovem, voltando em desespero. – Sumiu do meu quarto! Não consigo entender!

– Tanto faz! – gritou a viúva Dugrival, meio enlouquecida. – Melhor ainda! Eu mesma darei um jeito.

Ela agarrou a garganta de Lupin, envolveu-a com os dez dedos, fincando suas unhas na pele dele, e começou a apertá-la com toda a sua força. Lupin soltou um ruído rouco e desistiu.

Subitamente, ouviu-se uma pancada na janela. Uma das vidraças estava estilhaçada.

– O que foi isso? O que houve? – gaguejou a viúva, pondo-se de pé, alarmada.

Gabriel, que estava ainda mais pálido do que de costume, murmurou:

– Não sei... Não consigo pensar...

– Quem poderia ter feito isso? – disse a viúva.

Ela não se atreveu a se mexer, esperando o que poderia acontecer em seguida. E uma coisa a aterrorizava acima de todas as outras: o fato de que não havia um projétil no chão em volta deles, apesar de a vidraça, como era claramente visível, ter sido destruída pelo impacto de um objeto pesado e bastante grande, provavelmente uma pedra.

Depois de um tempo, ela olhou embaixo da cama, sob o baú com gavetas:

– Nada – disse ela.

– Não – disse seu sobrinho, que também procurava.

E, voltando ao seu lugar, ela disse:

– Estou com medo... Meus braços não estão funcionando... você acaba com ele...

Gabriel confessou:

– Também estou com medo.

– Mesmo assim... Mesmo assim... – gaguejou ela – isso precisa ser feito... Eu fiz uma promessa...

Fazendo um último esforço, ela foi até Lupin e colocou seus dedos duros em volta do pescoço dele. Mas Lupin, que observava seu rosto pálido, teve uma sensação muito clara de que ela não teria coragem de matá-lo. Para ela, ele se tornava algo sagrado, invulnerável. Um poder misterioso o protegia de todos os ataques, um poder que já o salvara três vezes, de formas inexplicáveis, e que encontraria ainda outras para protegê-lo contra os ardis da morte.

Ela disse a ele, com uma voz rouca:

– Como deve estar rindo de mim!

– De forma nenhuma, dou minha palavra. Eu mesmo estaria com medo se estivesse em seu lugar.

– Coisa nenhuma, escória! Você está pensando que será resgatado... Que seus amigos estão esperando lá fora? Isso está fora de questão, meu amigo.

– Eu sei. Não são eles que estão me defendendo... ninguém está me defendendo...

– Então o que está acontecendo?

– Então, de qualquer forma, tem algo estranho lá no fundo, algo fantástico e miraculoso que lhe dá calafrios, minha cara senhora.

– Seu cafajeste! Em pouco tempo não estará mais rindo.

– Eu duvido.

– Aguarde e vai ver.

Ela refletiu mais uma vez e disse ao seu sobrinho:

– O que você faria?

– Amarre o braço dele novamente e vamos embora – respondeu ele.

Uma sugestão horrenda! Significava condenar Lupin a morrer da pior das formas, morrer de fome.

– Não – disse a viúva. – Ele ainda pode encontrar uma forma de escapar. Sei de algo melhor que isso.

Ela tirou o telefone do gancho, aguardou e disse:

– Número 8-2248, por favor.

E, depois de alguns segundos:

– Alô! É o Departamento de Investigação Criminal? O inspetor-chefe Ganimard está aí? Em vinte minutos, você diz? Sinto muito! Entretanto, quando ele chegar, dê a ele esta mensagem da senhora Dugrival... Sim, a senhora Nicolas Dugrival... Peça que ele venha ao meu apartamento. Diga a ele para abrir a porta de espelho do meu guarda-roupa; e, depois que o fizer, ele verá que o guarda-roupa esconde uma saída que faz meu quarto se comunicar com outros dois cômodos. Em um deles, ele encontrará um homem com as mãos e os pés atados. É o ladrão, o assassino de Dugrival... Não acredita em mim? Diga ao senhor Ganimard; ele sim, acreditará... Oh, quase esqueci de lhe dizer o nome do homem: Arsène Lupin!

E, sem outra palavra, ela colocou o telefone no gancho.

– Pronto, Lupin, está feito. No fim das contas, preferiria ter a minha vingança dessa forma. Como rirei quando ler as notícias sobre o julgamento de Lupin! Está vindo, Gabriel?

– Sim, tia.

– Adeus, Lupin. Você e eu não nos veremos novamente, imagino, já que sairemos do país. Mas prometo lhe mandar algumas guloseimas enquanto estiver atrás das grades.

– Chocolates, mamãe! E os comeremos juntos!

– Adeus.

– *Au revoir.*

A viúva saiu com seu sobrinho, deixando Lupin preso na cama.

Ele imediatamente moveu seu braço livre e tentou se soltar; mas percebeu, na primeira tentativa, que nunca teria força suficiente para romper os arames que o amarravam. Exausto, com febre e dolorido, o que ele poderia fazer nos cerca de vinte minutos que lhe restavam antes da chegada de Ganimard?

Também não contava com seus amigos. Era verdade: ele tinha sido salvo da morte três vezes; mas isso tinha sido evidentemente devido a uma inacreditável série de acidentes, e não a qualquer interferência da parte de seus aliados. Caso contrário, eles não teriam se contentado com essas manifestações extraordinárias, e sim o teriam resgatado de uma vez por todas.

Não, ele deveria abandonar completamente suas esperanças. Ganimard estava a caminho. Ganimard o encontraria ali. Era inevitável. Esse fato era inescapável.

E a perspectiva do que estava por vir o irritava extraordinariamente. Ele já ouvia as chacotas do seu velho inimigo zunindo em seus ouvidos.

Ele previa os arroubos de risada que responderiam à notícia no dia seguinte. Ser capturado em ação, por assim dizer, no campo de batalha, por um imponente contingente de adversários, era uma coisa; mas ser capturado, ou melhor dizendo, ser recolhido, apanhado, buscado, em uma condição daquelas era realmente ridículo. E Lupin, que tanto zombara dos outros, sentia toda a infâmia que caía sobre ele ao fim desse caso dos Dugrival, todo o anticlímax de ter-se permitido ser pego naquela destruidora e infernal armadilha de uma viúva e ser finalmente "entregue de bandeja" para a polícia como uma caça, bem assado e temperado.

– Dane-se essa viúva! – rugiu ele. – Preferiria que ela tivesse cortado minha garganta e acabado logo com isso.

Ele ficou de orelha em pé. Alguém se movia no cômodo vizinho. Ganimard! Não. Por mais ansioso que estivesse, ainda não teria conseguido chegar lá. Além disso, Ganimard não agiria dessa forma, não abriria a porta tão gentilmente quanto essa outra pessoa o fazia. Quem era essa pessoa? Lupin se lembrou das três intervenções miraculosas às quais devia sua vida. Seria possível que realmente existisse alguém que o protegera da viúva e que esse alguém agora tentasse resgatá-lo? Mas, caso existisse, quem seria?

Sem ser vista por Lupin, a pessoa estranha se agachou atrás da cama. Lupin ouviu o som de alicates atacando os arames e soltando-o aos poucos. Primeiro, seu tórax estava livre, depois seus braços, e então suas pernas.

E uma voz lhe disse:

– Deve se levantar e se vestir.

Sentindo-se muito fraco, ele se levantou um pouco no momento que a pessoa estranha se erguia de sua posição agachada.

– Quem é você? – sussurrou ele. – Quem é você?

E ele foi tomado por uma imensa surpresa.

Ao seu lado estava uma mulher, vestida de preto, com um xale de renda sobre a cabeça, que cobria parte do seu rosto. E a mulher, até onde ele podia avaliar, era jovem e com uma estatura graciosa e esguia.

– Quem é você? – repetiu ele.

– Deve vir agora – disse a mulher. – Não há tempo a perder.

– Será que consigo? – indagou Lupin, esforçando-se desesperadamente. – Duvido que tenha força suficiente.

– Beba isto.

Ela colocou um pouco de leite em uma xícara; e, ao entregá-la a ele, seu xale se abriu, descobrindo seu rosto.

– Você! – gaguejou ele. – É você! É você que... era você que estava...

Ele encarava aturdido essa mulher cujos traços apresentavam uma semelhança tão notável com Gabriel, cujo rosto delicado e simétrico tinha a mesma palidez, a boca trazia a mesma expressão dura e hostil. Nenhuma irmã poderia ser tão parecida assim com seu irmão. Não havia dúvida alguma: era a mesma pessoa. E, sem acreditar nem por um momento que Gabriel tivesse se disfarçado com roupas femininas, Lupin, ao contrário, teve a nítida impressão de que era uma mulher quem estava ao seu lado e que o jovem que o perseguira com tanto ódio e o apunhalara com a adaga era, de fato, uma mulher. Para se dedicarem mais facilmente ao seu ofício, os Dugrival a acostumaram a se vestir como um garoto.

– Você... você! – repetiu ele. – Quem suspeitaria...

Ela esvaziou o conteúdo de um frasco na xícara:

– Beba esse tônico – disse ela.

Ele hesitou, pensando em veneno.

Ela acrescentou:

– Fui eu quem salvou você.

– É claro, é claro – disse ele. – Foi você quem tirou as balas do revólver?

– Sim.

– E foi você quem escondeu a faca?

– Aqui está ela, no meu bolso.

– E foi você quem quebrou a janela enquanto sua tia me esganava?

– Sim, fui eu, com o peso de papéis da mesa: eu o joguei na rua.

– Mas por quê? Por quê? – ele perguntou, completamente aturdido.

– Beba o tônico.

– Não quer que eu morra? Então por que me esfaqueou, para começo de conversa?

– Beba o tônico.

Ele bebeu tudo de uma golada só, ainda sem saber o motivo dessa súbita confiança.

– Vista-se... rápido – ela ordenou, andando para a janela.

Ele obedeceu e ela voltou, pois ele tinha caído na cadeira, exausto.

– Temos que ir agora, precisamos, o tempo é curto... Tente reunir todas as suas forças.

Curvou-se um pouco para a frente, para que ele pudesse se apoiar no ombro dela, e se virou na direção da porta e da escada.

E Lupin caminhou como se caminha em um sonho, um desses sonhos estranhos em que as coisas mais inconsequentes acontecem, um sonho que era a sequência feliz do terrível pesadelo em que ele vivera nos últimos quinze dias.

Entretanto um pensamento lhe ocorreu, e ele começou a rir:

– Pobre Ganimard! Dou minha palavra que o pobre homem não tem sorte. Eu pagaria para vê-lo vir me prender.

Depois de descer as escadas com a ajuda de sua companheira, que o apoiou com um vigor incrível, ele se viu na rua, de frente com um carro em que ela o ajudou a entrar.

– Vamos logo – ela disse ao motorista.

Lupin, atordoado com o ar livre e a velocidade em que se moviam, mal percebeu como foram a viagem e os incidentes na estrada. Ele recobrou completamente a consciência quando se viu em casa, em um dos apartamentos que ocupava, sob os cuidados de seu criado, a quem a garota deu instruções rápidas.

– Pode ir – disse ao homem.

Mas, quando a mulher também se virou para ir embora, ele a segurou por uma das dobras do vestido.

– Não... não... primeiro tem que me explicar... Por que me salvou? Voltou sem sua tia saber? Mas por que me salvou? Foi por pena?

Ela não respondeu. Com o corpo enrijecido e a cabeça um pouco jogada para trás, ela manteve seu ar duro e impenetrável. Mesmo assim, ele pensou perceber que as linhas ao redor da boca eram mais amargas do que cruéis. Seus olhos, seus lindos olhos escuros, revelavam melancolia. E Lupin, ainda sem entender, tinha uma vaga intuição do que se passava dentro dela. Ele a tomou pela mão. Ela o empurrou, com um sobressalto de revolta em que ele sentiu ódio, quase repulsa. E, quando ele insistiu, ela gritou:

– Não pode me deixar em paz? Deixe-me em paz! Não consegue ver que eu o detesto?

Eles se olharam por um momento, Lupin desconcertado, ela trêmula e inquieta, seu rosto pálido completamente corado com uma cor pouco comum.

Ele disse gentilmente a ela:

– Se me detestasse, teria me deixado morrer... Seria muito simples... Por que não deixou?

– Por quê? Por quê? E acha que sei?

Seu rosto se contorceu. Com um movimento súbito, ela o escondeu em suas mãos, e ele viu lágrimas escorrer por entre seus dedos.

Muito emocionado, ele pensou em se dirigir a ela com palavras gentis, como alguém usaria para consolar uma garotinha, e dar-lhe bons conselhos, salvá-la e, por sua vez, arrancá-la da vida ruim que levava, talvez até mesmo contra sua própria natureza.

Mas palavras assim teriam soado ridículas saindo dos lábios dele, e ele não sabia o que dizer, agora que sabia a história por inteiro e podia imaginar a jovem sentada ao lado do leito dele, cuidando do homem que tinha ferido, admirando sua coragem e alegria, afeiçoando-se a ele, apaixonando-se por ele e salvando-o da morte por três vezes, provavelmente contra sua vontade, sob um tipo de impulso instintivo, entre crises de rancor e raiva.

E tudo isso era tão estranho, tão imprevisível; Lupin ficou tão estupefato com sua surpresa que, dessa vez, não tentou pará-la quando ela saiu na direção da porta, de costas, sem parar de olhá-lo.

Ela abaixou a cabeça, sorriu por um instante e desapareceu.

Ele rapidamente tocou a campainha:

– Siga aquela mulher – disse ao seu criado. – Ou não, fique onde está... Afinal, é melhor assim...

Ele se sentou pensativo por um tempo, possuído pela imagem da garota. Então, repassou em sua mente toda aquela aventura curiosa, empolgante e trágica, em que ele estivera tão perto de sucumbir; e, pegando um espelho da mesa de cabeceira, olhou para seu rosto por um longo tempo e com certa autocomplacência, o rosto que a doença e a dor não conseguiram prejudicar muito:

– Ser bonito conta para alguma coisa, no fim das contas! – murmurou.

A ECHARPE DE SEDA VERMELHA

Ao sair de sua casa certa manhã, na hora em que sempre ia para o tribunal, o inspetor-chefe Ganimard percebeu o comportamento curioso de um indivíduo que andava pela Rua Pergolèse adiante dele. Mal vestido e com um chapéu de palha, apesar de estarem quase no inverno, o homem parava a cada trinta ou quarenta metros para amarrar os cadarços do sapato, ou pegar sua bengala, ou por algum outro motivo. E toda vez, ele tirava um pedaço de casca de laranja do bolso e a colocava na calçada disfarçadamente. Provavelmente era apenas um sinal de excentricidade, um divertimento infantil ao qual ninguém mais teria prestado atenção; mas Ganimard era um desses observadores astutos que não são indiferentes a nada que passe por suas vistas e que nunca estão satisfeitos até que descubram o motivo secreto das coisas. Portanto, ele começou a seguir o homem.

Agora, no momento em que o sujeito virava à direita, na Avenida da Grande-Armée, o inspetor percebeu que ele trocava sinais com um garoto de doze ou treze anos de idade que seguia pela calçada do lado esquerdo da rua. A vinte metros dali o homem se abaixou e dobrou para cima a bainha de sua calça. Um pedaço de casca de laranja marcou o lugar. No mesmo instante, o garoto parou e, com um pedaço de giz, desenhou uma cruz branca, cercada por um círculo, na parede da casa perto dele.

Os dois continuaram em seus caminhos. Depois de um minuto, pararam novamente. O indivíduo estranho pegou um alfinete e deixou cair um pedaço de casca de laranja; e o garoto imediatamente fez uma segunda cruz na parede e mais uma vez desenhou um círculo branco em volta dela.

"Céus!", pensou o inspetor-chefe com um grunhido de satisfação. "Isso é muito promissor... O que diabos esses dois fregueses podem estar maquinando?"

Os dois "fregueses" seguiram pela Avenida Friedland e pela Rua do Faubourg-Saint-Honoré, mas não aconteceu nada de especial que merecesse ser mencionado. A *performance* da dupla foi repetida quase a intervalos regulares e, por assim dizer, mecanicamente. Apesar disso, era óbvio, de um lado, que o homem com as cascas de laranja não fazia a sua parte do negócio até depois de ter escolhido com um olhar a casa que deveria ser marcada e, de outro lado, que o garoto não marcava a casa em particular até depois de ter observado o sinal de seu companheiro. Portanto, com certeza havia um acordo entre os dois; e esses procedimentos apresentavam um grande interesse aos olhos do inspetor-chefe.

Na Praça Beauveau, o homem hesitou. Então, aparentemente se decidindo, ele dobrou e desdobrou duas vezes a bainha de sua calça. Depois disso, o garoto sentou-se no meio-fio, defronte à sentinela que estava de guarda do lado de fora do Ministério do Interior, e marcou a pedra com duas pequenas cruzes dentro de dois círculos. A mesma cerimônia foi repetida um pouco mais à frente, quando chegaram à Elysée. Só que, na calçada em que a sentinela do presidente marchava para cima e para baixo, havia três sinais em vez de dois.

– Maldição! – murmurou Ganimard, pálido de empolgação e pensando, contra sua vontade, no seu inimigo inveterado, Lupin, cujo nome surgia em sua mente sempre que uma circunstância misteriosa se apresentava. – Maldição, o que significa isso?

Ele estava muito perto de prender e interrogar os dois "fregueses". Mas era esperto demais para cometer um engano desses. O homem com as cascas de laranja agora tinha acendido um cigarro; e o garoto, também colocando um cigarro entre os lábios, foi até ele, aparentemente com o objetivo de pedir que o acendesse.

Eles trocaram algumas palavras. Tão rápido quanto um pensamento, o garoto entregou ao seu companheiro um objeto que parecia um revólver, ou pelo menos assim pareceu ao inspetor. Ambos se curvaram sobre esse objeto; e o homem, com o rosto de frente para o muro, colocou sua mão no bolso seis vezes e fez um movimento como se estivesse recarregando uma arma.

Assim que isso tinha terminado, eles andaram depressa para a Rua de Surène; e o inspetor, que os seguiu tão de perto quanto podia sem atrair a atenção deles, viu que entraram pelo portão de uma casa antiga que tinha todas as janelas fechadas, exceto aquelas no terceiro andar, o último.

Ganimard seguiu depressa atrás dos dois. No fim da entrada de carruagens, ele viu um grande pátio, com um cartaz de um pintor de casas ao fundo e uma escadaria à esquerda.

Ele subiu as escadas e, assim que chegou ao primeiro andar, correu ainda mais rápido, porque ouviu, lá do alto, um escarcéu que parecia ser de uma briga.

Quando chegou ao último andar, achou a porta aberta. Entrou, escutou por um instante, percebeu o barulho de uma luta, correu para o quarto de onde o som parecia vir e ficou parado na porta, bastante ofegante e extremamente surpreso de ver o homem das cascas de laranja e o garoto batendo no chão com cadeiras.

Naquele momento, uma terceira pessoa saiu de um quarto adjacente. Era um jovem de vinte e oito ou trinta anos, com um par de costeletas curtas, bigode, óculos e um *blazer* casual com um colarinho de astracã. Parecia um estrangeiro, um russo.

– Bom dia, Ganimard – disse ele. E, virando-se para os dois companheiros: – Obrigado, meus amigos, e meus parabéns por terem sido bem-sucedidos. Aqui está a recompensa que prometi.

Ele deu uma nota de cem francos, empurrou-os para fora e fechou as portas.

– Sinto muito, velho amigo – disse a Ganimard. – Queria falar com você... Queria muito falar com você.

Ele ofereceu sua mão ao inspetor-chefe e, vendo que o último continuava aturdido e que seu rosto ainda estava distorcido pela raiva, exclamou:

– Ora, mas parece que você não entende! Mesmo sendo claro o bastante... Queria especificamente vê-lo... Então o que poderia fazer?

E disse, fingindo responder a uma objeção:

– Não, não, velho amigo – continuou ele. – Está muito enganado. Se eu tivesse escrito ou telefonado, você não teria vindo... ou teria vindo acompanhado de um regimento. Eu queria vê-lo completamente sozinho; e pensei que a melhor coisa a fazer seria mandar aqueles dois sujeitos decentes encontrá-lo, com instruções de espalhar pedaços de casca de laranja e desenhar cruzes e círculos, ou seja, de mapear o seu caminho para esse lugar... Ora, você parece muito confuso! O que é? Talvez não me reconheça? Lupin... Arsène Lupin... Vasculhe a sua memória... O nome não o faz lembrar-se de nada?

– Seu patife imundo! – rosnou Ganimard.

Lupin pareceu imensamente preocupado e disse, com uma voz carinhosa:

– Ficou irritado? Sim, posso ver em seus olhos... Imagino que tenha sido aquele caso dos Dugrival? Eu deveria ter esperado você chegar e me levar como suspeito? Ora, a ideia nunca me passou pela cabeça! Prometo, na próxima vez...

– Você é a escória do mundo! – grunhiu Ganimard.

– E eu achando que estava fazendo uma coisa boa! Dou minha palavra! Eu disse para mim mesmo: “Aquele bom e velho Ganimard! Faz eras que não nos vemos. Ele certamente correrá na minha direção quando me vir!”.

Ganimard, que ainda não movera um músculo, parecia estar acordando de seu estupor. Olhou em volta, olhou para Lupin, visivelmente se perguntou se o melhor não seria correr contra ele e então, controlando-se, pegou uma cadeira e se sentou, como se repentinamente tivesse tomado a decisão de ouvir seu inimigo:

– Fale – disse ele. – E não desperdice meu tempo com tolices. Estou com pressa.

– Exatamente – disse Lupin –, vamos conversar. Não pode nem imaginar um lugar mais silencioso que este. É uma antiga casa senhorial, que um dia esteve em campo aberto, e pertence ao duque de Rochelaure. O duque, que nunca morou aqui, aluga este andar para mim e os anexos a um pintor e decorador. Eu sempre mantenho alguns estabelecimentos desse tipo: é um plano sólido e prático. Aqui, apesar de parecer um nobre russo, sou o senhor Daubreuil, um ex-ministro do gabinete... Você entende, eu tinha que escolher uma profissão bastante complicada para não atrair atenção...

– Acha que eu dou a mínima para qualquer uma dessas coisas? – disse Ganimard, interrompendo-o.

– Está certo, estou gastando palavras, e você está com pressa. Perdoe-me. Não demorarei agora... Cinco minutos, e termino... Começarei imediatamente... Quer um charuto? Não? Muito bem, eu também não fumarei.

Ele também se sentou, batucou os dedos na mesa, enquanto pensava, e começou assim:

– No dia 17 de outubro de 1599, em um dia de outono quente e ensolarado... Está me acompanhando? Mas, agora que eu estou pensando no assunto, será que preciso voltar aos dias do reinado de Henrique IV e contar tudo sobre a construção da Pont-Neuf? Não, não acho que você seja muito versado na história francesa, e eu ia acabar por confundi-lo. É o suficiente, então, que você saiba que, na noite passada, à uma hora da manhã, um barqueiro passando por baixo do último arco da já mencionada Pont-Neuf, pela margem esquerda do rio, ouviu algo caindo na parte da frente do seu barco. O objeto fora jogado da ponte, e seu destino era, evidentemente, o fundo do Sena. O cachorro do barco correu para a frente, latindo, e, quando o homem chegou à ponta da sua embarcação, ele viu o animal morder um pedaço de jornal que servira para embalar vários objetos. Ele tomou do cachorro os conteúdos que não caíram na água, foi para sua cabine e os examinou cuidadosamente. O resultado lhe pareceu interessante. E, como o homem tem ligação com muitos dos meus amigos, mandou que me avisassem. Hoje pela manhã me acordaram, contaram-me sobre os fatos e me deram os objetos que o homem colhera. Aqui estão eles.

Lupin apontou para os objetos, espalhados em uma mesa. Havia, primeiramente, os pedaços rasgados de um jornal. Ao lado deles, um grande tinteiro de cristal, com um pedaço de barbante preso à tampa. Havia alguns cacos de vidro e um tipo de papelão flexível, completamente rasgado. Finalmente, um pedaço de seda escarlate brilhante, terminando em uma franja da mesma cor e material.

– Você vê aqui nossas provas, meu velho amigo – disse Lupin. – Sem dúvida o problema seria resolvido mais facilmente se tivéssemos os objetos que caíram no rio por causa da estupidez do cachorro. Mas me parece, de qualquer forma, que daremos conta, com um pouco de reflexão e inteligência. E essas são exatamente suas grandes qualidades. Como toda essa questão lhe parece?

Ganimard não se moveu. Ele estava disposto a suportar a tagarelice de Lupin, mas sua dignidade exigia que não respondesse com palavra alguma, nem mesmo com um aceno de cabeça que pudesse expressar aprovação ou crítica.

– Vejo que concordamos inteiramente – continuou Lupin, aparentemente sem notar o silêncio do inspetor-chefe. – E posso resumir brevemente a questão, como ela nos é contada a partir desses objetos. Ontem à noite, entre as vinte e uma horas e a meia-noite, um cavalheiro bem vestido, que usava um monóculo e tem interesse em corridas, feriu com uma faca uma jovem vestida de maneira chamativa, com quem comera três merengues e uma bomba de café, e então a segurou pelo pescoço e a sufocou até a morte.

Lupin acendeu um cigarro e, puxando a manga de Ganimard, disse:

– Ahá, não contava com essa, inspetor-chefe! Pensou que, na esfera das deduções policiais, tais feitos eram proibidos a forasteiros. Muito ao contrário, senhor! Lupin lida com inferências e deduções para o mundo inteiro como um detetive em um romance. Minhas provas são chocantes e completamente simples.

E, apontando para os objetos um por um, enquanto demonstrava sua afirmação, ele continuou:

– Eu disse, depois das vinte e uma horas de ontem à noite. Este pedaço de jornal traz a data de ontem, com as palavras "Edição noturna". Além disso, pode ver aqui, grudado no papel, um pedaço daqueles embrulhos amarelos em que enviam os exemplares dos assinantes. Esses exemplares são sempre entregues pelo correio das vinte e uma horas. Portanto, foi depois desse horário. Eu disse, um homem bem vestido. Por favor, note que esse pequeno caco de vidro tem o buraco redondo de um monóculo em uma das beiradas e que o monóculo é um artigo essencialmente aristocrático. Esse homem bem vestido entrou em uma confeitaria. Aqui está o papelão bem fino, com o formato de uma caixa, que ainda mostra um pouco do creme dos merengues e bombas que estavam embrulhados do jeito habitual. Ao pegar seu embrulho, o cavalheiro com o monóculo juntou-se a uma pessoa jovem cuja excentricidade na forma de se vestir é claramente indicada por essa echarpe de seda vermelho vivo. Depois de se juntar a ela, por algum motivo ainda desconhecido, ele primeiro a apunhalou com uma faca e depois a estrangulou com a ajuda da própria echarpe. Pegue sua lupa, inspetor-chefe, e verá, na seda, manchas de um vermelho mais escuro, que são, aqui, as marcas de uma faca que foi limpa na echarpe e, ali, as marcas de uma mão coberta de sangue, segurando o material. Depois de cometido o assassinato, sua próxima providência foi a de não deixar rastros. Então ele tirou do bolso, primeiramente, o jornal que assina (um jornal sobre corridas, como você pode ver olhando o conteúdo desse pedaço, e não será difícil descobrir o título dele) e, depois, uma corda, que, sob inspeção mais atenta, se percebe ser uma corda de chicote. Esses dois detalhes comprovam que nosso homem tem interesse em corridas e que ele próprio anda a cavalo, não é mesmo? Depois, ele recolhe os pedaços de seu monóculo, cujo cordão se partiu durante a luta. Ele pega uma tesoura (observe a marca do corte da tesoura) e corta fora a parte manchada da echarpe, deixando a outra ponta, sem dúvida, na mão fechada da sua vítima. Ele amassa a caixa de papelão da confeitaria. Também coloca ali outras coisas que o denunciariam, como a faca, que deve ter caído no Sena. Embrulha tudo no jornal, amarra com a corda e prende esse tinteiro de cristal, como um peso. E então ele desaparece. Um pouco mais tarde, o pacote cai na embarcação do barqueiro. E aqui está você. Ufa, foi muito trabalho! O que você me diz a respeito da história?

Ele olhou para Ganimard para ver que impressão seu discurso produzira no inspetor. Ganimard não mudou sua atitude silenciosa.

Lupin começou a rir:

– Na verdade, você está irritado e surpreso. Mas também está desconfiado: "Por que esse diabo desse Lupin me entregaria esse caso", diz você, "em vez de ficar com ele para si, caçar o assassino e esquadrinhar seus bolsos, caso tenha havido um roubo?". A pergunta é muito lógica, é claro. Mas, e existe um "mas", eu não tenho tempo, sabe? Estou cheio de trabalho no momento: um roubo em Londres, outro em Lausanne, uma troca de crianças em Marselha, isso sem falar em ter que salvar uma jovem que está neste momento às sombras da morte. É como dizem: desgraça pouca é bobagem. Então, disse a mim mesmo: "E se eu passasse esse caso para meu bom e velho Ganimard? Agora que já resolvi metade para ele, ele tem capacidade suficiente para ser bem-sucedido. E que favor estarei fazendo para ele! Ele poderá se distinguir de forma magnânima!". Assim que pensei nisso, fiz. Às oito horas, mandei o palhaço com as cascas de laranja ir encontrá-lo. Você engoliu a isca; e estava aqui às nove, completamente nervoso e pronto para a briga.

Lupin se levantou de sua cadeira. Foi até o inspetor e, olhando para Ganimard, disse:

– Isso é tudo. Agora sabe a história toda. Em pouco tempo, conhecerá a vítima: alguma bailarina, provavelmente, ou uma cantora em uma casa de espetáculos. De outro lado, é bem provável que o criminoso viva perto da Pont-Neuf, mais provavelmente na margem esquerda. Finalmente, aqui estão todas as provas. Estou lhe dando como presente. Mãos à obra. Vou ficar apenas com esta ponta da echarpe. Se quiser completá-la, traga-me a outra ponta, que a polícia encontrará em volta do pescoço da vítima. Traga-a para mim exatamente daqui a quatro semanas, ou seja, dia 29 de dezembro, às dez horas. Pode ter certeza de que me encontrará aqui. E não tema: tudo isso é perfeitamente sério, meu velho amigo; eu lhe juro. Não o estou enganando, dou minha palavra. Pode ir em frente. Oh, a propósito, quando prender o sujeito de monóculo, tome cuidado: ele é canhoto! Adeus, velho amigo, e boa sorte!

Lupin girou em seus calcanhares, foi até a porta, abriu-a e desapareceu antes mesmo que Ganimard sequer tivesse pensado em tomar uma decisão. O inspetor correu atrás dele, mas imediatamente descobriu que a maçaneta da porta, por algum truque ou mecanismo que ele não conhecia, se recusava a girar. Ele levou dez minutos para desatarraxar a fechadura e mais dez para fazer o mesmo com a porta do saguão. Quando conseguiu descer os três lances de escadas, Ganimard já tinha perdido as esperanças de alcançar Arsène Lupin.

Ademais, ele nem estava pensando nisso. Lupin o inspirava com um sentimento estranho e complexo, uma mistura de medo, ódio, admiração involuntária e também o instinto vago de que ele, Ganimard, apesar de todos os seus esforços, apesar da persistência de suas tentativas, nunca levaria a melhor sobre esse adversário em particular. Ele o perseguia por um senso de dever e orgulho, mas com o pavor contínuo de ser tapeado por aquele enganador formidável e ser ridicularizado e caçoado na frente de um público que sempre estava disposto demais a rir dos contratempos do inspetor-chefe.

Essa parte da echarpe vermelha, em particular, parecia-lhe a mais suspeita. Era interessante, certamente, de várias formas, mas tão improvável!

E a explicação de Lupin, aparentemente tão lógica, nunca aguentaria o teste de um exame sério!

– Não – disse Ganimard –, isso tudo é presunção: um pacote de suposições e adivinhações baseadas em absolutamente nada. Não vou me envolver nessa baboseira.

Quando ele chegou à delegacia de polícia, no Quai des Orfèvres 36, já tinha se decidido a tratar o incidente como se nunca tivesse acontecido.

Ganimard subiu até o Departamento de Investigação Criminal. Lá, um de seus colegas inspetores disse:

– Já falou com o chefe?

– Não.

– Ele estava procurando você agorinha.

– Ah, é?

– Sim, é melhor ir atrás dele.

– Aonde?

– Rua de Berne... Houve um assassinato lá na noite passada.

– Oh! Quem é a vítima?

– Não sei exatamente... Uma cantora, acho.

Ganimard simplesmente murmurou:

– Por Deus!

Vinte minutos depois, ele saiu da estação do metrô e foi para a Rua de Berne.

A vítima, que era conhecida no mundo do teatro por seu nome artístico de Jenny Safira, morava em um pequeno apartamento no segundo andar de uma das casas. O policial levou o inspetor-chefe ao andar de cima e mostrou o caminho, atravessando duas salas de visitas, até o quarto, onde já estavam os dois magistrados encarregados do inquérito, juntamente com o médico-legista e o senhor Dudouis, chefe do departamento de detetives.

Ao observar o quarto pela primeira vez, Ganimard teve um sobressalto. Ele viu, largado em um sofá, o cadáver de uma jovem cujas mãos agarravam uma tira de seda vermelha! Um dos ombros, que aparecia sobre o corpete decotado, trazia as marcas de duas feridas rodeadas de sangue coagulado. O rosto distorcido e quase enegrecido ainda trazia uma expressão de terror frenético.

O legista, que acabara de terminar seu exame, disse:

– Minhas primeiras conclusões são muito claras. A vítima foi apunhalada duas vezes com uma adaga e estrangulada depois disso. A causa imediata da morte foi asfixia.

"Por Deus", pensou Ganimard novamente, lembrando-se das palavras de Lupin e da imagem do crime que ele lhe desenhara.

O juiz de instrução contestou:

– Mas não há descoloração no pescoço.

– Ela pode ter sido estrangulada com um guardanapo ou um lenço – disse o médico.

– Muito provavelmente com esta echarpe de seda – disse o chefe dos detetives –, que a vítima estava usando e da qual ainda resta um pedaço, como se ela a tivesse segurado com as duas mãos para se proteger.

– Mas por que só ficou esse pedaço? – perguntou o juiz. – O que aconteceu com o outro?

– O outro pode ter ficado manchado de sangue e ter sido levado pelo assassino. Podemos claramente perceber o corte apressado de uma tesoura.

– Por Deus! – disse Ganimard, entre dentes, pela terceira vez. – O animal do Lupin viu tudo sem ter visto coisa alguma!

– E o motivo do assassinato? – indagou o juiz. – As fechaduras foram arrombadas, os armários foram revirados. Tem algo a dizer, senhor Dudouis?

O chefe dos detetives respondeu:

– Eu posso pelo menos oferecer uma hipótese, originada das afirmações feitas pela criada. A vítima, que tinha mais reputação por sua aparência do que por seus talentos como cantora, foi à Rússia, dois anos atrás, e trouxe com ela uma safira magnífica, que aparentemente ganhou de alguma pessoa importante na corte. Desde então, assumiu o nome de Jenny Safira e parece geralmente ter mostrado muito orgulho desse presente, apesar de, por prudência, nunca o usar. Eu me atrevo a dizer que não estaremos muito errados se presumirmos que o roubo da safira tenha sido a causa do crime.

– Mas a criada sabia onde estava a gema?

– Não, ninguém sabia. E a bagunça do quarto tende a provar que o assassino também não sabia.

– Vamos interrogar a criada – disse o juiz de instrução.

Dudouis puxou o inspetor-chefe para o canto e disse:

– Você está com uma aparência estranha, Ganimard. Qual o problema? Suspeita de algo?

– Não, chefe, não suspeito de coisa alguma.

– Que pena. Um trabalho grandioso faria muito bem para o departamento. Esse é um de uma série de crimes, todos do mesmo tipo, em que falhamos em encontrar o infrator. Desta vez queremos o criminoso… E depressa.

– É um trabalho difícil, chefe.

– Tem que ser feito. Escute aqui, Ganimard. Segundo o que diz a criada, Jenny Safira levava uma vida muito regular. Neste último mês ela estava com o hábito de frequentemente receber visitas quando voltava da casa de espetáculos, ou seja, por volta das vinte e duas e trinta, de um homem que ficava aqui até mais ou menos meia-noite. "Ele é um homem da sociedade e quer se casar comigo", Jenny Safira costumava dizer. Esse homem da sociedade tomava todas as precauções para evitar ser visto, como levantar seu colarinho e abaixar a aba do chapéu quando passava pelo porteiro. E Jenny Safira sempre fazia questão de dispensar a criada antes que ele chegasse. É esse homem que precisamos encontrar.

– Ele não deixou nenhum vestígio?

– Nenhum. É óbvio que estamos lidando com um salafrário muito esperto, que premeditou seu crime e o cometeu com todas as chances possíveis de escapar impunemente. Sua prisão seria um grande feito para nós. Confio em você, Ganimard.

– Ah, confia em mim, chefe? – respondeu o inspetor – Bem, vejamos... vejamos... Eu não estou dizendo que não... É só que...

Ele parecia estar muito nervoso, e Dudouis percebeu sua agitação.

– É só que... – continuou Ganimard – É só que eu juro... está me ouvindo, chefe? Eu juro...

– Jura o quê?

– Nada... Veremos, chefe... veremos...

Ganimard não terminou sua sentença até estar sozinho do lado de fora. E ele a terminou em voz alta, batendo o pé, em um tom de raiva muito violento:

– É só que eu juro por Deus que vou fazer essa prisão à minha maneira, sem usar nenhuma das pistas que aquele patife me deus. Ah, não! Ah, não!

Xingando Lupin, furioso por estar envolvido nesse caso e decidido, mesmo assim, a chegar ao fundo da questão, ele andou sem rumo pelas ruas. Sua mente estava conturbada com irritação; e ele tentava ajustar suas ideias um pouco e descobrir, em meio ao caos dos fatos, algum detalhe insignificante, que passara despercebido por todos, que o próprio Lupin nem suspeitara, que podia levá-lo ao sucesso.

O inspetor almoçou rapidamente em um bar, continuou caminhando e subitamente parou, petrificado, aturdido e confuso. Estava atravessando o portão da mesma casa na Rua de Surène para onde Lupin o atraíra apenas algumas horas antes! Alguma força mais poderosa que a sua o atraía mais uma vez para aquele lugar. A solução do problema estava ali. Ali e apenas ali estavam todos os elementos da verdade. Ele podia dizer e fazer o que bem entendesse, mas as afirmações de Lupin eram tão precisas, seus cálculos eram tão certeiros que, inquieto até o mais profundo de seu íntimo com uma demonstração tão prodigiosa de perspicácia, não podia fazer nada além de continuar o trabalho do ponto no qual seu inimigo o deixara.

Abandonando qualquer resistência, Ganimard subiu os três lances de escada. A porta do apartamento estava aberta. Ninguém tocara nas provas. Ele as colocou em seu bolso e foi embora.

A partir daquele momento, ele pensou e agiu, por assim dizer, mecanicamente, sob a influência do mestre a quem não podia evitar obedecer.

Ao admitir que a pessoa desconhecida que ele procurava vivia nas proximidades da Pont-Neuf, tornou-se necessário encontrar, em algum lugar entre a ponte e a Rua de Berne, a confeitaria de primeira classe, que abria à noite, onde os doces foram comprados. Isso não levou muito tempo. Uma confeiteira perto da estação Saint-Lazare mostrou-lhe algumas caixas de papelão, idênticas em forma e material àquela que ele carregava. Além disso, uma das funcionárias da loja se lembrava de ter atendido, na noite anterior, um cavalheiro cujo rosto estava quase completamente escondido no colarinho do casaco de peles, mas que usava um monóculo em que ela reparara.

"Muito bem, uma das pistas foi confirmada", pensou o inspetor. "Nosso suspeito usa um monóculo."

Depois ele juntou os pedaços do jornal de corridas e os mostrou ao dono de uma banca de jornais, que facilmente reconheceu o *Turf Illustré*. Ganimard foi imediatamente ao escritório do jornal e pediu para ver a lista de assinantes. Analisando a lista, anotou os nomes e endereços de todos aqueles que viviam próximos à Pont-Neuf e, principalmente por causa do que Lupin dissera, daqueles que viviam na margem esquerda.

Voltou, então, para o Departamento de Investigações Criminais, juntou meia dúzia de homens e os despachou com as instruções necessárias.

Às dezenove horas, o último desses homens voltou e trouxe boas novas. Um certo senhor Prévailles, um assinante do *Turf*, ocupava um apartamento no mezanino no Quai des Augustins. Na noite anterior, ele saiu de sua casa, usando um casaco de pele, apanhou sua correspondência e seu jornal, o *Turf Illustré*, com a mulher do porteiro, saiu e voltou para casa à meia-noite. Esse Prévailles usava um monóculo. Era um frequentador assíduo das corridas e também dono de vários cavalos que ele mesmo montava ou então alugava.

A investigação fora tão rápida e os resultados obtidos estavam tão exatamente de acordo com as previsões de Lupin que Ganimard se sentiu muito superado ao ouvir o relato do detetive. Mais uma vez ele media o limite prodigioso dos recursos que Lupin tinha ao seu dispor. Nunca, durante toda a sua vida (e Ganimard já tinha idade bem avançada), ele encontrara tamanha perspicácia, uma mente tão rápida e presciente.

Ele saiu em busca do senhor Dudouis.

– Está tudo pronto, chefe. Tem um mandado?

– Como?

– Eu disse que está tudo pronto para a prisão, chefe.

– Sabe o nome do assassino de Jenny Safira?

– Sim.

– Mas como? Explique-se.

Ganimard teve um escrúpulo de consciência momentâneo, corou levemente, mas mesmo assim respondeu:

– Um acidente, chefe. O assassino jogou no Sena tudo que poderia comprometê-lo. Resgataram parte do embrulho e o entregaram para mim.

– Quem entregou?

– Um barqueiro, que se recusou a dizer seu nome, por medo de ter algum problema. Mas eu tinha todas as pistas de que precisava. Não foi tão difícil quanto eu esperava.

E o inspetor descreveu como trabalhou no caso.

– E você chama isso de acidente! – exclamou Dudouis. – E diz que não foi difícil! Ora, é um dos seus melhores desempenhos! Termine você mesmo, Ganimard, e seja prudente.

Ganimard estava ansioso para acabar logo com o caso. Foi até o Quai des Augustins com seus homens e os espalhou em torno da casa. Ele fez perguntas à porteira, que disse que o seu inquilino fazia suas refeições fora dali, mas sempre voltava depois do jantar.

De fato, um pouco antes das vinte e uma horas, debruçando-se para fora de sua janela, ela fez um gesto e avisou Ganimard, que imediatamente deu um assobio baixo. Um cavalheiro com uma cartola e um casaco de pele vinha pela calçada ao lado do Sena. Ele atravessou a rua e andou em direção à casa.

Ganimard foi na direção dele:

– Senhor Prévailles, suponho.

– Sim, mas quem é você?

– Tenho uma ordem para...

Não conseguiu terminar sua sentença. Ao ver os homens surgir das sombras, Prévailles rapidamente recuou para a parede e encarou seus adversários, de costas para a porta de uma loja do térreo, cujas janelas estavam fechadas.

– Para trás! – gritou ele. – Não sei quem são vocês!

Ele brandia uma bengala pesada em sua mão direita, enquanto a esquerda estava às suas costas, tentando abrir a porta.

Ganimard teve a impressão de que esse homem poderia escapar por ali e sair por um lugar secreto.

– Nada dessa tolice – ele advertiu, chegando mais perto do suspeito. – Você foi pego... É melhor vir tranquilamente.

Mas, assim que segurava a bengala de Prévailles, Ganimard se lembrou da observação de Lupin: Prévailles era canhoto; e era seu revólver que ele tateava atrás de si.

O inspetor se abaixou. Ele percebera o movimento súbito do homem. Ouviram-se dois tiros. Ninguém foi atingido.

Um segundo depois, Prévailles levou uma coronhada abaixo do queixo que o derrubou. Foi levado à delegacia poucos minutos depois.

Naquela época, Ganimard já tinha uma reputação excelente. Mas essa captura, efetuada tão rapidamente, de forma tão simples, e imediatamente anunciada pela polícia, fez dele uma celebridade instantânea. Prévailles foi logo acusado de todos os assassinatos que tinham ficado sem solução; e os jornais disputavam uns com os outros nos elogios à proeza do inspetor.

O caso foi conduzido com rigor desde o começo. Primeiramente averiguaram que Prévailles, cujo nome real era Thomas Derocq, já estivera em problemas antes. Além disso, a busca que fizeram em seus cômodos, ainda que não tenha produzido provas novas, pelo menos levou à descoberta de uma corda de chicote similar àquela usada para amarrar o embrulho e também à descoberta de adagas que teriam produzido uma ferida similar àquelas encontradas na vítima.

Mas no oitavo dia tudo mudou. Até então Prévailles se recusara a responder às perguntas que lhe tinham sido feitas; mas agora, assistido por seu advogado, ele alegava um álibi circunstancial e afirmava que estava no Folies-Bergère[20] na noite do assassinato.

Havia realmente nos bolsos de seu paletó o canhoto de uma entrada e um programa da apresentação, ambos com a data daquela noite.

– Um álibi preparado de forma premeditada – contestou o juiz de instrução.

– Prove – disse Prévailles.

O prisioneiro foi colocado de frente com as testemunhas de acusação. A jovem da confeitaria "achava que reconhecia" o cavalheiro de monóculo. O porteiro da Rua de Berne "achava que era" o cavalheiro que costumava visitar Jenny Safira. Mas nenhum deles se atreveu a dar uma declaração mais definitiva.

Portanto, a investigação não encontrou nada específico, nenhuma base sólida para assim estabelecer uma acusação séria.

O juiz mandou chamar Ganimard e contou a ele sobre a dificuldade.

– Não há possibilidade alguma de continuar dessa forma. Não há prova alguma para sustentar a acusação.

– Mas o senhor certamente tem que estar convencido disso, meritíssimo. Prévailles nunca resistiria à prisão se não fosse culpado.

– Ele diz que achava que estivesse sendo atacado. Ele também diz que nunca nem viu Jenny Safira; e, na verdade, não conseguimos encontrar uma só pessoa que contradiga sua declaração. Além disso, se admitirmos que a safira foi roubada, também não conseguimos encontrá-la no apartamento dele.

– Nem em nenhum outro lugar – sugeriu Ganimard.

---

[20] Famoso cabaré de Paris, que viveu seu esplendor entre 1890 e a década de 1920. (N.R.)

– Isso é bem verdade, mas não há provas contra ele. Vou lhe dizer o que queremos, senhor Ganimard, e bem depressa: a outra ponta da echarpe vermelha.

– A outra ponta?

– Sim, já que é óbvio que, se o assassino a levou com ele, o motivo é que o objeto está manchado com as marcas do sangue em seus dedos.

Ganimard não respondeu. Por vários dias ele tivera a sensação de que todo esse assunto estava chegando ao fim. Não havia outra prova possível. Com a echarpe de seda, e em nenhuma outra circunstância, a culpa de Prévailles seria certa. Agora a situação de Ganimard exigia que a culpa de Prévailles fosse comprovada. Ele era o responsável pela prisão, ela tinha lançado um *glamour* sobre ele, ele fora louvado até os céus como o adversário mais formidável dos criminosos; e ele pareceria completamente ridículo se Prévailles fosse libertado.

Infelizmente, a única prova indispensável estava no bolso de Lupin. Como ele poria suas mãos nela?

Ganimard procurou por todos os lados, ficou exausto com novas investigações, repassou o inquérito do começo ao fim, passou noites em claro estudando o mistério da Rua de Berne, estudou os registros da vida de Prévailles, mandou dez homens irem em busca da safira invisível. Tudo era inútil.

No dia 28 de dezembro, o juiz de instrução o parou em um dos corredores do tribunal:

– E então, senhor Ganimard, tem alguma novidade?

– Não, meritíssimo.

– Então vou anular o caso.

– Espere só mais um dia.

– Com qual motivo? Queremos a outra ponta da echarpe: você a tem?

– Estarei com ela amanhã.

– Amanhã!

– Sim, mas, por favor, empreste-me a ponta que está com o senhor.

– O que acontece se eu emprestar?

– Se me emprestar, prometo que entregarei a echarpe inteira.

– Muito bem, então estamos combinados.

Ganimard seguiu o juiz de instrução até seu escritório e saiu de lá com o pedaço de seda:

– Inferno! – rosnou. – Sim, vou buscar a prova e trazê-la de volta... Sempre supondo que o mestre Lupin terá a coragem de manter o compromisso.

Na verdade, ele não duvidava nem por um instante de que Lupin teria essa coragem, e era isso que o exasperava. Por que Lupin insistira nesse encontro? Qual era seu objetivo nessas circunstâncias?

Ansioso, furioso e repleto de ódio, Ganimard decidiu tomar todas as precauções necessárias não só para evitar que ele mesmo caísse em uma armadilha, mas para fazer com que seu inimigo caísse em uma, agora que surgia uma oportunidade. Assim, no dia seguinte, 29 de dezembro, a data marcada por Lupin, depois de passar a noite estudando a velha casa-senhorial da Rua de Surène e se convencendo de que não havia outra saída além da porta da frente, ele avisou seus homens de que sairia em uma missão perigosa e que chegaria com eles ao campo de batalha.

Ele os colocou em uma cafeteria e deu ordens formais à equipe: se aparecesse em uma das janelas do terceiro andar, ou se não voltasse em uma hora, os detetives deveriam entrar na casa e prender qualquer um que tentasse sair.

O inspetor-chefe se certificou de que o seu revólver estava funcionando e então subiu.

Ficou surpreso ao ver que as coisas estavam como ele tinha deixado, as portas abertas e as fechaduras quebradas. Depois de se assegurar de que as janelas do cômodo principal davam para a rua, ele visitou os outros três cômodos do apartamento. Não havia ninguém ali.

– Mestre Lupin ficou com medo – murmurou, não sem uma certa satisfação.

– Não seja bobo – disse uma voz atrás dele.

Virando-se, ele viu um velho operário, usando o guarda-pó comprido de um pintor de paredes, parado na porta.

– Não precisa nem quebrar a cabeça – disse o homem. – Sou eu mesmo, Lupin. – Estou trabalhando na oficina de pintura desde muito cedo. Agora é quando fazemos um intervalo para tomar café. Então eu subi.

Ele olhou para Ganimard com um sorriso zombeteiro e exclamou:

– Dou minha palavra, este é um momento maravilhoso e o devo a você, velho amigo! Não o trocaria nem por dez anos da sua vida; e mesmo assim sabe como eu gosto de você! O que pensa de tudo isso, artista? Não foi tudo muito bem pensado e bem previsto? Previsto do alfa ao ômega? E eu não entendi todo o negócio? Não penetrei no mistério da echarpe? Não estou dizendo que não existiam furos no meu argumento, nenhum elo faltando na corrente... Mas que obra-prima da inteligência! Ganimard, que reconstituição dos eventos! Que intuição sobre tudo que acontecera e tudo que ainda aconteceria, desde a descoberta do crime até sua chegada aqui em busca de uma prova! Que adivinhação realmente maravilhosa! Está com a echarpe?

– Sim, metade dela. Está com a outra metade?

– Aqui está ela. Vamos compará-las.

Eles esticaram as duas metades da seda na mesa. Os cortes feitos pela tesoura correspondiam exatamente. Além disso, as cores eram idênticas.

– Mas suponho que não veio aqui só por isso – disse Lupin. – Está interessado em ver as marcas de sangue. Venha comigo, Ganimard, está muito escuro aqui.

Eles passaram ao cômodo seguinte, que, apesar de estar de frente para o pátio, era mais claro; e Lupin segurou sua metade da seda contra a janela:

– Veja – disse, dando espaço para Ganimard.

O inspetor soltou uma exclamação de prazer. As marcas dos cinco dedos e da palma da mão eram distintamente visíveis. A evidência era inegável. O assassino segurara o objeto com sua mão manchada de sangue, a mesma mão que apunhalara Jenny Safira e que amarrara a echarpe em volta de seu pescoço.

– E é a marca de uma mão esquerda – observou Lupin. – Por isso fiz aquela observação, que não tinha nada de milagrosa, como pode perceber. Pois, apesar de eu admitir, meu velho amigo, por mais que você me veja como alguém que tem uma inteligência superior, não admitirei que me trate como um mago.

Ganimard rapidamente guardou o pedaço de seda no bolso. Lupin acenou com a cabeça, aprovando:

– Muito bem, meu garoto, ele é seu. Estou tão feliz por estar satisfeito! E, está vendo, não há nenhuma armadilha em tudo isso... Apenas o desejo de ajudá-lo... Um trabalho entre amigos, entre companheiros... E também, eu confesso, um pouco de curiosidade... Sim, eu queria examinar esse outro pedaço de seda, o que estava com a polícia... Não tema: eu o devolverei a você... Só um segundo...

Lupin, com um movimento descuidado, brincou com a franja na ponta dessa metade da echarpe, enquanto Ganimard o ouvia, contra sua vontade:

– Que engenhosos esses pequenos trabalhos femininos! Você percebeu um pequeno detalhe no depoimento da criada? Jenny Safira era muito habilidosa com a agulha e costumava fazer todos os seus chapéus e vestidos. É óbvio que ela mesma fez essa echarpe... Além disso, percebi desde o início. Sou naturalmente curioso, como já lhe contei, e examinei cuidadosamente esse pedaço de seda que você acabou de guardar no bolso. Na franja, eu encontrei uma pequenina medalha sagrada, que a pobre garota costurou ali para que trouxesse sorte a ela. Comovente, não é, Ganimard? Uma medalhinha de Nossa Senhora do Perpétuo Socorro.

O inspetor sentiu-se muitíssimo intrigado e não tirou os olhos do outro homem. E Lupin prosseguiu:

– Então eu disse a mim mesmo: "Será muito interessante examinar a outra metade da echarpe, aquela que a polícia encontrará em volta do pescoço da vítima!". Pois essa outra metade, que eu tenho agora em mãos, termina da mesma forma... Então eu poderia verificar se também é um esconderijo e o que ela esconde... Mas veja, meu amigo, não foi feita muito habilmente? E é tão simples! Tudo o que tem de fazer é pegar um novelo de fio vermelho e trançá-lo em volta de um potinho de madeira oco, deixando uma pequena folga, um pequeno espaço no meio, bem pequeno, é claro, mas grande o suficiente para abrigar uma medalhinha de uma santa... ou qualquer outra coisa... Uma pedra preciosa, por exemplo... Como uma safira...

No momento em que terminou de empurrar o fio de seda, de dentro do espaço vazio no potinho ele pegou com seu polegar e indicador uma pedra azul maravilhosa, perfeita quanto a seu tamanho e pureza.

– Ahá! O que eu lhe disse, meu velho amigo?

Lupin levantou a cabeça. O inspetor estava lívido e encarava a pequena pedra com olhos esbugalhados, como se estivesse fascinado com seu brilho. Finalmente, ele entendeu toda a trama:

– Seu patife imundo! – murmurou, repetindo os insultos que usara da primeira vez. – Escória da Terra!

Os dois homens estavam de pé, um de frente para o outro.

– Devolva-me isso – disse o inspetor.

Lupin estendeu o pedaço de seda.

– E a safira – disse Ganimard, em um tom veemente.

– Não seja tolo.

– Devolva, senão...

– Senão o quê, seu idiota? – gritou Lupin. – Olhe aqui, você acha que eu lhe dei esse caso tolo por nada?

– Devolva!

– Você não percebeu qual era minha intenção, e isso está claro! Ora! Por quatro semanas fiz você se mover como um cervo; e você quer... Vamos, Ganimard, velho amigo, controle-se! Não vê que estava fazendo o papel de um cãozinho obediente por essas quatro semanas? Pegue, Totó! Tem uma pedrinha azul bem bonitinha ali, que seu dono não alcança. Vá atrás dela, Ganimard, pegue... Traga-a para o seu dono... Ah, quem é o cãozinho obediente? Sente! Dê a patinha! Quer um petisco?

Ganimard, contendo a raiva que borbulhava dentro de si, só pensava em uma coisa: invocar seus detetives. E, como o cômodo em que estava agora ficava de frente para o pátio, ele tentou aos poucos chegar até a porta de ligação. Então ele iria a uma das janelas e quebraria uma das vidraças.

– De todo modo – continuou Lupin –, que monte de cabeças de bagre você e todos os outros devem ser! Vocês estiveram com a echarpe por todo esse tempo e nenhum de vocês sequer pensou em tateá-la, nenhum de vocês se perguntou o motivo de a pobre garota estar agarrada à sua echarpe. Nenhum de vocês! Só agiram de forma desorganizada, sem pensar, sem pressupor coisa alguma...

O inspetor atingira seu objetivo. Tirando vantagem de um segundo em que Lupin virara as costas para ele, Ganimard subitamente girou e agarrou a maçaneta. Mas um xingamento escapou de seus lábios: a maçaneta não se moveu.

Lupin desatou a rir:

– Nem mesmo isso! Você não previu nem mesmo isso! Você prepara uma armadilha para mim e não admitirá que eu talvez já tenha sentido o cheiro dela de longe... E se permite ser trazido para dentro desse cômodo sem nem se indagar se estou trazendo-o aqui por algum motivo em especial e sem se lembrar de que as fechaduras têm um mecanismo especial. Vamos lá, falando francamente, o que você acha de tudo isso?

– O que eu acho disso? – urrou Ganimard, completamente furioso e fora de si.

Ele sacara seu revólver e o apontava diretamente para o rosto de Lupin.

– Mãos ao alto! – gritou. – É isso o que eu acho!

Lupin se colocou na frente dele e deu de ombros:

– Enganado novamente! – disse ele.

– Mãos ao alto, digo mais uma vez!

– E enganado novamente, digo eu. Sua arma mortífera não vai disparar.

– O quê?

– A velha Catherine, sua criada, está a meu serviço. Ela encharcou as cargas hoje de manhã enquanto você tomava seu café.

Ganimard fez um gesto furioso, botou o revólver no bolso e partiu para cima de Lupin.

– E então? – disse Lupin, parando-o de uma vez com um chute bem dado na canela.

As roupas deles quase se tocavam. Eles trocavam olhares desafiadores, os olhares de dois adversários que estão prestes a lutar. Apesar disso, não houve briga. A lembrança de brigas passadas tornava qualquer refrega inútil agora. E Ganimard, que se lembrava de todos os seus fracassos do passado, de seus ataques em vão, das represálias aniquiladoras de Lupin, não levantou um dedo. Não restava nada a ser feito. Ele sentia. Lupin tinha poderes ao seu dispor contra os quais qualquer força individual simplesmente se estilhaçava. Então, que bem faria lutar contra ele?

– Eu concordo – disse Lupin com uma voz amigável, como se respondesse ao pensamento que Ganimard nem mencionou –, seria melhor que deixasse as coisas como estão. Além disso, meu velho amigo, pense em todas as coisas que esse incidente lhe deu: fama, a certeza de uma promoção rápida e, graças a isso, a perspectiva de uma velhice feliz e confortável! Certamente você não quer também a descoberta da safira e a cabeça do pobre Arsène Lupin! Não seria justo. Isso sem contar com o fato de que o pobre Lupin salvou sua vida... Sim, senhor! Quem o avisou, neste mesmo lugar, que Prévailles era canhoto? E é assim que quer me agradecer? Não é muito decente da sua parte, Ganimard. Dou minha palavra, sinto até vergonha por você!

Enquanto tagarelava, Lupin fizera o mesmo que Ganimard e agora estava perto da porta. Ganimard viu que o inimigo estava prestes a escapar. Deixando toda a prudência de lado, tentou bloquear o caminho dele e levou um tremendo golpe no estômago, que fez com que ele rolasse até atingir a parede do outro lado do cômodo.

Lupin tocou uma mola habilmente, virou a maçaneta, abriu a porta e fugiu, rindo muito alto enquanto ia embora.

Vinte minutos depois, quando Ganimard finalmente conseguiu se juntar aos seus homens, um deles disse:

– Um pintor de paredes saiu da casa, enquanto seus colegas voltavam do café da manhã, e pôs uma carta na minha mão. “Entregue-a ao seu patrão", ele disse. "Que patrão?", perguntei; mas ele já tinha ido embora. Suponho que ele se referia ao senhor.

– Vejamos.

Ganimard abriu a carta. Estava escrita com uma caligrafia apressada e continha as seguintes palavras:

Isso é para adverti-lo, meu velho amigo, contra a credulidade excessiva. Quando um sujeito lhe disser que as cargas em seu revólver estão encharcadas, por maior que seja sua confiança no tal sujeito, mesmo que o nome dele seja Arsène Lupin, nunca se permita ser enganado. Atire primeiro; e, se o tal sujeito bater as botas, você terá as provas (1) de que as cargas não estavam encharcadas; e (2) de que a velha Catherine é a mais honesta e respeitável de todas as criadas.

Um dia desses, espero ter o prazer de conhecê-la.

Até lá, velho amigo, acredite que sempre terá minha mais completa amizade,

Arsène Lupin

SOB A SOMBRA DA MORTE

Depois de ter rondado os muros da propriedade, Arsène Lupin voltou ao lugar de onde começara. Estava perfeitamente claro para ele que não havia nenhuma abertura nos muros; e a única forma de entrar no extenso território do Château de Maupertuis era por uma pequena porta baixa, firmemente aferroada pelo lado de dentro, ou pelo portão principal, que era vigiado pela guarita.

– Muito bem – disse. – Precisaremos empregar métodos heroicos.

Abrindo caminho pela mata onde escondera sua motocicleta, tirou um pedaço de barbante de baixo do banco e foi a um lugar que tinha notado durante sua exploração. Nesse lugar, que ficava longe da estrada, à beira do bosque, várias árvores altas, dentro do parque, passavam por cima do muro.

Lupin amarrou uma pedra na ponta da corda, atirou-a, capturou um galho grosso que puxou em sua direção e subiu nele. O galho, ao recuperar sua posição, levantou-o do chão. Ele passou por cima do muro, desceu da árvore e saltou levemente na grama.

Era inverno; e, através dos galhos sem folhas, através dos gramados ondulantes, ele podia ver o pequeno Château de Maupertuis a distância.

Receando que pudesse ser notado, escondeu-se atrás de um grupo de abetos. Dali, com o auxílio de um binóculo, ele estudou a frente escura e melancólica da casa senhorial. Todas as janelas estavam fechadas, bloqueadas com postigos sólidos. A casa poderia facilmente estar desabitada.

– Céus! – murmurou Lupin. – Não é a residência mais animada. Certamente não virei para cá para terminar meus dias!

Mas o relógio soou as quinze horas; uma das portas no térreo se abriu, e surgiu a figura de uma mulher, uma figura muito esguia enrolada em uma capa marrom.

A mulher andou para cima e para baixo por alguns minutos e foi imediatamente cercada por pássaros, para os quais espalhou migalhas de pão. Então ela foi até os degraus de pedra que levavam ao gramado central e contornou-o, pegando o caminho da direita.

Com seu binóculo, Lupin podia vê-la distintamente vindo em sua direção. Ela era alta, tinha cabelo claro, uma aparência graciosa e parecia ser uma moça bem jovem. Andava com um passo animado, observando o sol pálido de dezembro e se divertindo quebrando os galhinhos secos dos arbustos no caminho.

Ela já tinha percorrido quase dois terços da distância que a separava de Lupin quando veio um som de latido furioso e um cachorro enorme, um dogue alemão colossal, surgiu de um canil vizinho e estava de pé na ponta da corrente à qual estava preso.

A moça se moveu um pouco para um lado, sem dar mais atenção ao que era sem dúvida um incidente diário. O cão ficou mais irritado do que nunca, apoiado nas patas de trás e puxando sua coleira, correndo o risco de se estrangular.

Trinta ou quarenta passos mais à frente, provavelmente cedendo a um impulso de impaciência, a moça se virou e fez um gesto com a mão. O dogue alemão deu um sobressalto de raiva, voltou para dentro do canil e de repente correu para fora, dessa vez livre. A moça soltou um grito de terror ensandecido. O cão estava se aproximando dela, arrastando sua corrente quebrada atrás dele.

Ela começou a correr o mais rápido que podia e gritou desesperadamente pedindo ajuda. Mas o cachorro a alcançou em pouco tempo.

Ela caiu imediatamente, exausta, dando-se como perdida. O animal já estava em cima dela, quase a tocando.

Naquele exato momento, ouviu-se um disparo. O cão deu um salto mortal no ar, ficou de pé novamente, arranhou o chão com as patas e então deitou-se, soltando vários uivos roucos e ofegantes que terminaram em um gemido murcho e um gorgolejo indistinto. E isso foi tudo.

– Está morto – disse Lupin, que imediatamente se levantara, preparado, se necessário, para disparar seu revólver uma segunda vez.

A moça tinha se levantado e estava pálida, ainda cambaleante. Ela olhava com grande surpresa para esse homem que ela não conhecia e que tinha salvado sua vida. E sussurrou:

– Obrigada... Foi um susto muito grande... Você chegou na hora certa... Eu lhe agradeço, senhor.

Lupin tirou seu chapéu:

– Permita-me que eu me apresente, senhorita... Meu nome é Paul Daubreuil... Mas, antes que eu comece a me explicar, devo pedir um momento...

Ele se agachou sobre o corpo morto do cachorro e examinou a corrente no ponto onde o esforço do animal a partira...

– É isso mesmo – disse ele, entre dentes. – Exatamente como eu suspeitava. Por Júpiter, as coisas estão se movendo rapidamente! Eu devia ter vindo mais cedo.

Voltando para perto da moça, disse a ela, falando muito rapidamente:

– Senhorita, não temos nem um minuto a perder. Minha presença neste terreno é bastante ilegal. Não quero ser surpreendido aqui, e isso por motivos que só têm a ver com a senhorita. Acha que o tiro pode ter sido ouvido na casa?

A moça parecia já ter-se recuperado do susto; e respondeu, com uma calma que revelava toda a sua coragem:

– Acho que não.

– Seu pai está em casa hoje?

– Meu pai está doente e está de cama há meses. Além disso, seu quarto dá para o outro lado.

– E os criados?

– Os aposentos deles e a cozinha também são do outro lado. Ninguém vem para este lado. Eu ando por aqui, mas ninguém mais anda.

– Portanto, é provável que eu também não tenha sido visto, especialmente já que as árvores nos escondem?

– É muito provável.

– Então posso falar-lhe livremente?

– Certamente, mas não entendo...

– Vai entender em pouco tempo. Permita-me ser breve. O ponto é este: quatro dias atrás, a senhorita Jeanne Darcieux...

– Esse é o meu nome – disse ela, sorrindo.

– A senhorita Jeanne Darcieux – continuou Lupin – escreveu uma carta para uma de suas amigas, chamada Marceline, que vive em Versalhes...

– Como sabe de tudo isso? – perguntou a garota, surpresa. – Rasguei a carta antes de terminá-la.

– E jogou os pedaços à beira da estrada que vai da casa até Vendôme.

– Isso é verdade... Eu tinha saído para caminhar...

– Juntaram os pedaços e eles chegaram às minhas mãos no dia seguinte.

– Então... Deve tê-los lido – disse Jeanne Darcieux, demonstrando alguma chateação.

– Sim, cometi essa indiscrição; e não me arrependo, porque posso salvá-la.

– Salvar-me? Do quê?

– Da morte.

Lupin pronunciou essa curta sentença com uma voz muito clara. A moça tremeu. Então, disse:

– Não estou sendo ameaçada pela morte.

– Está sim, senhorita. No fim de outubro, estava lendo em um banco na varanda onde estava acostumada a se sentar na mesma hora todos os dias, quando um bloco de pedra caiu da cornija sobre sua cabeça e ficou a centímetros de ser esmagada.

– Foi um acidente...

– Em uma bela noite de novembro, você estava caminhando pela horta, ao luar. Um tiro foi disparado. A bala zuniu perto da sua orelha.

– Pelo menos eu achei que tinha passado.

– Finalmente, menos de uma semana atrás, a pequena ponte de madeira que passa por cima do rio no parque, a dois metros da cachoeira, cedeu quando a senhorita estava nela. Por um milagre, conseguiu segurar-se na raiz de uma árvore.

Jeanne Darcieux tentou sorrir.

– Muito bem. Mas, como eu escrevi para Marceline, isso foi apenas uma série de coincidências, de acidentes...

– Não, senhorita, não. Um acidente desse tipo é permissível... Até dois... E mesmo assim! Mas não temos direito de pressupor que a sequência de acidentes, repetindo o mesmo ato três vezes em circunstâncias tão diferentes e extraordinárias, é uma simples coincidência divertida. É por isso que pensei que poderia tomar a liberdade de vir ajudá-la. E, como minha intervenção será inútil a não ser que permaneça em segredo, não hesitei em entrar aqui... sem passar pelo portão. Cheguei bem na hora, como disse. Seu inimigo a atacava mais uma vez.

– O quê? Acha que foi isso? Não, é impossível... Recuso-me a acreditar...

Lupin pegou a corrente e, mostrando-a para ela, disse:

– Veja o último elo. Não há dúvida de que ele foi limado. Caso contrário, uma corrente tão forte quanto esta nunca teria cedido. Além disso, pode ver a marca da lima aqui.

Jeanne empalideceu, e seus belos traços ficaram distorcidos com o terror:

– Mas quem pode ter tamanho ressentimento contra mim? – arquejou ela. – Isso é terrível... Nunca fiz mal nenhum a ninguém... Mesmo assim, é claro que você está certo... Isso é pior ainda...

Ela terminou sua frase em uma voz mais baixa:

– Pior ainda, estou me perguntando se o mesmo perigo não ameaça meu pai.

– Ele também foi atacado?

– Não, já que nunca sai de seu quarto. Mas a doença dele é tão misteriosa! Ele não tem força alguma... Não consegue andar de forma nenhuma... Além disso, ele está sujeito a ataques de asfixia, como se o coração dele parasse de bater... Oh, é uma coisa horrível!

Lupin percebeu toda a autoridade que ele poderia reivindicar em um momento daqueles e disse:

– Não tema, senhorita. Se obedecer a mim cegamente, com certeza serei bem-sucedido.

– Sim... sim... estou bem disposta... mas tudo isso é tão terrível...

– Confie em mim, eu imploro. E por favor, ouça-me, vou precisar de alguns detalhes.

Ele fez várias perguntas, que Jeanne Darcieux respondeu rapidamente:

– Aquele animal nunca ficava solto, certo?

– Nunca.

– Quem o alimentava?

– O caseiro. Ele trazia a comida dele toda noite.

– Consequentemente, ele podia chegar perto do cachorro sem ser mordido?

– Sim; e apenas ele, pois o cachorro era muito selvagem.

– E não suspeita dele?

– Oh, não! Baptiste? Nunca!

– E não consegue pensar em ninguém?

– Não. Nossos criados são bem devotados a nós. Gostam muito de mim.

– Não há amigos seus hospedados na casa?

– Não.

– Nenhum irmão?

– Não.

– Então seu pai é seu único protetor?

– Sim; e já lhe contei sobre a condição dele.

– Contou a ele sobre as diferentes tentativas?

– Sim; e não devia ter feito isso. Nosso médico, o velho doutor Guéroult, proibiu que eu lhe causasse qualquer ansiedade.

– Sua mãe?

– Não me lembro dela. Ela morreu faz dezesseis anos... Exatamente dezesseis anos.

– Quantos anos a senhorita tinha na época?

– Não tinha nem cinco anos.

– E morava aqui?

– Morávamos em Paris. Meu pai só comprou este lugar no ano seguinte.

Lupin ficou quieto por alguns momentos. Então concluiu:

– Muito bem, senhorita, eu agradeço. Esses detalhes são tudo de que eu preciso no momento. Além disso, não seria sábio de nossa parte passar mais tempo juntos.

– Mas o caseiro logo encontrará o cachorro... – disse ela. – Quem o teria matado?

– Você, senhorita, defendendo-se contra um ataque.

– Eu nunca ando com armas de fogo.

– Receio dizer que anda – disse Lupin, sorrindo –, pois matou o cachorro e não havia mais ninguém que pudesse ter feito isso. Por isso, deixe que pensem o que quiserem. O mais importante é que não suspeitem de mim quando eu vier a casa.

– Vier a casa? Pretende vir?

– Sim. Ainda não sei como... Mas devo vir... Hoje à noite mesmo... Então, mais uma vez, mantenha a mente tranquila. Terei respostas para tudo.

Jeanne olhou para ele e, dominada, conquistada por seu ar de segurança e boa-fé, ela disse simplesmente:

– Estou bastante tranquila.

– Então tudo vai dar certo. Até hoje à noite, senhorita.

– Até hoje à noite.

Ela foi embora; e Lupin, seguindo-a com o olhar até o momento em que desapareceu pelo canto da casa, murmurou:

– Que bela criatura! Seria uma pena se algo ruim acontecesse com ela. Por sorte, Arsène Lupin está de olhos bem abertos.

Tomando cuidado para não ser visto, atento a qualquer coisa que visse ou ouvisse, ele inspecionou cada canto do terreno, procurou pela pequena porta que tinha percebido do lado de fora e que era a porta da horta, puxou o ferrolho, pegou a chave e então andou acompanhando o muro e se viu mais uma vez perto da árvore que tinha escalado. Dois minutos depois, estava montado em sua motocicleta.

O vilarejo de Maupertuis ficava bem perto da propriedade. Lupin perguntou e descobriu que o doutor Guéroult vivia ao lado da igreja.

Ele tocou a campainha, foi levado à sala de consulta e se apresentou com o nome de Paul Daubreuil, da Rua de Surène, em Paris, acrescentando que tinha relações oficiais com o serviço de detetives, um fato que pedia que fosse mantido em segredo. Ele ficara sabendo, através de uma carta rasgada, sobre os incidentes que ameaçavam a vida da senhorita Darcieux, e viera para auxiliar a jovem.

O doutor Guéroult, um velho médico do interior, que idolatrava Jeanne, ao ouvir as explicações de Lupin imediatamente concordou que esses incidentes constituíam provas inegáveis de uma conspiração. Ele mostrou uma grande preocupação, ofereceu hospitalidade ao visitante e o recebeu para o jantar.

Os dois homens conversaram bastante. À noite, eles foram juntos para o Château.

O médico subiu para o quarto do enfermo, que ficava no primeiro andar, e pediu licença para trazer um jovem colega, para quem ele tinha a intenção de passar sua clínica quando se aposentasse.

Lupin, ao entrar, viu Jeanne Darcieux sentada ao lado de seu pai. Ela reprimiu um movimento de surpresa e, a um sinal do médico, saiu do quarto.

A consulta a partir de então aconteceu na presença de Lupin. O rosto do senhor Darcieux estava esgotado, com muito sofrimento, e os seus olhos brilhavam, febris. Ele reclamou especialmente do seu coração naquele dia. Depois de ser auscultado, ele inquiriu o médico com uma ansiedade óbvia; e cada resposta parecia aliviá-lo. Também falou sobre Jeanne e expressou sua certeza de que o estavam enganando e de que sua filha tinha escapado de ainda mais acidentes. Ele continuou perturbado, mesmo depois das negativas do médico. Queria que a polícia fosse informada e começassem investigações.

Mas sua animação o cansou, e ele gradualmente adormeceu.

Lupin parou o médico no corredor:

– Vamos, doutor, dê-me sua opinião precisa. Acha que a doença do senhor Darcieux pode ser atribuída a uma causa externa?

– O que quer dizer?

– Bem, suponha que o mesmo inimigo estivesse interessado em eliminar tanto o pai quanto a filha.

O médico pareceu surpreso com a sugestão.

– Dou minha palavra, tem algo nisso que disse... A doença do pai às vezes tem características muito incomuns! Por exemplo, a paralisia das pernas, que já é quase completa, deveria ser acompanhada por...

O médico refletiu por um momento e depois disse em voz baixa:

– Você acha que é veneno, claro... mas qual? Além disso, não vejo sintomas tóxicos... Teria que ser... Mas o que está fazendo? Qual o problema?

Os dois homens conversavam do lado de fora de uma pequena sala de visitas no primeiro andar, onde Jeanne, aproveitando a oportunidade enquanto o médico estava com seu pai, começara a jantar. Lupin, que a observava pela porta aberta, viu que ela levava uma xícara aos lábios e tomava alguns goles.

Subitamente, ele correu até ela e agarrou seu braço:

– O que está bebendo?

– Ora – respondeu ela, aturdida –, apenas chá!

– Você fez uma careta de nojo... Qual foi o motivo?

– Não sei... Eu achei...

– Achou o quê?

– Que... que o gosto estava meio amargo... Mas imagino que seja por causa do remédio que misturei nele.

– Que remédio?

– Algumas gotas que tomo no jantar... as gotas que prescreveu para mim, como sabe, doutor.

– Sim – disse o doutor Guéroult –, mas esse remédio não tem gosto... Você sabe que não tem, Jeanne, já que o vem tomando por duas semanas e essa é a primeira vez...

– Isso é verdade – disse a garota –, e isso tem um gosto... Aqui... Oh! Minha boca ainda está queimando!

O doutor Guéroult tomou um gole da xícara.

– Diabos! – exclamou, cuspindo o que bebera. – Não há nenhum engano aqui...

Lupin, ao lado dele, examinava a garrafa com o remédio; e perguntou:

– Onde a garrafa fica durante o dia?

Mas Jeanne não podia responder. Ela colocara a mão sobre o coração e, pálida e com os olhos arregalados, parecia estar sofrendo uma dor tremenda:

– Está doendo... doendo... – gaguejou.

Os dois homens a carregaram rapidamente para o seu quarto e a deitaram na cama:

– Ela deve tomar um emético – disse Lupin.

– Abra o armário – disse o médico. – Vai ver uma maleta médica... Pegou? Pegue um dos tubos pequenos... Sim, esse... E agora um pouco de água quente... Vai achar um pouco na bandeja de chá, no outro cômodo.

A criada de Jeanne veio correndo responder ao sino. Lupin disse a ela que a senhorita Darcieux tinha passado mal, por alguma razão desconhecida.

Então ele voltou à pequena sala de jantar, inspecionou o aparador e os armários, foi até a cozinha e fingiu que o médico o mandara ali para perguntar sobre a dieta do senhor Darcieux. Sem aparentar, sondou o cozinheiro, o mordomo e Baptiste, o caseiro, que fazia suas refeições na casa senhorial juntamente dos criados. Depois voltou para onde o médico estava:

– E então?

– Ela está dormindo.

– Algum perigo?

– Não. Felizmente, ela só tomou dois ou três goles. Mas esta é a segunda vez hoje que você salvou a vida dela, como mostrará a análise dessa garrafa.

– É bem supérfluo fazer uma análise, doutor. Não há dúvida alguma sobre o fato de que houve uma tentativa de envenenamento.

– Feita por quem?

– Não sei dizer. Mas o demônio que está engendrando tudo isso claramente sabe como as coisas funcionam nesta casa. Ele vem e vai quando quer, caminha pelo parque, lima a corrente do cachorro, mistura veneno na comida e, em resumo, move-se e age precisamente como se estivesse vivendo a vida daquela, ou melhor, daqueles que ele quer matar.

– Ah! Realmente acredita que o senhor Darcieux está sendo ameaçado pelo mesmo perigo?

– Não tenho dúvida alguma.

– Então deve ser algum dos criados? Mas isso é extremamente improvável! Acha mesmo…

– Eu não acho nada, doutor! Não sei de nada. Tudo o que posso dizer é que a situação é extremamente trágica e que temos de nos preparar para o pior. A morte está à porta, doutor, jogando sua sombra sobre as pessoas desta casa; e em breve atacará aqueles que persegue.

– O que devemos fazer?

– Vigiar, doutor. Vamos fingir que estamos preocupados com a saúde do senhor Darcieux e passar a noite aqui. Os quartos do pai e da filha são próximos. Se algo acontecer, certamente ouviremos.

Havia uma poltrona no quarto. Eles combinaram de dormir nela em turnos.

Na verdade, Lupin só dormiu por duas ou três horas. No meio da noite ele saiu do quarto, sem perturbar seu companheiro, vistoriou cuidadosamente toda a casa e saiu pelo portão principal.

Chegou a Paris em sua motocicleta às nove horas. Dois de seus amigos, para quem ele telefonou da estrada, encontraram-no ali. Todos os três passaram o dia fazendo buscas que Lupin planejara anteriormente.

Ele pegou a estrada novamente com muita pressa às dezoito horas; e provavelmente nunca, conforme me contou mais tarde, tinha arriscado sua vida com tanta temeridade como nessa viagem vertiginosa, em uma velocidade insana, em uma noite nublada de dezembro, quando a luz de seu farol mal penetrava a escuridão.

Lupin saltou de sua motocicleta do lado de fora do portão, que ainda estava aberto, correu até a casa e chegou ao primeiro andar em poucos passos.

Não havia ninguém na pequena sala de jantar.

Sem hesitação, sem bater, ele entrou no quarto de Jeanne:

– Ah, aqui está você! – disse, com um suspiro de alívio ao ver Jeanne e o médico sentados lado a lado, conversando.

– O que houve? Tem alguma novidade? – perguntou o médico, alarmado ao ver tal estado de agitação em um homem cujo sangue-frio ele já tivera chance de observar.

– Não – disse Lupin –, nenhuma. E por aqui?

– Nada por aqui também. Acabamos de sair do quarto do senhor Darcieux. Ele teve um dia excelente e jantou com bastante apetite. Quanto à Jeanne, pode ver por si mesmo, seu rosto voltou a ter sua bela coloração.

– Então ela deve ir embora.

– Ir embora? Mas isso está completamente fora de questão! – protestou a moça.

– Deve ir embora, deve ir! – exclamou Lupin com veemência, batendo o pé no chão.

Imediatamente ele se controlou, disse algumas palavras se desculpando pelo ímpeto e depois, por três ou quatro minutos, ficou em completo silêncio, que o médico e Jeanne tomaram muito cuidado para não perturbar.

Ele finalmente disse à jovem:

– Deve ir embora amanhã pela manhã, senhorita. Será apenas por uma ou duas semanas. Vou levá-la para sua amiga em Versalhes, aquela para quem você escrevia. Eu lhe imploro para arrumar todas as suas coisas hoje à noite… sem nenhum tipo de dissimulação. Deixe os criados saberem que está indo embora… De outro lado, o doutor fará o favor de contar ao senhor Darcieux e fazê-lo entender, com todas as precauções possíveis, que essa viagem é essencial para sua segurança. Além disso, ele pode juntar-se a você assim que a saúde dele permitir… Está decidido, certo?

– Sim – disse ela, completamente convencida pela voz gentil e imperiosa de Lupin.

– Nesse caso – disse ele –, seja o mais rápida possível… e não saia do seu quarto…

– Mas devo ficar sozinha hoje à noite? – perguntou a moça, com um tremor.

– Não tema. Caso haja qualquer perigo, o doutor e eu voltaremos. Não abra a sua porta a não ser que escute três batidas leves.

Jeanne imediatamente tocou a campainha chamando sua criada. O médico foi para o quarto do senhor Darcieux, enquanto trouxeram uma ceia para Lupin na pequena sala de jantar.

– Tudo pronto – disse o médico, juntando-se a ele em vinte minutos. – O senhor Darcieux não criou nenhuma dificuldade. Na verdade, ele mesmo acha que é uma ótima ideia mandarmos Jeanne embora.

Eles então desceram e foram embora juntos.

Ao chegar à casa do caseiro, Lupin chamou-o.

– Pode fechar o portão, meu bom homem. Se o senhor Darcieux precisar de nós, mande nos chamar imediatamente.

O relógio da igreja de Maupertuis soou dez badaladas. O céu estava cheio de nuvens negras, entre as quais a lua aparecia em alguns momentos.

Os dois homens andaram por sessenta ou setenta metros.

Estavam se aproximando do vilarejo quando Lupin agarrou o braço de seu colega:

– Pare!

– Que diabos é o problema? – perguntou o doutor.

– O problema é esse – exclamou Lupin –, que, se meus cálculos estiverem corretos, se não me enganei a respeito desse caso desde o começo, a senhorita Darcieux será assassinada antes do fim da noite.

– Hein? Como assim? – arquejou o médico, desesperado. – Então por que saímos de lá?

– Pelo exato motivo de que o salafrário, que está vigiando nossos movimentos escondido, não adie seu crime e o cometa, não na hora escolhida por ele, mas na hora que eu decidi.

– Então vamos voltar ao Château?

– Sim, é claro que vamos, mas separadamente.

– Nesse caso, vamos logo, imediatamente.

– Ouça-me, doutor – disse Lupin, a voz controlada –, e não percamos tempo com palavras inúteis. Acima de tudo, precisamos derrotar qualquer tentativa de nos vigiar. Portanto, o senhor vai direto para casa e não sairá novamente até que tenha certeza de não ter sido seguido. Então, irá até os muros da propriedade, mantendo-se à esquerda, até chegar à pequena porta da horta. Aqui está a chave. Quando o relógio da igreja soar vinte e três horas, abra a porta com cuidado e vá até a varanda nos fundos da casa. A quinta janela está mal fechada. O senhor só precisará escalar a varanda. Assim que estiver dentro do quarto da senhorita Darcieux, aferrolhe a porta e não se mexa. Entenda bem, não se mexam, nenhum dos dois, independentemente do que aconteça. Eu percebi que a senhorita Darcieux deixa a porta de seu *closet* entreaberta, não é?

– Sim, é um hábito que ensinei a ela.

– É por ali que virão.

– E você?

– É por ali que virei também.

– E sabe quem é o canalha?

Lupin hesitou, e então respondeu:

– Não, não sei… E é exatamente isso que descobriremos. Mas, imploro ao senhor, mantenha a frieza. Nenhuma palavra, nenhum movimento, independentemente do que aconteça!

– Eu prometo.

– Quero mais que isso, doutor. Deve me dar sua palavra de honra.

– Dou-lhe minha palavra de honra.

O médico foi embora. Lupin imediatamente escalou uma elevação próxima de onde ele podia observar as janelas do primeiro e do segundo andar. Várias delas estavam com as luzes acesas.

Ele esperou por pouco tempo. As luzes foram se apagando uma a uma. E então, tomando a direção oposta àquela do médico, desviou-se à direta e andou rente ao muro até que chegou ao agrupamento de árvores perto de onde escondera sua motocicleta no dia anterior.

Ouviu as badaladas das vinte e três horas. Calculou o tempo que o médico levaria para atravessar a horta e entrar na casa.

– Um ponto para mim! – murmurou ele. – Tudo está dando certo desse lado. E agora, Lupin, ao resgate? Não vai demorar até que o inimigo jogue seu último trunfo… E, por todos os deuses, eu tenho que estar lá!

Ele repetiu as mesmas ações que fez da primeira vez, puxou o galho e se içou para o topo do muro, de onde conseguia alcançar os maiores ramos da árvore.

Nesse instante, ficou com as orelhas em pé. Pareceu ouvir um farfalhar de folhas secas. E realmente percebeu uma forma escura mover-se abaixo dele, a trinta metros de distância:

– Diabos! – disse para si mesmo. – Já era: o salafrário me farejou.

Um raio de luz do luar atravessou as nuvens. Lupin viu distintamente o homem mirando. Ele tentou pular para o chão e virou a cabeça. Mas sentiu algo atingi-lo no peito, ouviu o som de um tiro, soltou um xingamento raivoso e caiu de galho em galho, como um defunto.

Enquanto isso, o doutor Guéroult, seguindo as instruções de Arsène Lupin, tinha escalado o parapeito da quinta janela e se pendurado até chegar ao primeiro andar. Ao chegar ao quarto de Jeanne, ele bateu à porta levemente, três vezes, e, imediatamente depois de entrar, aferrolhou a porta.

– Deite-se imediatamente – sussurrou para a moça, que não trocara de roupa. – Deve aparentar ter ido dormir. Brrrrr, está frio aqui! A janela do seu *closet* está aberta?

– Sim... gostaria que eu...

– Não, deixe assim. Estão vindo.

– Estão vindo! – exclamou Jeanne, com medo.

– Sim, sem a menor dúvida.

– Mas quem? Suspeita de alguém?

– Não sei quem... Suponho que exista alguém escondido na casa... Ou no parque.

– Oh, estou com tanto medo!

– Não fique com medo. O camarada que está cuidando da senhorita parece ser bastante esperto e faz questão de ser precavido. Imagino que ele esteja de tocaia no pátio.

O médico apagou a lamparina, foi até a janela e abriu a cortina. Uma cornija estreita, que circundava o primeiro andar, impedia-o de ver mais do que uma parte distante do pátio; e ele voltou e se sentou perto da cama.

Alguns minutos muito tensos se passaram, minutos que pareciam ser interminavelmente longos para eles. O relógio do vilarejo soou; mas, preocupados como estavam com os pequenos ruídos da noite, eles mal perceberam o som. Ouviram, e ouviram, com os nervos à flor da pele:

– Ouviu isso? – sussurrou o médico.

– Sim... sim – disse Jeanne, sentando-se na cama.

– Deite-se... deite-se – disse ele logo em seguida. – Alguém está vindo.

Houve um som de batidinhas do lado de fora, contra a cornija. Depois, uma série de ruídos indistintos, cuja natureza eles não conseguiram discernir com certeza. Mas tiveram a sensação de que alguém abria mais a janela do *closet*, pois sentiam lufadas de vento frio.

De repente, ficou bem claro: havia alguém no aposento vizinho.

O médico, cuja mão tremia um pouco, apanhou seu revólver. Ainda assim, não se mexeu, lembrando as ordens formais que recebera e receando agir contra elas.

O aposento estava na mais absoluta escuridão, e eles não conseguiam ver onde o adversário estava. Mas sentiam sua presença.

Eles seguiram seus movimentos invisíveis, o som de seus passos abafados pelo tapete; e não tinham dúvida de que ele já tinha cruzado a soleira do quarto.

E o adversário parou. Tinham certeza disso. Ele estava parado a seis passos da cama, imóvel, talvez indeciso, tentando ver na escuridão com seus olhos argutos.

A mão de Jeanne, gélida e suada, tremia na mão do médico.

Com a outra mão, ele apertava o revólver, com o dedo no gatilho. Apesar de ter dado sua palavra, ele não hesitou. Se o adversário tocasse a ponta da cama, o tiro seria disparado inevitavelmente.

O adversário deu outro passo e então parou mais uma vez. E havia algo terrível a respeito daquele silêncio, aquele silêncio impassível, aquela escuridão em que aqueles seres humanos encaravam uns aos outros, selvagemente.

Quem era aquele se espreitando pela escuridão sombria? Quem era aquele homem? Que inimizade terrível o colocara contra a moça e que objetivo horrível era esse que ele buscava?

Apesar de estarem aterrorizados, Jeanne e o médico pensavam apenas em uma coisa: em olhar, em descobrir a verdade, ver a face do adversário.

Ele deu mais um passo e não se moveu mais. Parecia a eles que a silhueta dele se destacava, mais escura ainda, contra o espaço escuro, e que seu braço se levantava lentamente, lentamente…

Um minuto se passou, e então outro minuto...

E subitamente, além do homem, à direita, um estalo... Uma luz brilhante lampejou, foi jogada sobre o homem, iluminou-o diretamente no rosto, impiedosa.

Jeanne deu um grito de medo. Ela vira, parado sobre ela, com uma adaga em sua mão, ela vira... seu pai!

Quase ao mesmo tempo, apesar de a luz já se ter apagado, veio um tiro: o médico atirara.

– Maldição, não atire! – vociferou Lupin.

Ele jogou seus braços em volta do médico, que disse, sem ar:

– Você não viu? Não viu? Ouça! Ele está escapando!

– Deixe-o ir: é o melhor que poderia acontecer.

Ele pressionou a mola da lanterna elétrica novamente, correu em direção ao *closet,* certificou-se de que o homem tinha desaparecido e, voltando calmamente para a mesa, acendeu a lamparina.

Jeanne estava deitada na cama, pálida, desmaiada.

O médico, encolhido em sua cadeira, emitia sons desarticulados.

– Vamos – disse Lupin, rindo –, recomponha-se. Não há nada para ficarmos ansiosos: já está tudo terminado.

– O pai dela! O pai dela! – gemia o velho doutor.

– Por favor, doutor, a senhorita Darcieux não está bem. Cuide dela.

Sem outra palavra, Lupin voltou ao *closet* e saiu pelo parapeito da janela. Havia uma escada encostada no parapeito. Ele desceu por ela. Acompanhando a parede da casa, vinte passos mais à frente, tropeçou nos degraus de uma escada de corda, a qual ele subiu, e se encontrou no quarto do senhor Darcieux. O quarto estava vazio.

– É isso mesmo – disse ele. – O cavalheiro não gostou de sua posição e desapareceu. Desejo a ele uma boa jornada... E, é claro, a porta está aferrolhada? Exatamente! É assim que nosso enfermo, enganando seu digno médico, saía à noite completamente seguro, prendia sua escada de corda na varanda e preparava seus joguinhos. Nada tolo esse nosso amigo Darcieux!

Lupin removeu os parafusos e voltou para o quarto de Jeanne. O médico, que estava passando pela porta, puxou-o para a pequena sala de jantar:

– Ela está dormindo: não devemos perturbá-la. Foi um choque terrível, e ela levará um tempo para se recuperar.

Lupin serviu um copo de água para si mesmo e bebeu. Então, sentou-se em uma cadeira e disse calmamente:

– Que nada! Ela estará bem amanhã.

– Como é?

– Eu disse que ela estará bem amanhã.

– Por quê?

– Primeiramente, porque não me parecia que a senhorita Darcieux nutria qualquer tipo de afeição muito especial por seu pai.

– Não importa! Pense nisto: um pai que tenta matar sua filha! Um pai que, por vários meses, repete sua tentativa monstruosa quatro, cinco, seis vezes novamente! Bem, não é o suficiente para atormentar uma alma menos sensível que Jeanne para todo o sempre? Que memória odiosa!

– Ela esquecerá.

– Não é possível esquecer algo assim.

– Ela esquecerá, doutor, e por um motivo muito simples...

– Explique o quer dizer!

– Ela não é filha do senhor Darcieux!

– Hein?

– Repito, ela não é filha daquele salafrário.

– O que quer dizer? O senhor Darcieux...

– Darcieux é apenas o padrasto dela. Ela acabara de nascer quando seu pai, seu pai de verdade, morreu. Então a mãe de Jeanne casou-se com um primo de seu marido, um homem que tinha o mesmo sobrenome, e morreu depois de um ano de ter-se casado pela segunda vez. Ela deixou Jeanne aos cuidados do senhor Darcieux. A princípio ele a levou para outro país e depois comprou esta casa de campo; e, como ninguém o conhecia na vizinhança, fingiu que a criança era sua filha. Ela mesma não sabia a verdade sobre seu nascimento.

O médico estava confuso. Ele perguntou:

– Tem certeza desses fatos?

– Passei o dia nas prefeituras dos municípios parisienses. Procurei nos registros, entrevistei dois advogados, vi todos os documentos. Não há a menor possibilidade de dúvida.

– Mas isso não explica o crime, ou melhor, a série de crimes.

– Explica, sim – afirmou Lupin. – E desde o início, desde o primeiro momento em que me intrometi nesse assunto, algumas palavras usadas pela senhorita Darcieux me fizeram suspeitar de qual direção minha investigação deveria seguir. "Não tinha nem cinco anos de idade quando minha mãe morreu", disse ela. "Isso faz dezesseis anos." A senhorita Darcieux, portanto, tinha quase vinte e um anos de idade, ou seja, estava quase chegando à maioridade. Imediatamente percebi que esse era um detalhe importante. O dia em que atinge sua maioridade é o dia em que prestam contas sobre sua herança. Qual era a posição financeira da senhorita Darcieux, que era a herdeira natural de sua mãe? Claro, não pensei em seu pai por nem um segundo. No começo, nem se imagina algo assim; e então há a farsa engendrada pelo senhor Darcieux... Indefeso, acamado, doente...

– Doente de verdade – interrompeu o médico.

– Tudo isso fazia com que não suspeitássemos dele... E cada vez mais eu acreditava que ele mesmo estava exposto a ataques criminosos. Mas não havia ninguém na família que estaria interessado na remoção deles? Minha viagem a Paris me revelou a verdade: a senhorita Darcieux herdou uma grande fortuna de sua mãe, da qual seu padrasto tira a renda dele. O advogado marcaria uma reunião de família em Paris no mês que vem. A verdade seria revelada. Seria a ruína do senhor Darcieux.

– Ele não tinha guardado nenhum dinheiro?

– Sim, mas perdera muito como o resultado de investimentos infelizes.

– Mas, no fim das contas, Jeanne não tiraria a administração de sua fortuna das mãos dele!

– Existe um detalhe que o senhor não sabe, doutor, que eu descobri ao ler a carta rasgada. A senhorita Darcieux está apaixonada pelo irmão de Marceline, a amiga dela de Versalhes; o senhor Darcieux era contrário ao casamento; e, agora o senhor entende o motivo, ela estava esperando atingir a maioridade para se casar.

– Você tem razão – disse o médico –, tem razão... Seria a ruína dele.

– A ruína completa. Restava uma chance de se salvar: a morte de sua enteada, de quem ele é o herdeiro.

– Certamente, mas desde que ninguém suspeitasse dele.

– É claro; e é por isso que ele maquinou a série de acidentes, para que a morte parecesse um acidente. E é por isso que eu, de minha parte, querendo que as coisas acontecessem, pedi que o senhor contasse a ele sobre a partida iminente da senhorita Darcieux. A partir daquele momento, não seria mais suficiente para o homem doente de mentira percorrer o terreno e os corredores, no escuro, e executar algum plano bem pensado com todo o tempo a seu dispor. Não, ele precisava agir, imediatamente, sem preparo, violentamente, com a adaga em sua mão. Eu não tinha dúvida de que ele decidiria agir. E assim o fez.

– Então ele não suspeitava?

– De mim, sim. Ele sentia que eu voltaria hoje à noite, e ficou vigiando o lugar por onde eu pulara o muro da outra vez.

– E então?

– Bem – disse Lupin, rindo –, eu recebi uma bala direto no peito... Ou melhor, minha carteira recebeu uma bala... Aqui, dá para ver o buraco... Assim, eu caí da árvore, como um defunto. Pensando que tinha se livrado do seu único adversário, ele voltou para casa. Eu o vi rondando o lugar por duas horas. E então, decidindo, ele foi até a cocheira, pegou uma escada e apoiou-a contra a janela. Eu só precisei segui-lo.

O médico refletiu e disse:

– Você poderia tê-lo capturado antes. Por que o deixou subir? Foi uma situação dolorosa para Jeanne... E desnecessária.

– Ao contrário, era indispensável! A senhorita Darcieux nunca aceitaria a verdade. Era essencial que ela visse o rosto do assassino. Deve contar-lhe as circunstâncias assim que ela acordar. Ela melhorará em breve.

– Mas... E o senhor Darcieux?

– Pode explicar o desaparecimento dele como achar melhor... Uma viagem súbita... Um acesso de loucura... Haverá alguns inquéritos... E pode ter certeza de que nunca ouviremos falar dele novamente.

O médico acenou afirmativamente com a cabeça:

– Sim... é isso... é isso mesmo... você está certo. Cuidou de todo esse assunto com uma habilidade assustadora, e Jeanne deve a vida dela a você. Ela agradecerá pessoalmente... Mas, agora, posso ajudá-lo de alguma forma? Você me disse que está ligado ao serviço de detetives... Vai permitir que eu escreva enaltecendo sua conduta, sua coragem?

Lupin começou a rir:

– Certamente! Uma carta desse tipo fará todo o bem do mundo para mim. Pode escrever para o meu superior imediato, inspetor-chefe Ganimard. Ele ficará muito feliz em saber que seu agente preferido, Paul Daubreuil, da Rua de Surène, mais uma vez se distinguiu em uma ação brilhante. Na verdade, tenho um encontro marcado com ele a respeito de um caso sobre o qual o senhor deve ter ouvido falar: o caso da echarpe vermelha... Como o senhor Ganimard ficará satisfeito!

UMA TRAGÉDIA NA FLORESTA DAS MORGUES

O vilarejo inteiro estava aterrorizado.

Foi em um domingo de manhã. Os camponeses de Saint-Nicolas e da vizinhança estavam saindo da igreja e se espalhando pela praça quando, subitamente, as mulheres que andavam à frente e que já tinham chegado à estrada principal pararam com gritos de desespero.

Naquele momento um automóvel enorme, que parecia um monstro terrível, surgiu na estrada em uma velocidade vertiginosa. Entre os gritos das pessoas que se espalhavam alucinadamente, o automóvel foi direto na direção da igreja, desviou no exato instante em que parecia que iria se espatifar contra os degraus, raspou a parede do presbitério, voltou à continuação da estrada nacional, acelerou, virou a esquina e desapareceu, sem, por algum milagre incompreensível, sequer ter encostado em qualquer uma das pessoas que se amontoavam na praça.

Mas eles viram! Eles viram um homem no banco do motorista vestindo um casaco de pele de cabra, com um chapéu de pele na cabeça e o rosto escondido por um par de óculos grandes, e com ele, no banco da frente, jogada para trás, dobrada em dois, uma mulher cuja cabeça, completamente coberta de sangue, estava pendurada sobre o capô do carro...

E eles ouviram! Eles ouviram os gritos da mulher, gritos de horror, gritos de agonia...

E tudo isso foi uma visão tão infernal e tão repleta de carnificina que as pessoas ficaram por alguns segundos completamente imóveis, estupefatas.

– Sangue! – gritou alguém.

Havia sangue por todo lado, nos paralelepípedos da praça, no solo endurecido pelas primeiras geadas do outono; e, quando alguns homens e garotos foram atrás do automóvel, eles usaram essas marcas sinistras para guiá-los.

As marcas, por sua vez, seguiam a estrada principal, mas de uma maneira muito estranha, indo de um lado para outro e deixando uma trilha em ziguezague, na esteira dos pneus, que fazia tremer aqueles que a viam. Como aquele carro não bateu naquela árvore? Como ele se endireitou em vez de colidir naquela ladeira? Quem era aquele principiante, aquele louco, aquele bêbado, aquele criminoso assustado que dirigia o automóvel com guinadas e desvios tão impressionantes?

Um dos camponeses afirmou:

– Eles nunca conseguirão fazer aquela curva na floresta.

E outro disse:

– Claro que não! O automóvel com certeza vai capotar!

A Floresta das Morgues começava oitocentos metros depois de Saint-Nicolas; e a estrada, que era reta até lá, exceto por uma curva suave ao sair do vilarejo, começava a subir, imediatamente depois de adentrar a floresta, e fazia uma curva abrupta entre as rochas e as árvores. Nenhum automóvel era capaz de fazer essa curva sem antes diminuir a velocidade. Havia placas para avisar do perigo.

Os camponeses ofegantes chegaram ao quincunce de faias que formava a entrada da floresta. E um deles imediatamente gritou:

– Aí está você!

– O quê?

– Ele capotou!

O carro, a limusine, tinha capotado e estava ali batido, retorcido e disforme. Ao lado dele, o cadáver de uma mulher. Mas a coisa mais horrível, sórdida e assustadora era a cabeça da mulher, esmagada, achatada, invisível sob uma pedra, uma pedra imensa presa ali por alguma ação desconhecida e prodigiosa. Quanto ao homem com o casaco de pele de cabra, não estava em lugar algum.

Ele não foi encontrado na cena do acidente. Nem na vizinhança. Além disso, alguns trabalhadores vindos da Côte de Morgues afirmaram não ter visto ninguém.

Portanto, o homem tinha buscado refúgio na floresta.

Os gendarmes[21], chamados imediatamente, fizeram uma busca minuciosa, com auxílio dos camponeses, mas não descobriram nada. Da mesma forma, os juízes de instrução, depois de uma investigação aprofundada que durou vários dias, não encontraram nenhuma pista que pudesse lançar alguma luz sobre essa tragédia incompreensível. Ao contrário, as investigações só levaram a mais mistérios e mais incertezas.

Assim, foi decidido que a pedra veio de onde houvera um deslizamento de terra, a pelo menos quarenta metros de distância. E o assassino em alguns minutos carregara a pedra por toda aquela distância e a atirara na cabeça da vítima.

De outro lado, o assassino, que com certeza não estava se escondendo na floresta, pois se estivesse inevitavelmente teria sido descoberto, já que a mata não era grande, teve a audácia de, oito dias depois do crime, voltar à curva na colina e deixar seu casaco ali. Por quê? Qual era seu objetivo? Não havia nada nos bolsos do casaco, exceto um saca-rolhas e um guardanapo. O que significava tudo isso?

Questionaram o fabricante do automóvel, que reconheceu a limusine como uma que ele tinha vendido, três anos atrás, para um russo. O russo,

[21] Gendarmes são os guardas de uma corporação militar, a gendarmaria, encarregada de garantir a ordem social na França. (N.T.)

declarou o fabricante, revendera-a em seguida. Para quem? Ninguém sabia. O carro não tinha número de registro.

Além disso, era impossível identificar o cadáver da mulher. Suas roupas e roupas de baixo não tinham nenhum tipo de identificação. E o rosto era desconhecido.

Enquanto isso, os detetives percorriam a estrada nacional na direção oposta àquela tomada pelos atores dessa tragédia misteriosa. Mas quem poderia provar que o carro seguira aquela estrada em particular na noite anterior?

Eles examinaram cada metro do solo, investigaram todas as pessoas. Finalmente, tiveram sucesso ao descobrir que, na noite do sábado, uma limusine parara em um mercado, em uma cidadezinha a trezentos quilômetros de Saint-Nicolas, em uma estrada que saía da estrada nacional. O motorista primeiro enchera o tanque, comprara algumas latas de reserva de combustível e, por último, um pequeno estoque de provisões: um presunto, frutas, biscoitos, vinho e metade de uma garrafa de conhaque Trois Étoiles.

Havia uma senhora no banco do motorista. Ela não desceu. As cortinas da limusine estavam fechadas. Viram uma dessas cortinas se mover várias vezes. O vendedor tinha certeza de que havia alguém lá dentro.

Presumindo que o depoimento do vendedor estivesse certo, o problema ficava ainda mais complicado, pois até então nenhuma pista revelara a presença de uma terceira pessoa.

Enquanto isso, já que os viajantes tinham comprado provisões, ainda precisavam descobrir o que fizeram com elas e o que aconteceu com os restos.

Os detetives refizeram seus passos até chegar à bifurcação das duas estradas, um lugar a dezessete ou dezoito quilômetros de Saint-Nicolas, onde encontraram um pastor que, respondendo às suas perguntas, apontou um campo próximo, escondido de vista por vários arbustos, onde ele vira uma garrafa vazia e outras coisas.

Os detetives ficaram convencidos ao primeiro exame. O automóvel parara ali; e os viajantes desconhecidos, provavelmente após uma noite de descanso no carro, tomaram café e continuaram a viagem durante a manhã.

Uma prova inquestionável era a garrafa de conhaque Trois Étoiles, vendida no mercado, com o conteúdo pela metade. A garrafa fora quebrada no gargalo com uma pedra. A pedra usada com esse intuito foi recolhida, assim como o gargalo da garrafa, com a rolha, coberta por um selo de papel-alumínio. O selo mostrava marcas de tentativas feitas para abrir a garrafa da maneira comum.

Os detetives continuaram sua busca e seguiram uma vala que percorria o campo perpendicularmente à estrada. Ela terminava em uma pequena nascente, escondida sob um espinheiro, que parecia exalar um cheiro pútrido. Ao levantar os galhos do espinheiro, encontraram um cadáver, o cadáver de um homem cuja cabeça fora esmagada, de tal forma que tinha se tornado uma espécie de polpa, fervilhando com vermes. O corpo estava vestido com um paletó e calça de couro marrom-escuro. Os bolsos estavam vazios: sem documentos, sem carteira, sem relógio.

O vendedor e seus funcionários foram convocados e, dois dias depois, identificaram formalmente, pelas vestimentas e pela silhueta, o viajante que comprara o combustível e os suprimentos na noite de sábado.

Portanto, o caso inteiro precisou ser reaberto sob novos fundamentos. As autoridades foram confrontadas com uma tragédia não mais interpretada por duas pessoas, um homem e uma mulher, na qual um matara o outro, mas por três pessoas, incluindo duas vítimas, uma das quais era o próprio homem acusado de matar sua companheira.

Quanto ao assassino, não havia dúvida; era a pessoa que viajava dentro do automóvel e tomou o cuidado de ficar escondido atrás das cortinas. Ele primeiro se livrara do motorista e esvaziara seus bolsos e então, depois de ferir a mulher, carregou-a em uma corrida insana para a morte.

Com um caso novo, descobertas inesperadas, provas imprevisíveis, seria esperado que o mistério fosse esclarecido, ou pelo menos que a investigação daria alguns passos na estrada rumo à verdade. Mas não foi o que aconteceu. O cadáver foi simplesmente colocado ao lado do cadáver anterior. Novos problemas foram adicionados aos anteriores. A acusação de assassinato foi mudada de uma pessoa para outra. E esse foi o fim. Além desses fatos tangíveis e óbvios, não havia nada além do mistério. O nome da mulher, o nome do homem, o nome do assassino, todos eram enigmas. Além disso, o que acontecera com o assassino? Se ele tivesse desaparecido de uma hora para outra, só isso seria um fenômeno muitíssimo curioso. Mas o fenômeno era algo muito parecido com um milagre, já que o assassino não tinha desaparecido de forma alguma. Ele estava ali! Ele fez questão de voltar à cena da catástrofe! Além do casaco de pele de cabra, um chapéu de pele foi recolhido um dia; e, com um prodígio incomparável, uma manhã, depois de passarem a noite de guarda na rocha, ao lado da famosa curva, os detetives encontraram, na grama da própria curva, um par de óculos para dirigir quebrado, enferrujado, sujo, destruído. Como o assassino conseguira trazer esses óculos de volta sem ser visto pelos detetives? Além de tudo isso, por que ele os trouxera de volta?

O cérebro dos homens girava diante de tais anormalidades. Eles estavam quase com medo de perseguir uma aventura tão ambígua. Tinham a impressão de uma atmosfera pesada, sufocante, ofegante, que escurecia a visão e confundia até aqueles com os olhos mais argutos.

O juiz encarregado do caso adoeceu. Quatro dias depois, seu sucessor confessou que o caso estava além de seus limites.

Dois andarilhos foram presos e imediatamente soltos. Outro foi perseguido, mas não foi capturado; além disso, não havia evidência de qualquer tipo contra ele. Em resumo, era tudo uma confusão impotente de neblina e contradição.

Um acidente, o mais simples dos acidentes, levou à solução, ou, melhor dizendo, produziu uma série de circunstâncias que terminaram por levar à solução. Um jornalista da equipe de um importante jornal parisiense, que fora enviado para investigar o local, concluiu assim seu artigo:

Repito que precisamos aguardar novos acontecimentos, novos fatos; precisamos aguardar algum acidente fortuito. Da forma como as coisas estão agora, estamos apenas perdendo tempo. Os elementos da verdade não são suficientes nem para sugerir uma teoria plausível. Estamos no meio de uma escuridão absoluta, dolorosa e impenetrável. Não há nada a ser feito. Todos os Sherlock Holmes do mundo não saberiam o que fazer com esse mistério, e o próprio Arsène Lupin, se ele me permitir dizer, teria que desistir desse caso.

No dia seguinte à publicação do artigo, o mesmo jornal publicou este telegrama:

Eu desisti algumas vezes, mas nunca de algo tão tolo quanto esse caso. A tragédia de Saint-Nicolas é um mistério para bebês.

Arsène Lupin

E o editor acrescentou:

Publicamos esse telegrama por curiosidade, já que é obviamente a obra de um gaiato. Arsène Lupin, por mais especialista que seja na arte das brincadeiras, seria o último homem a demonstrar uma falta de respeito tão infantil.

Dois dias se passaram; e então o jornal publicou a famosa carta, tão precisa e categórica em suas conclusões, em que Arsène Lupin forneceu a solução do problema. Eu a reproduzo inteiramente:

Senhor:

Atingiu meu ponto fraco ao me provocar. O senhor me desafia, e eu aceito o desafio. Vou começar afirmando mais uma vez que a tragédia de Saint-Nicolas é um mistério para bebês. Não conheço nada tão simples, tão natural; e a prova da simplicidade está na concisão da minha demonstração. Ela está presente nestas poucas palavras: quando um crime parece ir além do âmbito comum das coisas, quando ele parece incomum e tolo, então há uma grande probabilidade de sua explicação ser encontrada em motivos extraordinários, sobrenaturais, sobre-humanos.

Digo que há uma grande probabilidade porque sempre devemos levar em conta a parte desempenhada pelo absurdo nos eventos mais lógicos e comuns. Mas, obviamente, é impossível ver as coisas como elas são e não levar em conta o absurdo e o desproporcional.

Desde o princípio fiquei impressionado pelo caráter evidente da estranheza. Primeiramente, temos o percurso estranho, em ziguezague, do automóvel, que daria a impressão de que o carro era guiado por um principiante. As pessoas falaram em um bêbado ou um louco, uma suposição por si só justificável. Mas nem a loucura nem a embriaguez explicariam a força incrível necessária para transportar, especialmente em um período de tempo tão curto, a pedra com que a cabeça da pobre mulher foi esmagada. Essa ação precisava de tamanha força muscular que não hesito em vê-la como um segundo sinal da estranheza que perpassa toda a tragédia. E por que mover aquela pedra tão enorme para acabar com a vítima, quando um pedregulho qualquer serviria? E por que o assassino não morreu, ou pelo menos não foi reduzido a um estado de incapacidade temporária, naquele acidente terrível que capotou o carro? Como ele desapareceu? E por que, ao desaparecer, ele voltou à cena do acidente? Por que ele jogou seu casaco de pele ali; e então, em outro dia, seu chapéu; e então, em ainda outro dia, seus óculos?

Ações incomuns, inúteis e tolas.

Além disso, por que deixar aquela mulher ferida, moribunda no assento dianteiro do carro, onde qualquer um podia vê-la? Por que fazer isso em vez de colocá-la dentro do carro, ou atirá-la em algum canto, morta, assim como o homem foi atirado sob o espinheiro na vala?

Atitudes estranhas, incomuns, estúpidas.

Tudo em toda a história é absurdo. Tudo indica hesitação, incoerência, constrangimento, a tolice de uma criança, ou melhor, de um selvagem louco e desajeitado, de um bruto.

Olhe a garrafa de conhaque. Havia um saca-rolhas: ele foi encontrado no bolso do casaco. O assassino o usou? Sim, as marcas do saca-rolhas podem ser percebidas no selo. Mas a operação era complicada demais para ele. Ele quebrou o gargalo com uma pedra. Sempre pedras: observe esse detalhe. Elas são a única arma, a única ferramenta que a criatura utiliza. É sua arma de costume, a ferramenta com que ele tem familiaridade. Ele mata o homem com uma pedra, mata a mulher com uma pedra e abre garrafas com uma pedra!

Um bruto, eu repito, um selvagem; confuso, desequilibrado, subitamente enlouquecido. Pelo quê? Ora, é claro, pelo mesmo conhaque, que ele bebeu de uma vez enquanto o motorista e sua companheira tomavam café da manhã no campo. Ele saiu da limusine, onde viajava, com seu casaco de pele de cabra e seu chapéu de pele, pegou a garrafa, quebrou o gargalo e bebeu. Aí está a história completa. Depois de beber, ele enlouqueceu completamente e saiu distribuindo golpes aleatoriamente, sem motivo. Então, tomado por um medo instintivo, temendo a punição inevitável, ele escondeu o corpo do homem. E, como um idiota, pegou a mulher ferida e fugiu. Fugiu no automóvel que não sabia como dirigir, mas que representava segurança para ele, uma fuga do aprisionamento.

Mas e o dinheiro, você vai indagar, a carteira roubada? Ora, quem disse que foi ele o ladrão? Quem disse que não foi um andarilho de passagem, algum trabalhador, guiado pelo fedor do cadáver?

Muito bem, você contesta, mas o bruto teria sido encontrado, já que se escondeu em algum lugar perto da curva, e já que, no fim das contas, precisa comer e beber.

Bem, bem, eu vejo que você ainda não entendeu. A forma mais simples, imagino, para terminar com isso e responder a suas objeções é ir direto ao ponto. Então deixemos os cavalheiros da polícia e da gendarmaria irem eles mesmos direto ao ponto. Deixemos que eles levem suas armas de fogo. Deixemos que eles explorem a floresta dentro de um raio de duzentos ou trezentos metros da curva, não mais do que isso. Mas, em vez de explorar com suas cabeças baixas e seus olhos presos ao chão, que eles procurem pelos ares, sim, pelos ares, entre as folhas e galhos dos carvalhos mais altos e das faias mais improváveis. E, acredite em mim, vão vê-lo. Pois ele está ali. Ele está ali, confuso, lamentavelmente perdido, procurando o homem e a mulher que assassinou, procurando e esperando por eles, sem se atrever a sair dali e sem conseguir entender.

Eu mesmo estou muito arrependido por estar preso na capital por assuntos particulares urgentes e por alguns assuntos complicados que preciso resolver, pois gostaria muito de ver o final dessa aventura curiosa.

Peço, assim, licença aos meus amigos da polícia para estar aos seus serviços, senhor.

Atenciosamente,

Arsène Lupin.

O desfecho será lembrado. Os "cavalheiros da polícia e da gendarmaria" deram de ombros e não prestaram atenção a essa elucubração. Mas quatro dos nobres do campo pegaram seus rifles e foram caçar, olhando para cima, como se quisessem acertar algumas aves. Em meia hora avistaram o assassino. Dois tiros e ele caiu de galho em galho. Fora apenas ferido, e o levaram ainda vivo.

Naquela noite, um jornal parisiense, que ainda não sabia da captura, publicou esta nota:

Estão sendo feitas investigações a respeito de um senhor e uma senhora Bragoff, que chegaram a Marselha há seis semanas e lá alugaram um automóvel. Eles viviam na Austrália há muitos anos, durante os quais não visitaram a Europa; e escreveram para o diretor do Jardin d'Acclimatation[22]*, com quem tinham o hábito de se*

[22] Um parque de diversões e atividades para crianças em Paris que começou como um zoológico e espaço de aclimatação para espécies estrangeiras de fauna e flora. (N.T.)

corresponder, anunciando que traziam com eles uma criatura curiosa, de uma espécie completamente desconhecida, da qual era difícil dizer se se tratava de um homem ou um macaco.

Segundo o senhor Bragoff, que é um arqueólogo importante, o espécime em questão é um gorila antropoide, ou melhor, o homem-gorila, cuja existência ainda não tinha sido definitivamente comprovada. Dizem que a estrutura dele é exatamente similar àquela do Pithecanthropus erectus, *descoberto pelo doutor Dubois em Java, em 1891.*

Esse animal curioso, inteligente e observador agia como criado de seu dono na propriedade deles na Austrália e costumava limpar o automóvel deles e até mesmo tentar dirigi-lo.

A pergunta é: onde está o casal Bragoff? Onde está o estranho primata que chegou com eles a Marselha?

A resposta a essa pergunta agora estava fácil. Graças às dicas fornecidas por Arsène Lupin, todos os elementos da tragédia já eram conhecidos. Graças a ele, o culpado estava nas mãos da lei.

Você pode vê-lo no Jardin d'Acclimatation, onde está enjaulado sob o nome de "Trois Étoiles". Ele é, na verdade, um macaco; mas também é um homem. Ele tem a gentileza e a sabedoria dos animais domésticos e a tristeza que eles sentem quando seus donos morrem. Mas tem muitas outras qualidades que o colocam muito mais perto da humanidade: é traiçoeiro, cruel, indolente, ganancioso e briguento; e, acima de tudo, gosta imoderadamente de conhaque.

Fora isso, ele é um macaco. A não ser que de fato...

Alguns dias depois da captura do Trois Étoiles, eu vi Arsène Lupin parado em frente à jaula do bicho. Lupin estava claramente tentando resolver esse problema interessante para si mesmo. Eu imediatamente disse, já que tinha decidido discutir o assunto com ele:

– Sabe, Lupin, essa sua intervenção, seu argumento, sua carta, em resumo, não me surpreenderam tanto quanto imaginaria!

– É mesmo? – disse ele, calmamente. – E por quê?

– Por quê? Porque o incidente já aconteceu antes, setenta ou oitenta anos atrás. Edgar Allan Poe usou o caso como o assunto de uma de suas melhores histórias[23]. Nessas circunstâncias, a resposta do enigma era fácil de ser encontrada.

Arsène Lupin me pegou pelo braço e, afastando-se comigo, disse:

– Quando você adivinhou?

– Ao ler sua carta – confessei.

– E que parte da minha carta?

– O final.

– O final, é? Depois que eu já tinha colocado os pingos em todos os is. Então temos um crime que é repetido por acidente, em condições bem diferentes, é verdade, mas ainda tem o mesmo tipo de herói; e os seus olhos precisavam ser abertos, assim como os de outras pessoas. E precisavam do auxílio da minha carta, a carta em que eu me diverti usando, além das exigências dos fatos, o argumento e às vezes palavras idênticas àquelas usadas pelo poeta americano em uma história que todo mundo já leu. Então percebe que a minha carta não foi tão completamente inútil e que é possível arriscar-se a repetir com muita segurança às pessoas coisas que elas aprenderam só para esquecer.

Com isso, Lupin virou sobre seus calcanhares e desatou a rir na cara de um velho macaco, que estava sentado com a expressão de um filósofo, meditando seriamente.

---

[23] O autor se refere ao conto *Os crimes da Rua Morgue*, de Edgar Allan Poe. (N.T.)

O CASAMENTO DE LUPIN

O senhor Arsène Lupin tem a honra de informá-lo sobre seu próximo casamento com a senhorita Angélique de Sarzeau-Vendôme, princesa de Bourbon-Condé, e de requisitar o prazer de sua companhia na cerimônia, que acontecerá na igreja de Sainte-Clotilde...

O duque de Sarzeau-Vendôme tem a honra de informá-lo sobre o casamento de sua filha Angélique, princesa de Bourbon-Condé, com o senhor Arsène Lupin, e de requisitar...

O duque Jean de Sarzeau-Vendôme não conseguia nem terminar de ler os convites que segurava em suas mãos trêmulas. Lívido de raiva, seu corpo alto e esbelto sacudia com tremores:

– Aqui! – arquejou, entregando as duas missivas à sua filha. – Isso foi o que seus amigos receberam! Paris inteira só fala disso desde ontem! O que tem a dizer a respeito desse vil insulto, Angélique? O que sua pobre mãe diria a respeito, se ainda estivesse viva?

Angélique era alta e esbelta como o pai, magra e angular como ele. Estava com trinta e três anos de idade, vestia-se sempre de preto, tinha uma maneira tímida e retraída, com uma cabeça pequena demais em proporção a sua altura e estreita dos dois lados até o nariz parecer saltar para a frente em protesto a toda aquela parcimônia. E mesmo assim seria impossível dizer que era feia, pois seus olhos eram extremamente belos, suaves e sérios, orgulhosos e um pouco tristes: olhos patéticos que só precisavam ser vistos uma vez para serem lembrados.

Ela corou de vergonha ao ouvir as palavras do pai, que lhe contaram sobre o escândalo de que ela era vítima. Mas, como o amava, apesar de sua aspereza para consigo, sua injustiça e despotismo, disse:

– Oh, acredito que tenha a intenção de ser uma piada, pai, e que não devemos dar atenção!

– Uma piada? Ora, todos estão falando sobre isso! Uma dúzia de jornais publicou essa maldita notícia hoje de manhã, com comentários satíricos. Eles citam nosso *pedigree*, nossos ancestrais, nossos mortos ilustres. Eles fingem levar as coisas a sério...

– Mesmo assim, ninguém acreditaria...

– Claro que não. Mas não impede que sejamos a fofoca de Paris.

– Tudo isso estará esquecido amanhã.

– Amanhã, minha filha, as pessoas lembrarão que o nome de Angélique de Sarzeau-Vendôme foi banalizado como não deveria ter sido. Oh, se eu descobrisse o nome do salafrário que teve a ousadia de...

Nesse momento, Hyacinthe, o camareiro do duque, entrou e disse que queriam falar com o senhor duque ao telefone. Ainda furioso, ele pegou o receptor e rosnou:

– E então? Quem é? Sim, é o duque de Sarzeau-Vendôme quem fala.

Uma voz respondeu:

– Quero me desculpar com o senhor, duque, e com a senhorita Angélique. É culpa do meu secretário.

– Seu secretário?

– Sim, os convites eram apenas um rascunho que eu queria apresentar ao senhor. Infelizmente, meu secretário achou...

– Mas diga-me: quem é o senhor?

– Como assim, senhor duque, não reconhece minha voz? A voz do seu futuro genro?

– O quê?

– Arsène Lupin.

O duque caiu em uma cadeira. Seu rosto estava lívido.

– Arsène Lupin... é ele... Arsène Lupin...

Angélique sorriu:

– Está vendo, pai, é apenas uma piada, uma brincadeira.

Mas a raiva do duque se renovou, e ele começou a andar de um lado para outro, movendo os braços:

– Irei à polícia! Não podem permitir que aquele sujeito me faça de idiota dessa forma! Se existe qualquer tipo de lei nesta terra, ele tem que ser impedido!

Hyacinthe entrou no cômodo novamente, trazendo dois cartões de visitas.

– Chotois? Lepetit? Não sei quem são.

– Ambos são jornalistas, senhor duque.

– E o que querem?

– Eles gostariam de falar com o senhor a respeito... do casamento...

– Mande-os embora! – exclamou o duque. – Enxote-os daqui! E diga ao porteiro para não deixar que esse tipo de escória entre na minha casa no futuro.

– Por favor, pai... – Angélique tentou dizer.

– Quanto a você, cale-se! Se tivesse consentido em se casar com um de seus primos quando eu disse para fazê-lo, isso não teria acontecido.

Naquela mesma noite um dos dois jornalistas publicou, na primeira página de seu jornal, uma história uma tanto fantasiosa de sua expedição à mansão da família dos Sarzeau-Vendôme, na Rua de Varennes, e discorreu agradavelmente sobre os protestos irados do velho nobre.

Na manhã seguinte, outro jornal publicou uma entrevista com Arsène Lupin que diziam ter acontecido em um saguão da Ópera. Arsène Lupin respondeu em uma carta ao editor:

Compartilho inteiramente da indignação do meu futuro sogro. O envio dos convites foi uma violação de etiqueta grosseira, pela qual eu não sou responsável, mas pela qual desejo me desculpar publicamente. Ora, a data da união ainda não foi definida. O pai da minha noiva sugere o começo de maio. Ela e eu achamos que seis semanas é tempo demais para esperar!

O que dava um tempero especial ao caso e aumentava imensamente a diversão dos amigos da família era a personalidade bem conhecida do duque: seu orgulho e a natureza inflexível de suas ideias e princípios. O duque Jean era o último descendente dos barões de Sarzeau, a família mais antiga da Bretanha; era o descendente direto daquele Sarzeau que, ao se casar com uma Vendôme, se recusou a ostentar o novo título que Luís XV o forçou a adotar até depois de ter ficado preso na Bastilha por dez anos; e não abandonara nenhum dos preconceitos do velho regime. Em sua juventude, ele acompanhou o conde de Chambord no exílio. Já na velhice, recusou um assento na Câmara sob o pretexto de que um Sarzeau só podia se sentar com seus comuns.

O incidente atingiu imensamente seus sentimentos. Nada conseguia acalmá-lo. Ele amaldiçoava Lupin com veemência, ameaçava-o com todos os tipos de punição e descontava em sua filha:

– Veja, se pelo menos tivesse se casado! Afinal, teve chances suficientes. Seus três primos, Mussy, d'Emboise e Caorches, são nobres de boa ascendência, ligados às melhores famílias, bastante ricos; e ainda estão ansiosos para se casar com você. Por que se recusa a se casar com eles? Ah, porque a senhorita é uma sonhadora, uma sentimentalista; e porque seus primos são gordos demais, ou magros demais, ou grosseiros demais para ela...

Ela era, de fato, uma sonhadora. Deixada por conta própria desde a infância, tinha lido todos os livros sobre cavalheirismo, todos os romances sem graça de épocas passadas que enchiam as impressoras antigas;

e ela via a vida como um conto de fadas em que as belas donzelas estão sempre felizes, enquanto as outras aguardam até a morte pelo noivo que não chega. Por que ela deveria se casar com um de seus primos que só estavam atrás de seu dinheiro, os milhões que herdara de sua mãe? Era melhor continuar solteira e sonhando...

Ela respondeu, gentilmente:

– Vai acabar adoecendo, pai. Esqueça todo esse assunto tolo.

Mas como ele podia esquecer? Toda manhã uma alfinetada abria sua ferida. Durante três dias seguidos Angélique recebera um lindo ramalhete de flores, com o cartão de Arsène Lupin enfiado nele. O duque não podia ir ao seu clube sem um amigo abordá-lo:

– Essa de hoje foi excelente!

– Essa qual?

– Ora, a última do seu genro! Não viu? Aqui, leia você mesmo:

O senhor Arsène Lupin está solicitando ao Conselho do Estado uma permissão para acrescentar o nome de sua esposa ao seu e ser conhecido daqui para a frente como Lupin de Sarzeau-Vendôme.

E, no dia seguinte, o duque leu:

Como, em virtude de um decreto não revogado do rei Carlos X, a jovem noiva carrega o título e o brasão dos Boubon-Condé, de quem é herdeira descendente, o filho mais velho dos Lupin de Sarzeau--Vendôme será chamado de príncipe de Bourbon-Condé.

E, no dia seguinte, um anúncio.

Exibição do enxoval da senhorita Sarzeau-Vendôme no Grande Armazém de Linho dos senhores -----------. Cada artigo marcado com as iniciais L. S. V.

Então um jornal ilustrado publicou uma cena fotográfica: o duque, sua filha e seu genro sentados a uma mesa jogando cartas.

E a data também foi anunciada com grande ostentação: dia 4 de maio.

Deram também os detalhes do acordo do casamento. Lupin se demonstrava maravilhosamente desinteressado. Os jornais diziam que ele estava preparado para assinar o acordo de olhos fechados, sem saber o valor do dote.

Todas essas coisas enlouqueciam o velho duque. Seu ódio por Lupin chegou a proporções mórbidas. Por mais que tenha sido difícil para ele, entrou em contato com o chefe de polícia, que o aconselhou a tomar cuidado:

– Sabemos como esse cavalheiro se comporta; ele está usando um de seus artifícios preferidos. Perdoe a expressão, senhor duque, mas ele está "cozinhando" o senhor. Não caia na armadilha,

– Que artifícios? Que armadilha? – perguntou o duque, ansiosamente.

– Ele está tentando fazer com que o senhor perca a cabeça e, pela intimidação, que faça algo que não faria a sangue-frio.

– Ainda assim, o senhor Arsène Lupin não pode esperar que eu ofereça a ele a mão da minha filha!

– Não, mas espera que o senhor, para dizer o mínimo, cometa um engano.

– Que engano?

– Exatamente aquele que ele espera que o senhor cometa.

– Então o senhor acha...

– Acho que a melhor coisa que pode fazer, senhor duque, é ir para casa, ou, se toda essa ansiedade o preocupa, ir para o interior e ficar lá quieto, sem se irritar.

Essa conversa só aumentou os medos do velho duque. Lupin lhe parecia uma pessoa terrível, que empregava métodos diabólicos e tinha cúmplices em todas as esferas da sociedade. O lema agora era prudência.

E a partir daquele momento a vida tornou-se intolerável. O duque ficou mais isolado e silencioso do que nunca e não recebia a visita de nenhum de seus velhos amigos, nem mesmo dos três pretendentes de Angélique, seus primos de Mussy, d'Emboise e de Caorches, que não conversavam uns com os outros por causa de sua rivalidade e que tinham o hábito de visitá-lo em turnos, toda semana.

Sem motivo algum, ele demitiu o mordomo e o cocheiro. Mas não se atrevia a substituí-los, pois tinha medo de contratar criaturas de Arsène Lupin; e seu próprio camareiro, Hyacinthe, em quem ele confiava inteiramente, por trabalhar com ele há mais de quarenta anos, precisou assumir as tarefas laboriosas dos estábulos e da despensa.

– Vamos, pai – disse Angélique, tentando fazê-lo ouvir o bom senso. – Realmente não consigo ver o que o amedronta. Ninguém pode me forçar a esse casamento ridículo.

– Ora, é claro, não é disso que estou com medo.

– É do quê, então, pai?

– Como posso dizer? Um sequestro! Um assalto! Um ato de violência! Não há dúvida de que esse patife está planejando algo; e também não há dúvida de que estamos cercados por espiões.

Uma tarde ele recebeu um jornal em que o seguinte parágrafo estava marcado por um lápis vermelho:

A assinatura do contrato de casamento está marcada para hoje à noite, na casa dos Sarzeau-Vendôme. Será uma cerimônia bastante reservada, e apenas alguns amigos privilegiados estarão presentes para parabenizar o feliz casal. As testemunhas do contrato em nome da senhorita de Sarzeau-Vendôme, o príncipe de la Rochefoucauld--Limours e o conde de Cartres, serão apresentadas pelo senhor Arsène Lupin aos dois cavalheiros que terão a honra de ser seus padrinhos, a saber, o chefe de polícia e o diretor da prisão La Santé.

Dez minutos depois, o duque mandou seu camareiro Hyacinthe ao correio com três mensagens expressas. Às dezesseis horas, na presença de Angélique, ele recebeu os três primos: Mussy, gordo, pesado e muito pálido; d'Emboise, esbelto, com o rosto avermelhado e tímido; e Caorches, baixo, magro e com aparência doentia – todos os três, já velhos solteirões, sem nenhuma *finesse* em suas vestes ou aparência.

O encontro durou pouco tempo. O duque já tinha decidido todo o seu plano de campanha, uma campanha defensiva, cuja primeira fase ele descreveu com clareza:

– Angélique e eu sairemos de Paris hoje à noite e iremos para nossa casa na Bretanha. Confio em vocês, meus três sobrinhos, para nos ajudarem a irmos embora. Você, d'Emboise, virá nos buscar em seu carro, com a capota levantada. Você, Mussy, trará seu grande carro e gentilmente cuidará da bagagem com meu criado, Hyacinthe. Você, Caorches, irá à estação d'Orléans para reservar nossos lugares no carro-leito para Vannes, no trem das vinte e duas e quarenta. Estamos combinados?

O resto do dia transcorreu sem incidentes. O duque, para evitar quaisquer indiscrições acidentais, esperou até depois do jantar para dizer a Hyacinthe para arrumar um baú e uma valise. Hyacinthe os acompanharia, assim como a criada de Angélique.

Às vinte e uma horas, todos os outros criados foram dormir, obedecendo às ordens do patrão. Às dez para as vinte e duas o duque, que terminava suas preparações, ouviu o som da buzina de um carro. O porteiro abriu os portões do pátio. O duque, parado em frente à janela, reconheceu o Landaulette[24] de d'Emboise:

– Diga a ele que descerei em um instante – disse a Hyacinthe –, e avise à senhorita.

Em alguns minutos, como Hyacinthe não voltou, ele saiu de seu quarto. Mas foi atacado no patamar por dois homens mascarados que o amordaçaram e amarraram antes que pudesse dar um grito. E um dos homens disse para ele, em voz baixa:

---

[24] Um landaulet ou landaulette é um tipo de carroceria de carro semelhante a uma limusine, mas com a seção de passageiros coberta por uma capota conversível. Baseava-se em uma carruagem de estilo similar que era uma versão reduzida de um landau. (N. T.)

– Este é o primeiro aviso, senhor duque. Se persistir em sair de Paris e recusar-se a dar seu consentimento, as coisas ficarão mais sérias.

O mesmo homem então disse ao seu companheiro:

– Fique de olho nele. Vou ver a jovem dama.

Naquele momento, dois outros homens já tinham prendido a criada da dama; e a própria Angélique, amordaçada, estava desmaiada em um sofá, em seu *closet*.

Ela voltou a si quase imediatamente, com o estímulo de uma garrafa de sais sob suas narinas; e, quando abriu os olhos, ela viu, curvado sobre si, um jovem, vestido a rigor, com um rosto amigável e sorridente, que disse:

– Imploro que nos perdoe, senhorita. Todos estes acontecimentos são um pouco repentinos, e este comportamento é bastante inusitado. Mas as circunstâncias muitas vezes nos obrigam a fazer coisas que nossa consciência não aprova. Por favor, perdoe-me.

Ele tomou a mão dela com muita gentileza e colocou uma grossa aliança de ouro em seu dedo, dizendo:

– Pronto, agora estamos noivos. Nunca se esqueça do homem que lhe deu esse anel. Ele implora para que não fuja dele... E que fique em Paris e aguarde as provas de sua devoção. Tenha fé nele.

Disse tudo isso com uma voz tão séria e respeitosa, com tanta certeza e deferência, que ela não teve forças para resistir. Seus olhos se encontraram. Ele sussurrou:

– Essa pureza extraordinária dos seus olhos! Seria como estar no paraíso viver com esses olhos sobre si. Agora feche-os...

Ele foi embora. Seus cúmplices o seguiram. O carro partiu e a casa na Rua de Varennes continuou quieta e silenciosa até o momento em que Angélique, ficando completamente consciente, chamou os criados.

Eles encontraram o duque, Hyacinthe, a criada da dama, o porteiro e sua mulher todos muito bem amarrados. Alguns ornamentos inestimáveis tinham desaparecido, assim como a carteira do duque e todas as suas joias: alfinetes de gravatas, cravos de pérolas, relógio, e assim por diante.

A polícia foi chamada imediatamente. De manhã, foram avisados de que, na noite anterior, d'Emboise, ao sair de sua casa no automóvel, foi esfaqueado por seu próprio chofer e jogado, quase morto, em uma rua deserta. Mussy e Caorches receberam uma mensagem telefônica cada um, fingindo ser do duque, cancelando os planos.

Na semana seguinte, sem se preocupar mais com a investigação policial, sem obedecer às convocações do juiz de instrução, sem sequer ler as cartas de Arsène Lupin nos jornais sobre "a fuga de Varennes", o duque, sua filha e seu camareiro furtivamente tomaram um trem para Vannes e chegaram uma noite ao velho castelo feudal que se eleva sobre a terra dos Sarzeau. O duque imediatamente organizou uma defesa com o auxílio dos camponeses bretões, verdadeiros vassalos medievais. No quarto dia, Mussy chegou; no quinto, Caorches; e, no sétimo, d'Emboise, cujo ferimento não era tão sério quanto se temia.

O duque aguardou dois dias antes de comunicar àqueles à sua volta que, agora que sua fuga tinha sido bem-sucedida, apesar de Lupin, ele iniciava a segunda parte do seu plano. Ele o fez, na presença dos três primos, com uma ordem ditatorial a Angélique, expressa categoricamente:

– Toda essa chateação tem-me irritado profundamente. Comecei uma batalha com esse homem cuja ousadia vocês viram por si mesmos; e essa batalha está me matando. Quero terminá-la a qualquer custo. E só há uma forma de fazer isso, Angélique, que é você me libertando de qualquer responsabilidade ao aceitar a mão de um de seus primos. Antes de um mês, deve tornar-se a esposa de Mussy, Caorches ou d'Emboise. A escolha é sua, mas deve decidir.

Angélique chorou e implorou a seu pai por quatro dias inteiros, mas foi em vão. Ela sentia que ele seria inflexível, e que acabaria por se submeter aos desejos dele. Ela aceitou:

– Escolha qual deles quiser, pai. Eu não amo nenhum deles. Então posso ser igualmente infeliz com qualquer um deles.

Com isso, iniciou-se uma nova discussão, já que o duque queria forçá-la a tomar sua própria decisão. Ela se manteve firme. Relutantemente e por motivos financeiros, ele escolheu d'Emboise.

Os proclamas foram publicados imediatamente.

A partir desse momento, dobraram a guarda dentro do castelo e em volta dele, tanto mais que o silêncio de Lupin e o súbito fim da campanha que ele estivera conduzindo na imprensa não podiam deixar de alarmar o duque de Sarzeau-Vendôme. Era óbvio que o inimigo estava se preparando para atacar e que tentaria se opor ao casamento com uma de suas manobras características.

Mesmo assim, nada aconteceu: nada dois dias antes da cerimônia, nada no dia antes, nada na manhã da cerimônia. O casamento aconteceu na prefeitura, seguido pela celebração religiosa na igreja; e o assunto estava encerrado.

Foi só então que o duque conseguiu respirar livremente. Sem se importar com a tristeza da filha, sem se importar com o silêncio constrangido de seu genro, que achava toda a situação um pouco incômoda, ele esfregava as mãos com um ar de prazer, como se tivesse alcançado uma vitória brilhante:

– Mande baixar a ponte levadiça – disse a Hyacinthe – e permitir que todos entrem. Não temos mais nada a temer daquele patife.

Depois do café da manhã do casamento, mandou servir vinho aos camponeses e brindou com eles. Todos dançaram e cantaram.

Às quinze horas, o duque voltou aos aposentos do térreo. Era hora de seu cochilo vespertino. Ele chegou à sala de guarda no fim do cômodo. Mas, antes de entrar, parou subitamente e exclamou:

– O que está fazendo aqui, d'Emboise? Isso é uma piada?

D'Emboise estava parado à sua frente, vestido como um pescador bretão, com um paletó sujo e calças rasgadas e remendadas, e muito grandes para ele.

O duque parecia confuso. Ele olhava incrédulo para aquele rosto que conhecia e que, ao mesmo tempo, trazia lembranças de um passado muito distante. Então, andou abruptamente para uma das janelas que davam para o terraço do castelo e gritou:

– Angélique!

– O que foi, pai? – perguntou ela, aproximando-se.

– Onde está seu marido?

– Ali, pai – disse Angélique, apontando para d'Emboise, que fumava um cigarro e lia a alguma distância.

O duque cambaleou e caiu em uma cadeira, trêmulo de medo:

– Oh, estou enlouquecendo!

Mas o homem vestido de pescador ajoelhou-se diante dele e disse:

– Olhe para mim, tio. O senhor me conhece, não conhece? Sou seu sobrinho, aquele que costumava brincar aqui antigamente, aquele que o senhor chamava de Jacquot... Pense por um instante... Aqui, olhe esta cicatriz...

– Sim, sim – gaguejou o duque. – Reconheço você. É o Jacques. Mas e o outro...

Ele pôs as mãos na cabeça:

– E mesmo assim, não, não pode ser... Explique-se... Eu não compreendo... Não quero compreender...

Houve uma pausa, durante a qual o recém-chegado fechou a janela e a porta que levava ao aposento vizinho. Ele então se aproximou do velho duque, tocou-o gentilmente no ombro, para acordá-lo de seu torpor, e sem nenhuma introdução, como se para eliminar qualquer explicação que não fosse completamente necessária, relatou o seguinte:

– Há quatro anos, ou seja, no décimo primeiro ano do meu exílio voluntário, quando eu estava no extremo sul da Argélia, conheci, durante uma expedição de caça organizada por um importante chefe árabe, um homem cuja genialidade, cujo charme de comportamento, cuja proeza perfeita, cuja coragem indômita, cuja combinação de humor charmoso e profundidade mental fascinaram-me imensamente. O conde d'Andrésy passou seis semanas como meu convidado. Depois que foi embora, mantivemos uma correspondência em intervalos regulares. Frequentemente via o nome dele nos jornais, nas colunas sociais e esportivas. Ele voltaria, e eu estava me preparando para recebê-lo, três meses atrás, quando, em uma noite em que estava passeando a cavalo, meus dois criados árabes se jogaram sobre mim, amarraram-me, amordaçaram-me, vendaram-me e me levaram, viajando dia e noite, por uma semana, por estradas desertas, para uma baía no litoral, onde cinco homens esperavam por eles. Fui imediatamente levado a bordo de um pequeno barco a vapor, que levantou âncora sem demora. Não havia nada que me indicasse quem eram os homens ou qual era seu objetivo ao me sequestrar. Eles me trancaram em uma cabine estreita, com uma porta pesada e iluminada por uma escotilha protegida por duas barras de ferro cruzadas. Toda manhã uma mão passava por uma portinha entre a outra cabine e a minha e colocava mais ou menos um quilo de pão, uma porção generosa de comida e um jarro de vinho na minha cama, e retirava as sobras da refeição do dia anterior, que eu deixava ali com esse objetivo. De vez em quando, à noite, o barco parava e eu ouvia o som de um bote sendo remado para algum porto e depois voltando, sem dúvida com mantimentos. Então partíamos mais uma vez, sem pressa, como se estivéssemos em um cruzeiro com pessoas de nossa classe, que viajam por prazer e não estão com pressa. Algumas vezes, subindo em uma cadeira, eu podia ver o litoral pela minha escotilha, mas ele estava muito indistinto para que eu conseguisse localizá-lo. Isso durou semanas. Uma manhã, na nona semana, eu percebi que a portinha ficara destrancada e a abri. A cabine estava vazia. Com esforço, consegui pegar uma lixa de unhas de uma penteadeira. Duas semanas depois disso, com a força e a paciência da perseverança, tinha conseguido lixar as barras da minha escotilha e poderia ter escapado por ali, mas, apesar de ser um bom nadador, eu me canso rápido. Portanto, precisava escolher um momento em que o barco não estivesse muito distante da terra. Só ontem que, empoleirado na cadeira, consegui ver o litoral; e à noite, no pôr do sol, eu reconheci, para meu espanto, o contorno do Château de Sarzeau, com suas torres pontudas e sua guarda quadrada. Eu me perguntei se esse era o destino da minha viagem misteriosa. A noite inteira ficamos navegando no mar aberto. A mesma coisa ontem, o dia inteiro. Finalmente, hoje de manhã chegamos a uma distância que achei favorável, ainda mais porque estávamos passando por pedras que pensei que serviriam de esconderijo para eu me esconder. Mas, assim que ia fugir, percebi que a portinha, que eles achavam que tinham fechado, tinha se aberto mais uma vez e estava batendo contra a divisória. Eu novamente a abri por curiosidade. Ao alcance do meu braço havia um pequeno armário que consegui abrir, e minha mão, tateando aleatoriamente, pegou um pacote de papéis. Eram cartas. Cartas com instruções para os piratas que me mantinham prisioneiro. Uma hora depois, quando me enfiei pela escotilha e pulei no mar, sabia de tudo: as razões para o meu sequestro, os meios que foram usados, o objetivo e o plano infame bolado durante os últimos três meses contra o duque de Sarzeau-Vendôme e sua filha. Infelizmente, era tarde demais. Fui obrigado, para não ser visto do barco, a me agachar na fenda de uma rocha e não cheguei à terra firme até o meio-dia. Quando eu consegui chegar à casa de um pescador, trocar minhas roupas pelas roupas dele e vir até aqui, já eram quinze horas. Quando cheguei, descobri que o casamento de Angélique foi celebrado hoje de manhã.

O velho duque não falou uma palavra sequer. Com seus olhos presos no estranho, ele ouvia com um desespero crescente. De vez em quando, a lembrança dos avisos que o chefe de polícia lhe dera voltavam a sua mente:

– Estão cozinhando-o, senhor duque, estão cozinhando-o.

Ele disse em uma voz vazia:

– Continue... termine sua história... Tudo isso é terrível... Eu ainda não compreendo... e me sinto nervoso...

O estranho continuou:

– Sinto dizer, a história é muito fácil de juntar e é resumida em poucas frases. É o seguinte: o conde d'Andrésy se lembrava de várias coisas de sua estada comigo e dos segredos que eu fui tolo o suficiente para contar a ele. Em primeiro lugar, que eu era seu sobrinho e que mesmo assim o senhor não tinha me visto muito, porque saí de Sarzeau ainda muito jovem, e desde então nossa convivência era limitada às poucas semanas que passei aqui, quinze anos atrás, quando pedi a mão da minha prima Angélique em casamento; em segundo lugar, que eu, por ter cortado relações com o passado, não recebia cartas; e, finalmente, que havia uma certa semelhança entre mim e d'Andrésy, que poderia ser acentuada o suficiente para se tornar incrível. O plano dele foi construído nesses três pontos. Ele subornou meus criados árabes para avisá-lo caso eu saísse da Argélia. Então voltou para Paris, usando meu nome e disfarçado para parecer-se exatamente comigo, veio ver o senhor, foi convidado para sua casa a cada quinze dias e viveu com o meu nome, que se tornou um dos muitos com os quais ele esconde sua verdadeira identidade. Três meses atrás, quando o "fruto estava maduro", como ele escreve em suas cartas, começou o ataque com uma série de cartas para a imprensa; e, ao mesmo tempo, sem dúvida receoso de que eu ficaria sabendo por um jornal na Argélia a parte que estava sendo contracenada em meu nome em Paris, ele fez com que meus criados me atacassem e que seus comparsas me sequestrassem. Não preciso explicar mais nada até onde o senhor está envolvido, tio.

O duque de Sarzeau-Vendôme foi tomado por um ataque de tremores nervosos. A horrível verdade à qual ele se recusava a abrir os olhos apareceu completamente nua em sua frente e assumiu a terrível fisionomia do inimigo. Ele agarrou as mãos de seu sobrinho e disse, feroz e desesperadamente:

– É Lupin, não é?

– Sim, tio.

– E foi a ele… Foi a ele que entreguei minha filha!

– Sim, tio, a ele, que roubou meu nome Jacques d'Emboise de mim e que roubou sua filha do senhor. Angélique agora é a esposa de Arsène Lupin, e de acordo com suas ordens. Esta carta escrita com a letra dele é o testemunho disso. Ele virou toda a sua vida de cabeça para baixo, desequilibrou-o, sitiando seus momentos acordado e suas noite de sono, roubou sua casa, até o momento que, tomado pelo terror, o senhor se refugiou aqui, onde, achando que escaparia de seus artifícios e de sua caça, disse à sua filha para escolher um de seus três primos, Mussy, d'Emboise ou Caorches, como seu marido.

– Mas por que ela escolheu aquele em vez dos outros?

– A escolha foi sua, tio.

– De maneira aleatória... porque era o que tinha mais dinheiro...

– Não, não foi de maneira aleatória, mas foi por causa do conselho sutil, persistente e muito inteligente de seu criado Hyacinthe.

O duque sobressaltou-se:

– O quê? Hyacinthe é cúmplice?

– Não, não de Arsène Lupin, mas do homem que ele acredita ser d'Emboise e que prometeu dar-lhe cem mil francos em até uma semana depois do casamento.

– Oh, o salafrário! Ele planejou tudo, previu tudo...

– Previu tudo, tio, até simular um atentado contra sua própria vida para evitar suspeitas, até mesmo simular um ferimento recebido estando a seu serviço.

– Mas com qual objetivo? Por que todos esses truques vis?

– Angélique tem uma fortuna de onze milhões de francos. Seu advogado em Paris deveria entregar os títulos na semana que vem para o d'Emboise falso, que só precisaria convertê-los e desaparecer. Mas, hoje de manhã, o senhor mesmo daria ao seu genro, como um presente de casamento, um total de quinhentos mil francos de títulos ao portador, que ele tinha combinado de entregar a um de seus cúmplices às vinte e uma horas de hoje, do lado de fora do castelo, perto do Grande Carvalho, para que sejam negociados amanhã em Bruxelas.

O duque de Sarzeau-Vendôme levantou-se de sua cadeira e começou a andar furiosamente de um lado para outro:

– Às vinte e uma horas de hoje? – disse ele. – Veremos... Veremos... Vamos chamar os gendarmes aqui antes disso...

– Arsène Lupin ri na cara dos gendarmes.

– Vamos telegrafar para Paris.

– Sim, mas e os quinhentos mil francos? E, ainda pior, tio, e o escândalo? Pense nisto: sua filha, Angélique de Sarzeau-Vendôme, casada com aquele salafrário, aquele ladrão... Não, não, isso seria inconcebível...

– O que faremos, então?

– O quê?

O sobrinho se levantou e, indo em direção ao suporte de armas, pegou um rifle e o colocou na mesa em frente ao duque:

– Lá na Argélia, tio, à beira do deserto, quando nos víamos frente a frente com um animal selvagem, não mandávamos chamar os gendarmes. Pegávamos nossos rifles e atirávamos no animal. Senão, o animal nos aniquilaria com suas garras.

– O que quer dizer?

– Quero dizer que lá eu desenvolvi o hábito de não depender tanto dos gendarmes. É uma forma bastante sumária de fazer justiça, mas é a melhor forma, acredite em mim, e hoje, neste caso, é a única. Uma vez que o animal esteja morto, você e eu vamos enterrá-lo em algum canto, sem sermos vistos e sem ninguém saber.

– E Angélique?

– Contaremos a ela depois.

– E o que acontecerá com ela?

– Ela será minha esposa, a esposa do verdadeiro d'Emboise. Eu a abandonarei amanhã e voltarei para a Argélia. O divórcio será dado em até dois meses.

O duque ouviu, pálido e com os olhos arregalados, sem dizer nada. Então sussurrou:

– Tem certeza de que os cúmplices dele no barco não o informarão sobre a sua fuga?

– Não antes de amanhã.

– Então...

– Então inevitavelmente, às vinte e uma horas de hoje, Arsène Lupin, a caminho do Grande Carvalho, irá pelo caminho de patrulha que segue as velhas muralhas e contorna as ruínas da capela. Eu estarei lá, nas ruínas.

– Eu também – disse o duque de Sarzeau-Vendôme, calmamente, pegando uma arma.

Eram dezessete horas. O duque conversou com seu sobrinho por mais algum tempo, examinou as armas, carregou-as com balas novas. Então, quando a noite chegou, ele levou d'Emboise pelos corredores escuros até seu quarto e o escondeu no *closet* adjacente.

Nada mais aconteceu até o jantar. O duque se forçou a manter-se calmo durante a refeição. De vez em quando ele dava uma olhada em seu genro e se surpreendia com quanto ele era parecido com o d'Emboise verdadeiro. Era a mesma expressão, as mesmas características faciais, o mesmo corte de cabelo. Mesmo assim, o olhar era diferente, mais astuto e brilhante, e gradualmente o duque percebeu detalhes menos importantes que passaram despercebidos até então e que provavam a impostura do sujeito.

A festa terminou depois do jantar. Já eram vinte horas. O duque foi para seu quarto e soltou seu sobrinho. Dez minutos depois, cobertos pela escuridão, eles se esgueiraram para as ruínas carregando as armas.

Enquanto isso, Angélique, acompanhada de seu marido, tinha ido para a suíte que ocupava no térreo de uma torre que flanqueava a ala esquerda. Seu marido parou na entrada dos aposentos e disse:

– Vou sair para uma pequena caminhada, Angélique. Posso encontrá-la aqui quando voltar?

– Sim – respondeu ela.

Ele a deixou e subiu para o primeiro andar, onde ficavam seus aposentos. Assim que se viu sozinho, trancou a porta, abriu silenciosamente uma janela que dava para o terreno e se curvou para fora. Viu uma sombra ao pé da torre, alguns metros abaixo dele. Assobiou e recebeu um assobio baixo como resposta.

Então ele pegou em um armário uma bolsa de couro grosso, cheia de papéis, enrolou-a em um pedaço de tecido preto e a amarrou. Sentou-se à mesa e escreveu:

Estou feliz que recebeu minha mensagem, pois não acho que seja seguro sair do castelo com esse grande número de seguranças. Aqui estão eles. Você estará em Paris, com sua motocicleta, a tempo de pegar o trem matutino para Bruxelas, onde entregará os títulos ao Z.; e ele os negociará imediatamente.

P.S.: Quando passar pelo Grande Carvalho, diga aos nossos colegas que chegarei em breve. Tenho algumas instruções para dar a eles. Mas tudo está indo bem. Ninguém aqui suspeita de coisa alguma.

Ele amarrou a carta ao embrulho e o baixou pela janela com um cordão.

– Bom – disse. – Isso está resolvido. É um peso a menos.

Esperou por mais alguns minutos, andando pelo quarto e sorrindo para os retratos de dois cavalheiros galantes pendurados na parede:

– Horace de Sarzeau-Vendôme, marechal da França... E você, o Grande Condé... Eu os saúdo, ambos meus ancestrais. Lupin de Sarzeau-Vendôme se mostrará digno de vocês.

Finalmente, quando chegou a hora, ele pegou seu chapéu e desceu. Mas, quando chegou ao térreo, Angélique saiu correndo de seus aposentos e exclamou, com o ar perturbado:

– Escute, por favor... Acho que seria melhor...

E então, sem dizer nada mais, ela entrou novamente, deixando a visão de um vago terror na mente de seu marido.

– Ela não está bem – ele disse para si mesmo. – O casamento não combina com ela.

Ele acendeu um cigarro e saiu, sem dar importância a um incidente que deveria tê-lo impressionado:

– Pobre Angélique! Isso tudo terminará em um divórcio...

A noite do lado de fora estava escura, o céu nublado.

Os criados estavam fechando os postigos do castelo. Não havia luzes nas janelas, já que era costume do duque ir dormir logo depois do jantar.

Lupin passou pela casa do porteiro e, assim que pôs o pé na ponte levadiça, disse:

– Deixe o portão aberto. Estou indo tomar um ar; voltarei em pouco tempo.

O caminho da patrulha ficava à direita e seguia uma das velhas muralhas, que costumavam cercar o castelo com uma segunda delimitação muito maior, até que terminava em um portão traseiro que já estava quase completamente destruído. O parque, que contornava um outeiro e depois seguia a lateral de um vale profundo, era limitado à esquerda por um bosque denso.

– Que lugar maravilhoso para uma emboscada! – disse ele. – Um lugar bastante fatal!

Ele parou, pensando ter ouvido um barulho. Mas não, era só o farfalhar das folhas. Mesmo assim, uma pedra saiu rolando pela encosta, batendo contra as projeções escarpadas da rocha. Mas, estranhamente, nada parecia perturbá-lo. A brisa marinha fria vinha soprando sobre as planícies da península; e ele encheu seus pulmões com ela avidamente:

– Como é bom estar vivo! – pensou. – Ainda jovem, um membro da velha nobreza, um multimilionário: o que mais um homem poderia querer?

A curta distância, ele viu contra a escuridão a silhueta ainda mais escura da capela, com suas ruínas no caminho. Algumas gotas de chuva começaram a cair, e ele ouviu um relógio soar as vinte e uma horas. Apertou o passo. Havia uma descida curta; então o caminho subia novamente. E, subitamente, ele parou.

Uma mão segurou a sua.

Ele puxou-a, tentando se soltar.

Mas alguém saiu de dentro do grupo de árvores ali perto, e uma voz disse:

– Psiu! Não diga nada!

Ele reconheceu Angélique:

– Qual é o problema? – perguntou.

Ela sussurrou, tão baixo que ele mal entendeu as palavras:

– Eles estão aguardando você… Estão ali, nas ruínas, com suas armas…

- Quem?

- Fique quieto... Ouça...

Eles ficaram parados por um momento, imóveis; então ela disse:

- Eles não estão se mexendo... Talvez não tenham me ouvido... Vamos voltar...

- Mas...

- Venha comigo.

Seu tom era tão imperioso que ele obedeceu a ela sem questionar mais. Mas subitamente ela ficou amedrontada:

- Corra! Eles estão vindo! Tenho certeza!

Era verdade, eles ouviram o som de passos.

Então, rapidamente, ainda segurando-o pela mão, ela o arrastou, com uma energia irresistível, por um atalho, seguindo suas curvas sem hesitação, apesar da escuridão e dos espinheiros. E eles logo chegaram à ponte levadiça.

Ela deu-lhe o braço. O porteiro tocou a aba de seu chapéu. Eles atravessaram o pátio e entraram no castelo; e ela o levou à torre do canto onde ficavam os aposentos de ambos.

- Venha aqui - disse ela.

- Aos seus aposentos?

- Sim.

Duas criadas a aguardavam. A patroa ordenou que fossem para seus próprios quartos, no terceiro andar.

Quase imediatamente depois, houve uma batida na porta do aposento exterior, e uma voz chamou:

- Angélique!

- É o senhor, pai? - perguntou, contendo sua agitação.

- Sim. Seu marido está aí?

- Acabamos de entrar.

- Diga a ele que quero conversar com ele. Peça que vá ao meu quarto. É importante.

– Muito bem, pai, vou enviá-lo ao senhor.

Ela prestou atenção por alguns instantes, então voltou ao *closet,* onde seu marido estava, e disse:

– Tenho certeza de que meu pai ainda está ali.

Ele se mexeu, como se fosse sair:

– Nesse caso, se ele quer falar comigo...

– Meu pai não está sozinho – ela disse, bloqueando seu caminho rapidamente.

– Quem está com ele?

– O sobrinho dele, Jacques d'Emboise.

Houve um momento de silêncio. Ele olhou para ela com espanto, sem conseguir entender a atitude de sua mulher. Mas entrou no assunto sem demora:

– Ah, então o bom e velho d'Emboise está ali? – ele riu. – Então já não há mais escapatória? A não ser que, na verdade...

– Meu pai sabe de tudo – disse ela. – Eu ouvi uma conversa entre eles há pouco tempo. O sobrinho dele leu algumas cartas... Eu hesitei a princípio em contar a você... Então achei que meu dever...

Ele a observou novamente. Mas, imediatamente tomado pela estranheza da situação, desatou a rir:

– Como assim? Meus amigos no barco não queimam minhas cartas? E deixaram o prisioneiro escapar? Aqueles idiotas! Oh, quando você não faz tudo você mesmo! Não importa, mas é muito engraçado... D'Emboise contra d'Emboise... Oh, mas e se eles não me reconhecessem mais? E se o próprio d'Emboise me confundisse com ele?

Ele se virou para um lavatório; apanhou uma toalha, molhou-a na bacia e a ensaboou e, em segundos, retirou a maquiagem do rosto e mudou o estilo em que seu cabelo estava penteado:

– Pronto – disse, mostrando-se para Angélique, com o mesmo aspecto que ela tinha visto na noite do assalto em Paris. – Sinto-me mais confortável para discutir com meu sogro assim.

– Aonde está indo? – exclamou ela, jogando-se na frente da porta.

– Ora, juntar-me aos cavalheiros.

– Não deixarei que passe!

– Por que não?

– E se eles o matarem?

– Matar-me?

– É o que querem fazer, matar você... esconder seu corpo em algum lugar... Quem ficaria sabendo?

– Muito bem – disse ele –, do ponto de vista deles, estão completamente certos. Mas, se eu não for até eles, eles virão aqui. Aquela porta não os impedirá... Nem você, imagino. Assim, é melhor terminar logo o assunto.

– Siga-me – ordenou Angélique.

Ela pegou a lamparina que iluminava o quarto, empurrou o guarda-roupa, que escorregou facilmente sobre rodas escondidas, puxou uma velha tapeçaria que estava pendurada e disse:

– Aqui há uma porta que não é usada há anos. Meu pai acredita que a chave foi perdida. Ela está comigo. Destranque a porta com ela. Uma escadaria na parede vai levá-lo à base da torre. Você só precisará tirar os parafusos de outra porta e estará livre.

Ele mal podia acreditar em seus ouvidos. Subitamente, ele compreendeu o significado de todo o comportamento de Angélique. De frente para aquele rosto triste e comum, mas incrivelmente gentil, ele ficou por um momento desconcertado, quase envergonhado. Não pensava mais em rir. Um sentimento de respeito, misturado com remorso e gentileza, tomou conta dele.

– Por que está me salvando? – sussurrou ele.

– Você é meu marido.

Ele protestou:

– Não, não... Eu roubei esse título. A lei nunca reconhecerá este casamento.

– Meu pai não quer um escândalo – ela observou.

– É verdade – ele respondeu, bruscamente –, é verdade. Eu previ isso; e é por isso que tinha seu primo d'Emboise por perto. Quando eu desaparecer, ele se torna seu marido. Ele é o homem com quem você se casou aos olhos dos homens.

– Você é o homem com quem me casei aos olhos da Igreja.

– Da Igreja! A Igreja! Há formas de resolver as coisas com a Igreja... Seu casamento pode ser anulado.

– Sob qual pretexto que possamos admitir?

Ele ficou calado, pensando nesses pontos que não tinha considerado, todos esses pontos que eram triviais e absurdos para ele, mas que eram sérios para ela, e repetiu várias vezes:

– Isso é terrível... é terrível... Eu deveria ter previsto...

E subitamente, tomado por uma ideia, ele bateu as mãos e exclamou:

– Pronto, já sei! Sou unha e carne com uma das pessoas mais importantes do Vaticano. O papa nunca recusa nada para mim. Vou conseguir uma audiência e não tenho dúvida alguma de que Sua Santidade, comovido por minhas súplicas...

Seu plano era tão engraçado, e seu deleite, tão ingênuo que Angélique não podia deixar de sorrir; e ela disse:

– Sou sua esposa aos olhos de Deus.

Ela olhou para ele sem demonstrar desprezo ou animosidade, nem mesmo raiva; e ele percebeu que ela deixou de ver nele o fora da lei e o malfeitor e se lembrava apenas do homem que era seu marido e com quem o sacerdote a unira até a hora de sua morte.

Ele deu um passo em sua direção e observou-a com mais atenção. Ela não abaixou os olhos a princípio. Mas corou. E ele nunca vira antes um rosto tão patético, marcado por tanta modéstia e dignidade. Ele disse para ela, assim como dissera naquela primeira noite em Paris:

– Oh, seus olhos... a calma e a tristeza dos seus olhos... a beleza dos seus olhos!

Ela baixou a cabeça e gaguejou:

– Vá embora... vá...

Vendo sua confusão, ele intuiu rapidamente os sentimentos mais profundos que a inquietavam, mesmo que ela não os percebesse. Para aquela alma solteirona, na qual ele reconhecia o poder romântico da imaginação, os anseios negligenciados, o quanto se debruçara sobre livros antiquados, ele subitamente representava, naquele momento excepcional e em consequência das circunstâncias pouco convencionais de seus encontros, alguém especial, um herói byroniano[25], um bandido cavalheiresco do romance. Uma noite, apesar de todos os obstáculos, ele, o aventureiro mundialmente famoso, já enobrecido por músicas e histórias e exaltado por sua própria audácia, tinha vindo até ela e colocado a aliança mágica em seu dedo: um noivado místico e apaixonado, como nos dias de "O corsário" e *Hernani*[26]... Muito comovido e tocado, ele estava quase cedendo a um impulso entusiasmado e exclamando:

"Vamos fugir juntos! Vamos embora! Você é minha noiva... minha esposa... Viva comigo meus perigos, meus arrependimentos e minhas alegrias... Será uma vida estranha e vigorosa, orgulhosa e magnífica...".

Mas os olhos de Angélique estavam fitando os dele novamente; e eram tão puros e nobres que foi sua vez de corar. Esse não era o tipo de mulher a quem ele podia dizer essas palavras.

Ele sussurrou:

– Perdoe-me... Sou um desgraçado desprezível... Eu destruí sua vida...

– Não – respondeu ela suavemente. – Ao contrário, você me mostrou onde está a minha vida verdadeira.

Ele estava prestes a pedir que ela explicasse. Mas ela abrira a porta e estava mostrando o caminho para ele. Não havia mais nada a ser dito. Ele se foi sem nenhuma outra palavra, curvando-se bastante enquanto passava.

---

[25] Referência a lorde Byron, poeta britânico e uma das figuras mais influentes do romantismo. (N.T.)

[26] "O corsário", poema de lorde Byron, e *Hernani*, peça de Victor Hugo, ambos do período do Romantismo. (N.T.)

Um mês depois, Angélique de Sarzeau-Vendôme, princesa de Bourbon-Condé, esposa legítima de Arsène Lupin, tomou o hábito, sob o nome de irmã Marie-Auguste, e enterrou-se dentro do Convento da Visitação.

No dia de sua cerimônia, a madre superiora do convento recebeu um pesado envelope, selado, contendo uma carta com estas palavras:

Para os pobres da irmã Marie-Auguste.

No envelope havia quinhentas notas de mil francos.

O PRISIONEIRO INVISÍVEL

Certa tarde, por volta das dezesseis horas, perto do anoitecer, o fazendeiro Goussot, com seus quatro filhos, voltava de um dia de caça. Eles eram homens robustos, todos os cinco, com pernas e braços longos, peitos largos e rostos marcados pelo sol e pelo vento. Todos exibiam, plantada em enormes pescoços e ombros, a mesma cabeça pequena com a testa curta, lábios finos, nariz adunco e um rosto duro com semblante desagradável. Eram temidos e detestados por todos ao redor. Eram uma família gananciosa e astuta; e não se podia confiar na palavra deles.

Ao chegar à velha mureta que cerca a propriedade Héberville, o fazendeiro abriu uma porta estreita e pesada, colocando a grande chave de volta em seu bolso depois de seus filhos passarem. E ele os seguiu pelo caminho que passava pelo pomar. Havia aqui e ali árvores grandes, desnudadas pelos ventos outonais, e grupos de pinheiros, os últimos sobreviventes do antigo parque que era agora coberto pela velha fazenda Goussot.

Um dos filhos disse:

– Espero que nossa mãe tenha colocado lenha na lareira.

– Tem fumaça saindo pela chaminé – disse o pai.

No final do gramado podiam-se ver os anexos e a casa principal; e, sobre eles, a igreja do vilarejo, cujo campanário parecia tocar as nuvens que passeavam pelo céu.

– Todas as armas estão descarregadas? – perguntou o velho Goussot.

– A minha não está – disse o mais velho. – Coloquei mais uma bala para explodir a cabeça de um tagarela qualquer...

Ele era um dos mais orgulhosos de suas habilidades. E disse para seus irmãos:

– Olhem aquele galho, no topo da cerejeira. Vejam-me parti-lo com tiro.

No galho havia um espantalho, que estava ali desde a primavera e protegia os galhos sem folhas com seus braços idiotas.

Ele ergueu a arma e disparou.

A figura foi caindo com gestos grandes e cômicos e ficou presa em um galho mais baixo, onde ficou deitada de barriga para baixo, com a grande cartola em sua cabeça de trapos e suas pernas cheias de palha balançando de um lado para outro sobre a água que passava pela cerejeira por uma gamela de madeira.

Todos eles riram. O pai aprovou:

– Um bom tiro, meu garoto. Além disso, aquele homenzinho já estava começando a me irritar. Não podia levantar os olhos do meu prato durante as refeições sem que visse aquele pateta...

Eles deram mais alguns passos. Não estavam a mais de trinta metros da casa quando o pai parou subitamente e disse:

– Olá! O que houve?

Os filhos também pararam e ficaram escutando. Um deles disse:

– Está vindo da casa... da rouparia...

E outro balbuciou:

– Parecem ser gemidos... E mamãe está sozinha!

Subitamente, ouviram um grito terrível. Todos correram. Outro grito, acompanhado por exclamações de aflição.

– Estamos aqui! Estamos chegando! – gritou o filho mais velho, que estava na frente.

E, como a porta ficava depois de uma curva, ele quebrou uma janela com os punhos e saltou para dentro do quarto dos pais. O cômodo seguinte era a rouparia, onde a mãe Goussot passava a maior parte do seu tempo.

– Maldição! – disse ele, vendo-a deitada no chão, com sangue espalhado por todo o rosto. – Pai! Pai!

– O quê? Onde ela está? – vociferou o velho Goussot, aparecendo na cena. – Deus do céu, o que é isso? O que fizeram com sua mãe?

Recompondo-se, ela gaguejou, com o braço esticado:

– Corram atrás dele! Por ali! Por ali! Eu estou bem... são só alguns arranhões... Mas corram, corram! Ele pegou o dinheiro.

O pai e os filhos se sobressaltaram:

– Ele levou o dinheiro! – gritou o velho Goussot, correndo para a porta que sua mulher apontava. – Ele levou o dinheiro! Parem o ladrão!

Mas o som de várias vozes surgiu do fim do corredor por onde os outros filhos vinham:

– Eu o vi! Eu o vi!

– Eu também! Ele subiu as escadas correndo.

– Não, ali está ele, está descendo novamente!

Uma corrida de obstáculos maluca balançou todos os andares da casa. O fazendeiro Goussot, ao chegar ao fim do corredor, viu um homem parado na porta da frente, tentando abri-la. Caso conseguisse, estaria seguro, escapando pela praça do mercado e pelas vielas do vilarejo.

Surpreendido enquanto tentava desaferrolhar a porta, o homem se desesperou, enlouqueceu, atacou o velho Goussot e derrubou-o, desviou do irmão mais velho e, seguido pelos quatro filhos, voltou pelo longo corredor, entrou no quarto do casal, pulou pela janela quebrada e desapareceu.

Os filhos correram atrás dele pelos gramados e pomares, agora escurecidos pela noite que caía.

– É o fim desse patife – riu o velho Goussot. – Ele não tem como escapar. Os muros são muito altos. É o fim dele, desse salafrário!

Os dois criados da fazenda chegaram do vilarejo nesse momento; ele contou a ambos o que tinha acontecido e deu uma arma a cada um deles:

– Se esse porco der as caras em qualquer lugar perto da casa – disse ele –, disparem contra ele. Sem misericórdia!

Ele indicou aos dois onde ficarem, foi certificar-se de que os portões da fazenda, que eram usados apenas para as carroças, estavam trancados, e somente nesse momento se lembrou de que sua mulher pudesse estar precisando de auxílio:

– Então, minha velha, o que houve?

– Onde ele está? Pegaram-no? – perguntou ela, esbaforida.

– Sim, estamos atrás dele. Os garotos já devem tê-lo capturado.

A notícia fez com que ela melhorasse bastante; e um gole de rum lhe deu a força para se arrastar até a cama, com a ajuda do velho Goussot, e contar sua história. Na verdade, não havia muito o que dizer. Ela acabara de acender o fogo na sala e estava tricotando tranquilamente perto da janela do seu quarto, esperando que os homens voltassem, quando pensou ter ouvido um som de algo arranhando na rouparia ao lado:

"Devo ter deixado o gato lá dentro", pensou para si mesma.

Ela entrou, sem suspeitar de nada, e ficou surpresa ao ver as duas portas de um dos armários de roupas de cama, aquele onde guardavam o dinheiro, abertas. Foi até elas, ainda sem suspeitas. Havia um homem ali, escondido, com as costas contra as prateleiras.

– Mas como ele entrou? – perguntou o velho Goussot.

– Imagino que pela passagem. Nunca trancamos a porta de trás.

– E então ele a atacou?

– Não, eu o ataquei. Ele tentou fugir.

– Devia tê-lo deixado ir.

– E o dinheiro?

– Ele já tinha pego?

– Sim! Eu vi o punhado de notas nas mãos dele, o ladrãozinho! Só o deixaria escapar por cima do meu cadáver... Oh, tivemos uma boa briga, dou minha palavra!

– Então ele não tinha arma nenhuma?

– Não mais do que eu. Tínhamos nossos dedos, nossas unhas, nossos dentes. Olhe aqui, onde ele me mordeu. E eu gritei muito! Só que sou uma mulher velha, você sabe... Tive que largá-lo...

– Sabe quem era ele?

– Tenho quase certeza de que era o velho Trainard.

– Aquele vagabundo? Ora, é claro que é o velho Trainard! – gritou o fazendeiro. – Achei que o tinha reconhecido também... Além disso, ele andou por perto da casa nestes últimos três dias. O velho vagabundo deve ter sentido o cheiro do dinheiro. Ahá, Trainard, meu amigo, vamos nos divertir um pouco! Vamos dar uma lição nele primeiro; depois, a polícia... Muito bem, minha velha, consegue se levantar agora, não consegue? Então vá chamar os vizinhos... Peça que eles chamem os gendarmes... Aliás, o filho mais novo do advogado tem uma bicicleta... Como aquele velho Trainard correu! Ele tem pernas boas para a idade dele, isso sim. Corre como uma lebre!

Goussot segurava a barriga, rindo com o acontecido. Ele não arriscava nada esperando. Nenhum poder na terra ajudaria o vagabundo a escapar ou o impediria de receber a surra que merecia e de ser levado, com uma escolta segura, para o presídio da cidade.

O fazendeiro pegou uma arma e saiu para falar com os criados:

– Alguma novidade?

– Não, fazendeiro Goussot, ainda não.

– Não teremos que esperar muito tempo. A não ser que o próprio diabo o carregue sobre os muros...

De vez em quando, ouviam os quatro irmãos chamando uns aos outros ao longe. O velho patife certamente estava dando trabalho, era mais ativo do que teriam imaginado. Mesmo assim, com sujeitos vigorosos como os irmãos Goussot...

Mas um deles voltou, parecendo bastante cabisbaixo, e não demorou para dizer sua opinião:

– Não adianta nada continuar procurando agora. Está escuro demais. O velho sujeito deve ter-se escondido em algum buraco. Vamos caçá-lo amanhã.

– Amanhã! Ora, garoto, deve ter perdido a cabeça! – protestou o fazendeiro.

O filho mais velho apareceu nesse momento, bastante ofegante, e tinha a mesma opinião que seu irmão. Por que não esperar até o dia seguinte, já que o rufião estava tão seguro dentro da propriedade quanto estaria em uma prisão?

– Ora, então eu mesmo vou – exclamou o velho Goussot. – Alguém me dê uma lanterna!

Mas, naquele momento, três gendarmes chegaram, e vários dos rapazes do vilarejo também vieram para ouvir as novidades.

O sargento dos gendarmes era um homem metódico. Primeiro, ele insistiu em ouvir a história inteira, com todos os detalhes; então, parou para pensar; depois, interrogou os quatro irmãos, separadamente, e não teve pressa com suas reflexões após cada depoimento. Quando lhe contaram que o vagabundo fugira em direção aos fundos da propriedade, que o perderam de vista repetidas vezes e que finalmente desaparecera perto de um lugar conhecido como a Colina do Corvo, ele meditou mais uma vez e anunciou sua conclusão:

– É melhor esperarmos. O velho Trainard pode escapar pelos nossos dedos no meio da confusão de uma perseguição no escuro, portanto, boa noite a todos!

O fazendeiro deu de ombros e, xingando baixinho, cedeu aos argumentos do sargento. Este organizou uma guarda rigorosa, distribuiu os irmãos Goussot e os rapazes do vilarejo sob o comando de seus homens, certificou-se de que as escadas estavam trancadas e montou seu quartel-general na sala de jantar, onde ele e o fazendeiro Goussot se sentaram e deram cochilos com uma garrafa de conhaque.

A noite passou tranquilamente. A cada duas horas, o sargento fazia uma ronda e inspecionava os postos. Não houve nenhum alarme. O velho Trainard não saiu de seu buraco.

A batalha começou com o raiar do dia.

Durou quatro horas.

Nessas quatro horas, eles buscaram, exploraram e percorreram os treze acres de terra dentro dos muros em todas as direções com vinte homens, que bateram nos arbustos com gravetos, pisotearam a grama alta, revistaram troncos ocos de árvores e espalharam os montes de folhas secas. E o velho Trainard continuou invisível.

– Bem, isso não parece muito bom! – rosnou Goussot.

– Estou completamente perdido – respondeu o sargento.

E, de fato, não havia como explicar o fenômeno. Pois, no fim das contas, além de alguns loureiros e arbustos ornamentais, em que bateram com muito afinco, todas as outras árvores não tinham folhas. Não havia nenhuma construção, galpão, chaminé, enfim, nada que pudesse servir de esconderijo.

Quanto ao muro, uma inspeção cuidadosa convenceu até mesmo o sargento de que era impossível escalá-lo.

À tarde, as investigações começaram novamente na presença do juiz de instrução e do substituto do procurador público. Os resultados não foram melhores. Na verdade, ainda pior, os oficiais viram o assunto de forma tão suspeita que não puderam segurar o mau humor e perguntaram:

– Tem certeza, fazendeiro Goussot, que você e seus filhos não estavam alucinando?

– E a minha mulher? – respondeu o fazendeiro, vermelho de raiva. – Ela também alucinou quando o patife a estava enforcando? Vá ver as marcas, se duvida de mim!

– Muito bem. Mas então onde está o patife?

– Aqui, entre estes muros.

– Muito bem, então faça com que ele saia do seu esconderijo. Nós desistimos. Está muito claro que, se um homem estivesse escondido nas terras desta fazenda, nós já o teríamos encontrado.

– Eu juro que vou pôr minhas mãos nele, ou não me chamo Goussot! – gritou o fazendeiro. – Não vão sair por aí dizendo que me roubaram seis mil francos. Sim, seis mil! Eu tinha vendido três vacas e a colheita de trigo, e depois as maçãs. Seis mil francos em dinheiro, que eu ia levar ao banco. Bem, juro por Deus que é como se o dinheiro estivesse no meu bolso!

– Então está bem, e lhe desejo sorte – disse o juiz de instrução enquanto ia embora, seguido pelo substituto do procurador e pelos gendarmes.

Os vizinhos também se afastaram com um humor mais ou menos zombeteiro. E, no fim da tarde, não tinha sobrado ninguém além dos Goussots e os dois criados da fazenda.

O velho Goussot explicou seu plano imediatamente. Durante o dia, eles procurariam. À noite, montariam uma guarda incessante. Isso duraria o tempo que fosse necessário. Maldição, o velho Trainard era um homem como qualquer outro; e homens precisam comer e beber! O velho Trainard, portanto, precisaria sair de seu esconderijo para comer e beber.

– No máximo – disse Goussot –, ele pode ter alguns pedaços de pão em seus bolsos, ou até mesmo comer uma ou duas raízes durante a noite. Mas quanto ao que beber, não tem o que fazer. Só tem a nascente. E ele vai estar acabado se chegar perto dela.

Ele mesmo, naquela noite, tomou seu posto perto da nascente. Três horas depois, seu filho mais velho o rendeu. Os outros irmãos e os criados dormiram na casa, cada um responsável por seu turno de vigia e mantendo todas as lamparinas e velas acesas, para que não houvesse nenhuma surpresa.

E assim fizeram por catorze noites consecutivas. E, durante catorze dias, enquanto dois dos homens e a mãe Goussot ficavam de guarda, os outros cinco exploravam o terreno Héberville.

Ao cabo de duas semanas, não apareceu nenhum sinal.

O fazendeiro nunca desistiu. Ele mandou buscar um detetive-inspetor aposentado que vivia em uma cidade vizinha. O inspetor ficou com ele por uma semana inteira. E não encontrou o velho Trainard nem a menor pista que pudesse lhes dar a menor esperança de encontrá-lo.

– Isso é um absurdo! – repetiu o fazendeiro Goussot. – Pois esse salafrário está aqui! Tanto quanto alguém pode estar em algum lugar, ele está aqui. Assim...

Colocando-se na porta, ele provocou o inimigo bradando o mais alto que podia:

– Seu completo idiota, prefere morrer no seu buraco a devolver o dinheiro? Então morra, seu porco!

E a mãe Goussot, por sua vez, gritou, com sua voz aguda:

– Está com medo da prisão? Devolva as notas e pode fugir.

Mas o velho Trainard não disse uma palavra; e o casal cansou os pulmões à toa.

Dias chocantes se passaram. Goussot não conseguia mais dormir e tremia de febre. Os filhos ficaram mais casmurros e briguentos e nunca largavam suas armas, sem pensar em nada além de atirar no vagabundo.

Era o único assunto no vilarejo; e a história dos Goussot, que a princípio era bastante local, em pouco tempo chegou à imprensa. Repórteres de jornais vinham da cidade grande, da capital, e eram grosseiramente mandados embora pelo fazendeiro.

– Cada macaco no seu galho – disse ele. – Cuidem dos seus problemas. Dos meus, cuido eu. Ninguém tem que ficar se metendo.

– Mesmo assim, fazendeiro Goussot...

– Vá para o inferno!

E batia a porta na cara deles.

O velho Trainard agora já estava escondido dentro dos muros de Héberville havia mais ou menos quatro semanas. Os Goussot continuavam sua busca com a mesma persistência e confiança de sempre, mas com a esperança diminuindo diariamente, como se estivessem enfrentando um desses obstáculos misteriosos que desencorajam o esforço humano. E a ideia de que nunca mais veriam o dinheiro começou a criar raízes neles.

Em uma bela manhã, por volta das dez horas, um automóvel, atravessando a praça do vilarejo a toda velocidade, quebrou e parou completamente.

O motorista, depois de uma inspeção cuidadosa, avisou que o conserto levaria algum tempo, e então o proprietário do carro resolveu aguardar na pousada e almoçar. Ele era um cavalheiro que ainda não chegara aos quarenta anos, com suíças bem aparadas e uma expressão agradável no rosto; e em pouco tempo fez amizade com as pessoas na pousada.

Obviamente, contaram-lhe sobre a história dos Goussot. Ele ainda não a conhecia, já que estivera no exterior; mas ela pareceu interessá-lo imensamente. Ele fez com que lhe dessem todos os pormenores, levantou objeções, discutiu várias teorias com muitas pessoas que almoçavam na mesma mesa e terminou exclamando:

– Baboseira! Não pode ser tão complicado assim! Tenho experiência com esse tipo de coisa. E, se eu estivesse no local...

– Isso é fácil de resolver – disse o dono da pousada. – Conheço o fazendeiro Goussot... Ele não fará objeções...

O pedido foi feito e logo foi concedido. O velho Goussot estava em um daqueles estados de espírito em que estamos menos dispostos a protestar contra interferências de fora. Sua mulher, de qualquer forma, foi bem firme:

– Deixe que o cavalheiro venha se quiser.

O cavalheiro pagou sua conta e instruiu seu motorista a testar o carro na estrada principal assim que tivesse terminado os reparos:

– Precisarei de uma hora – disse ele –, não mais do que isso. Esteja pronto em uma hora.

Então ele foi até a casa do fazendeiro Goussot.

Não falou muito lá. O velho Goussot, muito esperançoso, apesar de tudo, tinha muitas informações e levou o visitante pelos muros até a pequena porta que dava para os campos, pegou a chave e deu detalhes minuciosos de todas as buscas que tinham sido feitas até o momento.

Estranhamente, o forasteiro, que mal falou, parecia também nem ouvir. Ele simplesmente olhou, com a expressão bem vazia. Quando tinham percorrido toda a propriedade, o velho Goussot perguntou, ansiosamente:

– E então?

– E então o quê?

– Acha que sabe?

O visitante ficou parado por um momento, sem responder. Então, disse:

– Não, nada.

– Ora, mas é claro que não! – exclamou o fazendeiro, jogando os braços para cima. – Como saberia? É tudo um absurdo. Devo dizer o que eu acho? Bem, acho que o velho Trainard foi tão esperto que está morto em seu buraco... E as notas estão apodrecendo junto com ele. Está me ouvindo? Dou minha palavra.

O cavalheiro disse, com muita calma:

– Só há uma coisa que me interessa. O vagabundo, no fim das contas, estava livre à noite e podia se alimentar do que conseguisse pegar. Mas e quanto ao que podia beber?

– Fora de cogitação! – vociferou o fazendeiro. – Completamente fora de cogitação! Não tem água exceto esta; e mantivemos guarda ao lado dela toda noite.

– É uma nascente. De onde ela brota?

– Daqui, onde estamos.

– Tem pressão suficiente para que ela empoce sozinha?

– Sim.

– E para onde vai a água quando escapa da poça?

– Para este cano aqui, que fica subterrâneo e a leva para casa, para a usarmos na cozinha. Então não há como bebê-la, já que estávamos lá e já que a nascente fica a vinte metros da casa.

– Não choveu nas últimas quatro semanas?

– Nenhuma vez; já lhe disse isso.

O forasteiro foi até a nascente e a examinou. A gamela era feita de algumas tábuas de madeira juntas bem acima do chão; e a água passava por ela, lenta e limpa.

– A água não tem mais que trinta centímetros de profundidade, certo? – perguntou ele.

Para medir, ele pegou uma palha na grama e colocou-a na poça. Mas, enquanto se agachava, deteve-se subitamente e olhou em redor.

– Oh, que engraçado! – desatando a rir.

– O quê? Qual o problema? – arquejou o velho Goussot, correndo em direção à poça, como se um homem pudesse ter-se escondido entre as tábuas estreitas.

E a mãe Goussot apertou suas mãos.

– O que foi? O senhor o viu? Onde ele está?

– Não está aí dentro, nem embaixo – respondeu o forasteiro, que ainda ria.

Ele caminhou em direção à casa, ansiosamente seguido pelo fazendeiro, pela velha mulher e os quatro filhos. O dono da pousada também estava lá, assim como as pessoas que estiveram na pousada e observavam os movimentos do forasteiro. Fez-se um silêncio absoluto enquanto aguardavam pela conclusão extraordinária.

– É como pensei – disse ele, com uma expressão divertida. – O velho sujeito precisava matar sua sede em algum lugar; e, como só havia a nascente...

– Oh, mas veja bem – rosnou o fazendeiro Goussot –, nós o teríamos visto!

– Foi durante a noite.

– Nós o ouviríamos... e o veríamos também, já que estávamos perto.

– Ele também estava.

– E ele bebeu água da poça?

– Sim.

– Como?

– A uma certa distância.

– Com o quê?

– Com isto.

E o forasteiro mostrou a palha que pegara:

– Olhem, aqui está o canudo para a bebida a distância do consumidor. Pode perceber que é uma palha mais longa do que de costume: na verdade, são três palhas encaixadas umas nas outras. Essa foi a primeira coisa que percebi: essas três palhas presas umas nas outras. A prova é conclusiva.

– Maldição, isso é prova do quê? – exclamou Goussot, irritado.

O forasteiro pegou uma espingarda do suporte.

– Ela está carregada? – perguntou.

– Sim – disse o irmão mais novo. – Eu a uso para matar pardais, para me divertir. O calibre é pequeno.

– Perfeito! Um tiro que não vai machucá-lo vai ser suficiente.

Seu rosto subitamente assumiu uma expressão magistral. Ele agarrou o fazendeiro pelo braço e disse, com um tom imperioso:

– Ouça-me, fazendeiro Goussot. Não estou aqui para fazer o trabalho da polícia; e não vou fazer o pobre vagabundo ser preso a qualquer preço. Quatro semanas de fome e terror são suficientes para qualquer um. Então precisam me prometer, você e seus filhos, que vão deixá-lo ir sem machucá-lo.

– Ele terá que devolver o dinheiro!

– Ora, mas é claro. Você promete?

– Prometo.

O cavalheiro voltou para a soleira, na entrada do pomar. Mirou rapidamente, apontando sua arma no ar, para a cerejeira que ficava por cima da nascente. Atirou. Ouviram um grito rouco vindo da árvore; e o espantalho que estivera encarapitado no galho maior há um mês caiu no chão, ficando de pé em um salto e correndo o mais rápido que suas pernas conseguiam.

Houve um momento de espanto, seguido por gritos. Os filhos saíram perseguindo-o e não demoraram muito para voltar com o fugitivo, já que os trapos e a privação o deixaram mais lento. Mas o forasteiro já o protegia contra a ira deles:

– Tirem as mãos dele! Este homem pertence a mim. Não permitirei que encostem nele... Espero não o ter machucado demais, Trainard.

Apoiado em suas pernas de palha amarradas com tiras de tecido rasgado, com seus braços e todo o corpo vestidos com o mesmo material, sua cabeça embrulhada em um pano, bem amarrado como uma linguiça, o velho homem ainda tinha a aparência rígida de um boneco. E o efeito somado era tão ridículo e inesperado que os espectadores rugiam com risadas.

O forasteiro desamarrou a cabeça dele; e então viram uma máscara velada de uma barba grisalha embaraçada invadindo todos os lados de um rosto esquelético iluminado por dois olhos queimando de febre.

Os risos ficaram ainda mais altos.

– O dinheiro! As seis notas! – vociferou o fazendeiro.

O forasteiro o manteve a distância:

– Um momento... Vamos devolver, não vamos, Trainard?

E, pegando sua faca e cortando toda a palha e os panos, ele brincou, alegremente:

– Seu pobre miserável, olhe como está! Mas como diabos conseguiu fazer isso? Deve ser extremamente esperto, ou então teve uma boa sorte absurda... Então, na primeira noite, usou o tempo de descanso que lhe deram para se vestir com esses trapos! Não foi uma ideia ruim. Quem suspeitaria de um espantalho? Eles estavam tão acostumados a vê-lo na árvore! Mas, pobre velhinho, deve ter-se sentido tão desconfortável, deitado lá em cima, de barriga para baixo, com seus braços e pernas pendurados! O dia inteiro desse jeito! Que posição maldita! E como deve ter ficado nervoso quando se atrevia a mexer um membro, hein? E deve ter morrido de medo de dormir! E então precisava comer! E beber! Então ouvia a patrulha e sentia o cano da arma a um metro do seu rosto! *Brrrrr*! Mas a parte mais difícil de todas, você sabe, foi o seu canudo de palha! Dou minha palavra, quando penso naquilo, sem nenhum som, sem nenhum movimento, por assim dizer, você precisou pegar pedaços de palha da sua roupa, encaixar as pontas deles, colocar seu aparato na água e sugar aquele líquido paradisíaco gota a gota... Dou minha palavra, podia até gritar de admiração... Muito bem, Trainard... – Então acrescentou, entre dentes: – Só que está em um estado muito desagradável, meu bom homem. Não se lavou nenhuma vez neste mês, seu porco? No fim das contas, tinha toda a água que queria! Aqui, todos vocês, ele é responsabilidade de vocês agora. Vou lavar minhas mãos, é isso que farei.

O fazendeiro Goussot e seus quatro filhos agarraram a presa que o forasteiro deixava para eles:

– Agora, vamos lá, devolva o dinheiro.

Por mais confuso que estivesse, o vagabundo ainda conseguiu fingir espanto.

– Não se faça de idiota – rosnou o fazendeiro. – Vamos logo. Entregue as seis notas...

– O quê? O que quer de mim? – gaguejou o velho Trainard.

– O dinheiro... imediatamente...

– Que dinheiro?

– As notas.

– As notas?

– Ah, estou ficando cansado! Aqui, garotos...

Eles deitaram o velho sujeito no chão, rasgaram os trapos que ele vestia, tatearam-no e procuraram em seu corpo inteiro.

Não tinha nada com ele.

– Seu ladrão e bandido! – gritou o velho Goussot. – O que fez com o dinheiro?

O velho vagabundo parecia ainda mais confuso. Esperto demais para confessar, continuou choramingando:

– O que quer de mim? Dinheiro? Eu não tenho nem duas moedas para esfregar uma na outra...

Mas seus olhos, arregalados com incredulidade, continuavam fixos nas próprias roupas; e ele mesmo parecia não entender.

Os Goussot não podiam mais conter a ira. Eles começaram a bater nele, o que não melhorou as coisas. Mas o fazendeiro tinha certeza de que Trainard escondera o dinheiro antes de se transformar em espantalho:

– Onde você o colocou, seu salafrário? Diga logo! Em que parte do pomar o escondeu?

– O dinheiro? – repetiu o vagabundo com uma expressão estúpida.

– Sim, o dinheiro! O dinheiro que enterrou em algum lugar... Oh, se não o encontrarmos, sua batata vai assar! Temos testemunhas, não temos? Todos vocês, amigos, não é? Além do cavalheiro...

Goussot se virou, com a intenção de falar com o forasteiro, na direção da nascente, que estava trinta ou quarenta passos à esquerda. E ficou muito surpreso de não o ver lavando as mãos ali:

– Ele foi embora? – perguntou.

Alguém respondeu:

– Não, ele acendeu um cigarro e foi caminhar no pomar.

– Ah, tudo bem – disse o fazendeiro. – É capaz de ele encontrar as notas para nós, assim como encontrou esse homem.

– A não ser… – disse uma voz.

– A não ser o quê? – repetiu o fazendeiro. – O que quer dizer? Tem algo em mente? Diga logo! O que é?

Mas ele se interrompeu subitamente, tomado por uma dúvida; e houve um momento de silêncio. A mesma ideia passou por todos os camponeses. A chegada do forasteiro a Héberville, o seu carro parando de funcionar, a forma como interrogou as pessoas na pousada e como conseguiu entrar na fazenda: tudo isso não fazia parte de um trabalho, do truque de um salteador que viu a história nos jornais e que viera tentar sua sorte?

– Muito esperto da parte dele! – disse o dono da pousada. – Ele deve ter tirado o dinheiro do bolso do velho Trainard, bem na nossa frente, enquanto o revistava.

– Impossível! – arquejou o fazendeiro Goussot. – Teríamos visto ele indo embora por ali… Pela casa… Mas ele está caminhando pelo pomar.

A mãe Goussot, repentinamente, sugeriu:

– A portinha lá na ponta, lá no fim?

– A chave está sempre comigo.

– Mas você a mostrou para ele.

– Sim; e a peguei de volta… Veja, aqui está ela.

Ele bateu a mão no bolso e deu um grito:

– Maldição, não está aqui! Ele a roubou!

Saiu correndo imediatamente, seguido e escoltado por seus filhos e vários dos moradores do vilarejo.

Quando estavam na metade do caminho para o pomar, ouviram o rugir de um automóvel, obviamente aquele pertencente ao forasteiro, que dera ordens ao seu chofer para esperá-lo perto da entrada inferior.

Quando os Goussot chegaram à porta, viram rabiscadas com um pedaço de tijolo, na tábua deteriorada, duas palavras:

ARSÈNE LUPIN

Por mais que tentassem, os Goussot raivosos acharam impossível provar que o velho Trainard tivesse roubado algum dinheiro. Vinte pessoas precisaram testemunhar que, no fim das contas, não encontraram coisa alguma com ele. Ele escapou depois de alguns meses de reclusão pelo ataque.

Trainard não se arrependeu. Assim que foi solto, informaram-no em segredo que, a cada trimestre, a uma certa hora, sob certo marcador de uma certa estrada, ele encontraria três luíses de ouro.

Para um homem como o velho Trainard, isso significava riqueza.

EDITH PESCOÇO DE CISNE

– Arsène Lupin, qual sua verdadeira opinião sobre o inspetor Ganimard?

– Excelente, meu caro amigo.

– Excelente? Então por que você nunca perde a oportunidade de poder ridicularizá-lo?

– É um mau hábito; e sinto muito por ele. Mas o que posso dizer? É como o mundo funciona. Temos aqui um detetive decente, um grupo inteiro de homens decentes, que defendem a lei e a ordem, que nos protegem contra os inimigos e arriscam suas vidas pelas pessoas honestas como você e eu; e não temos nada para dar a eles em retorno a não ser zombaria e escárnio.

– Bravo, Lupin! Está falando como um pagador de impostos respeitável!

– E o que sou além disso? Posso ter visões peculiares sobre os bens de outras pessoas, mas lhe garanto que é bem diferente quando se trata dos meus. Céus, que ninguém encoste no que me pertence! Caso contrário, caçarei essa pessoa eternamente! Ahá! É o meu bolso, meu dinheiro, meu relógio... não encoste! Tenho a alma de um conservador, meu bom amigo, os instintos de um comerciante aposentado e o devido respeito por todo tipo de tradição e autoridade. E é por isso que Ganimard me inspira com bastante gratidão e estima.

– Mas não com muita admiração?

– Admiração o bastante, também. Além da coragem intrépida, que é natural para aqueles senhores do Departamento de Investigação Criminal, Ganimard possui qualidades bastante admiráveis: resolução, discernimento e ponderação. Eu já o observei trabalhando. No fim das contas, ele é alguém a ser respeitado. Conhece a história da Edith Pescoço de Cisne, como foi chamada?

– O mesmo que todo mundo.

– O que significa que conhece muito pouco. Bem, aquele trabalho foi, ouso dizer, o que planejei mais astutamente, com o maior cuidado e a maior precaução, o que eu envolvi com a escuridão e o mistério mais absolutos, o que precisou de mais estratégia para ser levado a cabo. Foi como um jogo de xadrez, jogado de acordo com regras científicas e matemáticas muito rigorosas. E mesmo assim Ganimard terminou desatando o nó. Graças a ele, hoje sabem a verdade no Quai des Orfèvres. E é uma verdade muito incomum, eu lhe garanto.

– Poderei ouvi-la?

– Certamente... um dia desses... quando eu tiver tempo... Mas a Brunelli está dançando na Ópera hoje à noite; e se ela não me vir no meu camarote...

Eu não vejo Lupin com muita frequência. Ele dificilmente faz confissões, só quando lhe convém. Assim, foi apenas gradualmente, aos pedaços, com pequenos detalhes de confidências, que consegui obter os diferentes incidentes e completar a história com todos os seus detalhes.

Os elementos principais são bem conhecidos, portanto mencionarei apenas os fatos.

Há três anos, quando o trem de Brest chegou a Rennes, encontraram a porta de um dos vagões de carga destruída. Esse vagão fora reservado pelo coronel Sparmiento, um brasileiro rico, que viajava com sua esposa.

Lá dentro havia um conjunto completo de tapeçarias. O baú que levava uma delas fora arrombado, e a tapeçaria desaparecera.

O coronel Sparmiento decidiu processar a empresa ferroviária, requerendo indenização por perdas e danos, não só pela tapeçaria roubada, mas também pela perda de valor sofrida pela coleção por causa do roubo.

A polícia abriu inquéritos. A empresa ofereceu uma grande recompensa. Quinze dias depois, uma carta que se abrira no correio foi lida pelas autoridades e revelou o fato de que o roubo fora realizado a pedido de Arsène Lupin e que um pacote iria para os Estados Unidos no dia seguinte. Na mesma noite, a tapeçaria foi encontrada em um baú guardado no bengaleiro da estação Saint-Lazare.

O plano, portanto, dera errado. Lupin ficara tão decepcionado que descontou seu mau humor em uma missiva para o coronel Sparmiento, terminando com as seguintes palavras, claras o bastante para qualquer pessoa:

Foi muito cortês da minha parte ter pego apenas uma. Da próxima vez pegarei as doze.

Para um bom entendedor...

A. L.

O coronel Sparmiento morava havia alguns meses em uma casa no fim de uma pequena praça na esquina da Rua de la Faisanderie com a Rua Dufresnoy. Ele era um homem bastante forte e espadaúdo, com cabelo negro e uma pele morena, sempre bem vestido, de maneira sóbria. Era casado com uma inglesa muito bonita, mas delicada, que ficara muito transtornada com toda a situação das tapeçarias. Desde o começo ela implorou ao marido que as vendesse pelo preço que conseguissem. O coronel tinha uma natureza irritadiça e obstinada demais para ceder ao que tinha todo o direito de descrever como caprichos femininos. Ele não vendeu nenhuma delas, mas redobrou suas precauções e adotou todas as medidas que impossibilitariam um assalto.

Para começar, para que pudesse limitar sua vigilância à fachada do jardim, ele emparedou todas as janelas do térreo e do primeiro andar que davam para a Rua Dufresnoy. Depois, contratou os serviços de uma firma especializada em proteger casas contra roubos. Todas as janelas da galeria em que as tapeçarias estavam penduradas receberam alarmes invisíveis contra ladrões, cuja posição apenas ele sabia. Ao menor toque, os alarmes acendiam todas as luzes elétricas e acionavam todo um sistema de sinos e campainhas.

Além disso, as companhias de seguro que ele contratou recusaram-se a se comprometer com qualquer quantia considerável a não ser que deixasse três homens, escolhidos pelas empresas e pagos por ele, patrulhar o térreo da casa toda noite. Escolheram para essa tarefa três ex-detetives, homens experientes e confiáveis, que odiavam Lupin como se fosse um veneno. Quanto aos criados, o coronel os conhecia há anos e estava disposto a pôr sua mão no fogo por eles.

Depois de tomar essas providências e organizar a defesa da casa como se fosse uma fortaleza, o coronel deu uma grande festa, um tipo de exibição privativa, para a qual convidou os sócios de seus dois clubes, assim como várias damas, jornalistas, patronos e críticos de arte.

Os convidados sentiram, conforme entravam pelo portão do jardim, como se estivessem entrando em uma prisão. Os três detetives particulares, postados ao pé das escadas, pediam o convite de cada visitante e olhavam para eles de cima a baixo com desconfiança, fazendo-os sentir como se fossem revistá-los ou colher suas impressões digitais.

O coronel, que recebeu seus convidados no primeiro andar, desculpou-se rindo e parecia deleitado pela oportunidade de explicar as medidas que tinha inventado para garantir a segurança das tapeçarias. Sua mulher estava ao seu lado, parecendo encantadoramente bela e jovem, com seu cabelo claro, pálida e sinuosa, a expressão triste e gentil, uma expressão de resignação geralmente estampada no rosto daqueles ameaçados pelo destino.

Depois que todos os convidados chegaram, os portões e as portas do saguão foram fechados. Então todos entraram em fila na galeria central, à qual se chegava por duas portas de aço, enquanto as janelas, com seus postigos enormes, eram protegidas por barras de ferro. As doze tapeçarias ficavam ali.

Eram obras de arte incomparáveis e, inspiradas na famosa Tapeçaria Bayeux[27], atribuída à rainha Matilda, representavam a história da conquista normanda. Tinham sido encomendadas no século XIV pelo descendente de um homem de armas da comitiva de Guilherme, o Conquistador[28]; e foram feitas por Jehan Gosset, um tecelão famoso de Arras; foram descobertas, quinhentos anos depois, em uma velha mansão bretã. Ao ficar sabendo disso, o coronel as comprara em uma barganha por cinquenta mil francos. Elas valiam dez vezes mais.

Mas a melhor das tapeçarias do conjunto, a mais incomum porque o tema não era relativo à rainha Matilda, era aquela que Arsène Lupin roubara e que felizmente fora recuperada. Ela retratava Edith Pescoço de Cisne no campo de batalha de Hastings, procurando entre os cadáveres o corpo de seu amado Harold, o último rei dos saxões.

Os convidados estavam perdidos no entusiasmo por essa tapeçaria, pela beleza não sofisticada do desenho, as cores desbotadas, o agrupamento realista de figuras e a tristeza lastimável da cena. A pobre Edith Pescoço de Cisne estava com a cabeça baixa como um lírio pesado demais. Seu traje branco revelava os traços de seu corpo lânguido. As mãos longas e finas apareciam esticadas em um gesto de terror e súplica. E nada poderia ser mais pesaroso que seu perfil, no qual se via o sorriso mais abatido e desesperado.

– Um sorriso angustiante – observou um dos críticos, ouvido pelos outros com deferência. – Um sorriso muito encantador, também; ele me lembra, coronel, do sorriso da senhora Sparmiento.

---

[27] A tapeçaria de Bayeux é um imenso tapete bordado, datado do século XI, que descreve os eventos-chave da conquista normanda da Inglaterra por Guilherme II da Normandia, notadamente a batalha de Hastings (14 de outubro de 1066). (N.T.)

[28] Guilherme I, geralmente chamado de Guilherme, o Conquistador e algumas vezes de Guilherme, o Bastardo, foi o primeiro rei normando da Inglaterra e governou de 1066 até sua morte, em 1087. (N.T.)

E, percebendo que a ideia fora recebida com aprovação, ele explicou melhor:

– Existem outros pontos de semelhança que percebi imediatamente, como a curva bastante graciosa do pescoço e a delicadeza das mãos... E também algo sobre a figura, sobre a atitude como um todo...

– O que diz é tão verdadeiro – disse o coronel – que confesso ter comprado as tapeçarias por causa dessa semelhança. E houve outro motivo: por um curioso acaso, o nome da minha esposa é Edith. Eu a chamo de Edith Pescoço de Cisne desde então. – E o coronel acrescentou, rindo: – Espero que as coincidências terminem por aí e que minha querida Edith nunca precise ir em busca do corpo de seu amado, como a original.

Ele riu ao dizer essas palavras, mas sua risada não contagiou os visitantes; e temos a mesma impressão de silêncio constrangido em todos os relatos daquela noite que surgiram nos dias seguintes. As pessoas que estavam próximas a ele não sabiam o que dizer. Uma delas tentou brincar:

– Seu nome não é Harold, é, coronel?

– Não, graças a Deus – afirmou ele, ainda alegre. – Não, esse não é meu nome; nem tenho nenhuma semelhança com o rei saxão.

Todos desde então concordaram em afirmar que naquele momento, assim que o coronel terminou de falar, o primeiro alarme das janelas soou. Se da janela à direita ou da janela no meio, as opiniões quanto a isso são diferentes. Foi uma nota curta e aguda. O estrépito do alarme foi seguido por uma exclamação de terror da senhora Sparmiento, que agarrou o braço do marido. Ele exclamou:

– Qual o problema? O que isso significa?

Os convidados ficaram imóveis, encarando as janelas. O coronel repetiu:

– O que isso significa? Não compreendo. Ninguém além de mim sabe onde está o alarme...

E naquele momento, aqui também a evidência é unânime, naquele momento caiu uma escuridão repentina e absoluta, seguida imediatamente pelo estardalhaço enlouquecedor de todos os sinos e campainhas, da casa inteira, em todos os cômodos e janelas.

Por alguns segundos reinou uma desordem estúpida, um terror insano. As mulheres gritavam. Os homens esmurravam as portas fechadas. Eles corriam e se chocavam. Pessoas caíam no chão e eram pisoteadas. Era como uma multidão tomada pelo pânico, assustada por chamas ameaçadoras ou pelo disparo de um tiro. E, acima do clamor, ouvia-se a voz do coronel, bradando:

– Calados! Não se mexam! Está tudo bem! O interruptor fica aqui no canto... Esperem um pouco... Pronto!

Ele abriu caminho entre seus convidados e chegou a um canto da galeria; instantaneamente a luz elétrica se acendeu novamente, e o pandemônio de sinos parou.

Então, na luz repentina, todos tiveram uma visão estranha. Duas damas haviam desmaiado. A senhora Sparmiento, pendurada no braço do seu esposo, com os joelhos arrastando no chão e o rosto lívido, parecia quase morta. Os homens, pálidos, com as gravatas tortas, pareciam todos ter estado em combate.

– As tapeçarias estão ali! – gritou alguém.

Houve uma grande surpresa, como se o desaparecimento delas fosse o resultado natural e única explicação plausível do incidente. Mas nada tinha saído do lugar. Alguns quadros valiosos, pendurados nas paredes, ainda estavam lá. E, apesar de o estardalhaço ter reverberado pela casa inteira, apesar de todos os cômodos terem sido jogados na escuridão, os detetives não viram ninguém entrar ou tentar entrar.

– Além disso – disse o coronel –, apenas as janelas da galeria têm alarmes. Ninguém além de mim sabe como eles funcionam; e eu ainda não os tinha acionado.

As pessoas riram bastante de como tinham se assustado, mas riram sem convicção e de maneira um tanto envergonhada, pois todos percebiam claramente o despropósito do comportamento dele. E todos pensavam na mesma coisa: em sair dessa casa onde, independentemente do que se dissesse, a atmosfera era de uma ansiedade agonizante.

Entretanto, dois jornalistas ficaram para trás; e o coronel juntou-se a eles, depois de ajudar Edith e deixá-la aos cuidados de suas criadas.

Os três, acompanhados pelos detetives, fizeram uma busca que não levou a qualquer descoberta interessante. Então o coronel mandou buscar champanhe; e o resultado foi que apenas bem tarde, às quinze para as três, para sermos exatos, os jornalistas se despediram, o coronel foi para seus aposentos, e os detetives se retiraram para o cômodo designado para eles no térreo.

Eles patrulharam em turnos, uma patrulha que consistia em, primeiramente, ficar acordado e, em segundo lugar, vigiar o jardim e visitar a galeria em intervalos.

Essas instruções foram seguidas com muito rigor, exceto entre as cinco e as sete horas, quando o sono venceu a batalha e os homens não foram em suas rondas. Mas já era plena luz do dia do lado de fora. Além disso, se houvesse o menor som de campainha, eles não acordariam?

Mesmo assim, quando um deles, às sete e vinte, abriu a porta da galeria e os postigos, viu que as tapeçarias tinham desaparecido.

Esse homem e os outros foram culpados posteriormente por não terem dado o alarme imediatamente e por começar suas próprias investigações antes de informar ao coronel e telefonar para o comissário local. Ainda assim, mal se pode dizer que esse atraso muito justificável atrapalhou a ação da polícia. De qualquer forma, o coronel não ficou sabendo até as oito e meia. Ele já estava vestido e pronto para sair. A notícia não pareceu perturbá-lo excessivamente, ou pelo menos ele conseguiu controlar sua emoção. Mas o esforço deve ter sido demasiado, pois subitamente desabou em uma cadeira e, por alguns momentos, cedeu a um grave acesso de desespero e angústia, muito doloroso de se ver em um homem com sua aparência resoluta.

Quando se recuperou e se controlou, ele foi à galeria, encarou as paredes vazias e então sentou-se a uma mesa e escreveu apressadamente uma carta, colocou-a em um envelope e o selou.

– Pronto – disse. – Estou com pressa... Tenho um compromisso importante. Aqui está uma carta para o comissário de polícia. – E acrescentou, ao notar os olhos dos detetives sobre ele: – Estou contando ao comissário minha opinião... dizendo sobre uma suspeita que me ocorreu... Ele deve verificá-la... Eu farei o possível...

O coronel saiu de casa correndo, com gestos excitados dos quais os detetives se lembrariam depois.

Alguns minutos depois, o comissário de polícia chegou. Ele recebeu esta carta:

Estou no fim da minha corda. O roubo dessas tapeçarias completa a falência que tenho tentado esconder neste último ano. Eu as comprei para especular, e esperava conseguir um milhão de francos por elas, graças ao alarde que foi feito a respeito. Dessa forma, um americano me ofereceu seiscentos mil. Significou minha salvação. Isso é minha destruição completa.

Espero que minha querida esposa perdoe o sofrimento que estou trazendo a ela. Seu nome estará em meus lábios em meu último segundo.

A senhora Sparmiento foi informada. Ela ficou estarrecida enquanto inquéritos foram abertos e tentaram seguir os movimentos do coronel.

No fim da tarde, uma mensagem telefônica chegou da Ville-d'Avray. Um grupo de ferroviários achara o corpo de um homem jogado na entrada de um túnel depois que um trem tinha passado. O corpo estava horrivelmente mutilado; o rosto perdera qualquer semelhança com algo humano. Não havia documentos nos bolsos. Mas a descrição era semelhante à do coronel.

A senhora Sparmiento chegou de carro à Ville-d'Avray às dezenove horas. Ela foi levada a uma sala da estação ferroviária. Quando o lençol que cobria o corpo foi removido, Edith, Edith Pescoço de Cisne, reconheceu o cadáver do marido.

Nessas circunstâncias, Lupin não recebeu suas boas notícias costumeiras pela imprensa.

"Ele que tome cuidado!", zombou um colunista, resumindo a opinião geral. "Não vai precisar de muitas proezas desse tipo para que perca a popularidade que recebeu de bom grado até agora. Não precisamos de Lupin, a não ser quando suas malandragens são perpetradas à custa de financistas desonestos, aventureiros estrangeiros, barões alemães, bancos e empresas financeiras. E, acima de tudo, não precisamos de assassinatos! Podemos aturar um assaltante; mas um assassino, não! Se ele não for diretamente culpado, é no mínimo responsável por essa morte. Suas mãos estão sujas de sangue; as armas de seu brasão estão manchadas de carmesim...".

A raiva e o desprezo públicos aumentaram com a pena que o rosto de Edith despertava. Os convidados da noite anterior deram sua versão do que acontecera, sem omitir nenhum dos detalhes impressionantes; e uma lenda se formou instantaneamente em volta da inglesa de cabelo claro, uma lenda que adotava um caráter muito trágico, em razão da popular história da heroína com pescoço de cisne.

E mesmo assim o público não podia deixar de admirar a habilidade extraordinária com a qual o roubo fora efetuado. A polícia explicou, depois de um tempo. Os detetives perceberam desde o começo e depois revelaram que uma das janelas da galeria estava escancarada. Não havia dúvida de que Lupin e seus comparsas entraram por ela. Parecia uma sugestão muito plausível. Mesmo assim, nesse caso, como conseguiram, em primeiro lugar, escalar as grades do jardim, para entrar e sair, sem ser vistos; em segundo lugar, atravessar o jardim e colocar uma escada contra o canteiro de flores, sem deixar nenhum rastro; e, finalmente, abrir os postigos e a janela, sem disparar as campainhas nem acender as luzes da casa?

A polícia acusou os três detetives de serem cúmplices. O juiz encarregado do caso os examinou exaustivamente, inquiriu suas vidas minuciosamente e declarou formalmente que estavam acima de qualquer suspeita. Quanto às tapeçarias, parecia não haver esperança de que fossem recuperadas.

Foi nesse momento que o inspetor-chefe Ganimard voltou da Índia, onde estivera perseguindo Lupin com base em várias provas muitíssimo convincentes fornecidas por antigos comparsas do próprio Lupin. Sentindo que mais uma vez fora trapaceado por seu eterno adversário, e acreditando completamente que Lupin o tinha enviado a essa busca inútil para se livrar dele durante o caso das tapeçarias, ele pediu uma licença de quinze dias, Ganimard visitou a senhora Sparmiento e prometeu vingar seu marido.

Edith tinha chegado ao ponto em que nem mesmo o pensamento de vingança diminui a dor. Ela dispensou os três detetives no dia do funeral e contratou apenas um homem e uma velha criada e cozinheira para substituir a grande equipe de criados que a faziam lembrar muito cruelmente do passado. Sem se importar com o que aconteceria, manteve-se em seus aposentos e deixou Ganimard livre para agir como quisesse.

Ele se instalou no térreo e imediatamente começou uma série de investigações extremamente minuciosas. Recomeçou o inquérito, interrogou as pessoas na vizinhança, estudou a distribuição dos cômodos e acionou cada um dos alarmes trinta, quarenta vezes.

Ao fim de quinze dias, ele pediu uma prorrogação da licença. O chefe do serviço de detetives, que naquela época era o senhor Dudouis, veio vê-lo e encontrou-o encarapitado no topo de uma escada, na galeria. Naquele dia o inspetor-chefe admitiu que todas as suas buscas tinham se provado inúteis.

Entretanto, dois dias depois, o senhor Dudouis visitou-o novamente e encontrou Ganimard em um estado de espírito muito pensativo. Uma pilha de jornais estava espalhada na frente dele. Finalmente, respondendo às perguntas urgentes de seu superior, o inspetor-chefe murmurou:

– Não sei de coisa alguma, chefe, de absolutamente nada; mas há uma ideia confusa me perturbando... Só que parece ser tão absurdo... E não explica as coisas... Ao contrário, só as confunde ainda mais...

– E então?

– Então eu peço, chefe, que tenha um pouco de paciência... Deixe que eu faça as coisas ao meu modo. Mas, se eu ligar para o senhor algum dia, deve entrar em um táxi sem perder um só segundo. Vai significar que descobri o segredo.

Passaram-se quarenta e oito horas. E então, certa manhã, Dudouis recebeu um telegrama:

Estou indo para Lille.
Ganimard.

– E que diabos ele vai fazer em Lille? – perguntou-se o detetive-chefe.

O dia se passou sem notícias, seguido por outro dia. Mas Dudouis confiava inteiramente em Ganimard. Ele conhecia seu homem, sabia que o velho detetive não era daquelas pessoas que se empolgavam à toa. Quando Ganimard "tomava uma atitude", significava que tinha razões sensatas para isso.

Na verdade, na noite do segundo dia, Dudouis recebeu um telefonema.

– É o senhor, chefe?

– É Ganimard que está falando?

Os dois, sendo homens cautelosos, primeiramente se asseguraram da identidade um do outro. Assim que estavam satisfeitos, Ganimard continuou, com pressa:

– Dez homens, chefe, imediatamente. E, por favor, venha o senhor também.

– Onde está?

– Na casa, aqui em Paris, no térreo. Mas esperarei por vocês na entrada do portão.

– Vou imediatamente. De táxi, certamente?

– Sim, chefe. Pare o táxi a cinquenta metros da casa. Abrirei o portão quando o senhor assobiar.

As coisas aconteceram como Ganimard pediu. Pouco depois da meia-noite, quando todas as luzes dos andares superiores estavam apagadas, ele esgueirou-se para a rua e encontrou Dudouis. Houve uma conversa apressada. Os oficiais se postaram da maneira indicada por Ganimard. E então o chefe e o inspetor-chefe voltaram juntos, sem fazer barulho, atravessaram o jardim e usaram todas as precauções possíveis:

– Bem, e o que é tudo isso? – perguntou Dudouis. – O que significa tudo isso? Dou minha palavra, parecemos um par de conspiradores!

Mas Ganimard não estava rindo. Seu chefe nunca o vira em tal estado de perturbação nem jamais o ouvira falar em uma voz tão excitada:

– Alguma novidade, Ganimard?

– Sim, chefe, e... dessa vez... Mas eu mesmo mal consigo acreditar... E ainda assim não estou enganado: sei a verdade... Pode parecer extremamente improvável, mas é a verdade, apenas a verdade, nada mais que a verdade.

Ele secou as gotas de suor que desciam por sua testa e, depois de outra pergunta do chefe Dudouis, controlou-se, tomou um copo d'água e começou:

– Lupin geralmente me passa a perna...

– Escute aqui, Ganimard – disse Dudouis, interrompendo-o. – Não podemos ir direto ao ponto? Diga-me, em duas palavras, o que houve.

– Não, chefe – respondeu o inspetor-chefe –, é essencial que o senhor saiba as diferentes etapas por que passei. Desculpe-me, mas considero isso indispensável. – E retomou: – Como dizia, chefe, Lupin geralmente me passa a perna e me fez de bobo muitas vezes. Mas, nessa competição em que eu sempre saio perdendo... até hoje... eu pelo menos adquiri experiência sobre a forma como ele joga e aprendi a conhecer suas táticas. Agora, nesse caso das tapeçarias, ocorreu-me desde o começo que havia dois problemas. Em primeiro lugar, Lupin, que nunca age sem saber o que procura, obviamente sabia que o coronel Sparmiento tinha chegado à falência e que a perda das tapeçarias poderia levá-lo ao suicídio. Não obstante, Lupin, que odeia a ideia de derramamento de sangue, roubou as tapeçarias.

– Houve o incentivo dos quinhentos ou seiscentos mil francos que elas valem – objetou Dudouis.

– Não, chefe, digo novamente, independentemente da ocasião, Lupin não tiraria uma vida, ou causaria a morte de alguém, por nada neste mundo, nem por milhões e milhões. Esse é o primeiro ponto. Em segundo lugar, qual era o objetivo de toda aquela perturbação, à noite, durante a festa? Obviamente, para mergulhar toda a situação em uma atmosfera de ansiedade e terror, no menor tempo possível, e também para desviar qualquer suspeita da verdade, que, caso contrário, poderia facilmente ser suspeita, não acha? Parece não estar entendendo, chefe.

– Dou minha palavra que não estou!

– Para ser sincero – disse Ganimard –, para ser sincero, não é muito claro. E eu mesmo, quando coloquei o problema diante de mim com essas mesmas palavras, não o entendi muito claramente... Ainda assim, sentia que estava na direção certa... Sim, não havia dúvida de que Lupin queria afastar suspeitas... Afastá-las na direção dele mesmo, Lupin, veja bem... Para que a verdadeira pessoa que estivesse cuidando desse caso pudesse continuar escondida...

– Um comparsa – sugeriu Dudouis. – Um comparsa, disfarçado entre os visitantes, que disparou os alarmes... E que conseguiu se esconder na casa depois de a festa terminar.

– Está esquentando, chefe, está esquentando! É certo que as tapeçarias, como não poderiam ter sido roubadas por alguém entrando sorrateiramente na casa, foram roubadas por alguém que ficou lá dentro; e é igualmente certo que, ao fazer uma lista das pessoas convidadas e investigando os antecedentes de cada uma delas, pode-se...

– E então?

– Então há um "mas", chefe, a saber, que os três detetives estavam com a lista em mãos quando os convidados chegaram e continuaram com ela quando eles foram embora. E sessenta e três pessoas entraram e as mesmas sessenta e três foram embora. Então, o senhor percebe...

– Então acha que foi um dos criados?

– Não.

– Os detetives?

– Não.

– Mas então... mas então... – disse o chefe com impaciência –, se o roubo foi cometido de dentro...

– Não há qualquer dúvida quanto a isso – afirmou o inspetor, cuja empolgação estava quase febril. – De forma nenhuma. Todas as minhas investigações levaram à mesma certeza. E a minha convicção gradualmente tornou-se tão positiva que terminei, um dia, criando esse axioma surpreendente: na teoria e na verdade, o roubo só pode ter sido cometido com o auxílio de um cúmplice que estivesse na casa. Embora não houvesse cúmplice algum!

– Isso é absurdo – disse Dudouis.

– Bastante absurdo – disse Ganimard. – Mas, no momento em que disse essa sentença absurda, a verdade surgiu na minha frente.

– Hein?

– Oh, uma verdade bem obscurecida, bem incompleta, mas ainda assim suficiente! Com essa pista para me guiar, eu encontraria o caminho. Está me acompanhando, chefe?

Dudouis estava sentado em silêncio. O mesmo fenômeno que acontecera com Ganimard evidentemente acontecia com ele também. Ele murmurou:

– Se não é um dos convidados, nem um dos criados, nem um dos detetives particulares, então não sobra ninguém...

– Sim, chefe, sobra uma pessoa...

Dudouis sobressaltou-se como se tivesse levado um choque; e, com uma voz que demonstrava sua animação, disse:

– Mas, veja bem, isso é um absurdo.

– Por quê?

– Ora, pense bem!

– Vamos, chefe: diga o que está pensando.

– Não faz sentido! O que quer dizer?

– Vamos lá, chefe.

– É impossível! Como Sparmiento pode ter sido o cúmplice de Lupin?

Ganimard deu um risinho.

– Exatamente, cúmplice de Arsène Lupin! Isso explica tudo. Durante a noite, enquanto os três detetives estavam no andar de baixo vigiando, ou melhor, dormindo, pois o coronel dera champanhe a eles e talvez tenha o adulterado de antemão, o próprio coronel tirou as tapeçarias da parede e as passou pela janela do seu quarto. O quarto fica no segundo andar e dá para outra rua, que não era vigiada, porque as janelas mais baixas estão emparedadas.

Dudouis refletiu e depois deu de ombros:

– Isso é um absurdo! – repetiu.

– Por quê?

– Por quê? Porque, se o coronel fosse o cúmplice de Arsène Lupin, ele não teria cometido suicídio depois de ter sido bem-sucedido.

– Quem disse que ele cometeu suicídio?

– Ora, ele foi encontrado morto nos trilhos!

– Eu lhe disse, não existe isso de morte com Lupin.

– Mesmo assim, isso era bastante plausível. Além disso, a senhora Sparmiento identificou o corpo.

– Imaginei que diria isso, chefe. Esse argumento também me preocupou. Lá estava eu, de repente, com três pessoas diante de mim em vez de só uma: em primeiro lugar, Arsène Lupin, golpista; depois, o coronel Sparmiento, seu cúmplice; e finalmente, um cadáver. Meu Deus! Era coisa demais!

Ganimard pegou uma pilha de jornais, desamarrou-a e deu um deles para Dudouis:

– Lembra-se, chefe, de que, da última vez que esteve aqui, eu estava olhando os jornais? Eu queria ver se tinha acontecido algo, nesse período, que poderia ter influência no caso e confirmar minhas suspeitas. Por favor, leia este parágrafo.

Dudouis pegou o jornal e leu em voz alta:

Nosso correspondente em Lille nos informa que um curioso incidente ocorreu na cidade. Um cadáver desapareceu do necrotério local, o cadáver de um homem desconhecido que se jogara sob as rodas de um bonde no dia anterior. Ninguém consegue sugerir um motivo para esse desaparecimento.

Dudouis pensou por um tempo e então perguntou:

– Então... acredita que...?

– Acabei de voltar de Lille – respondeu Ganimard –, e minha investigação não deixa dúvida alguma para mim. O cadáver desapareceu na mesma noite em que o coronel Sparmiento deu sua festa. Foi levado direto para a Ville-d'Avray de automóvel; e o carro ficou perto do trilho até a noite.

– Próximo ao túnel, portanto – disse Dudouis.

– Ao lado, chefe.

– Então o corpo encontrado é simplesmente esse, vestido com as roupas do coronel Sparmiento.

– Precisamente, chefe.

– Então o coronel Sparmiento não está morto?

– Não mais que eu ou o senhor, chefe.

– Mas então, para que todas essas complicações? Para que o roubo da tapeçaria, seguido pela recuperação dela, seguido pelo roubo de todas as doze? Para que a festa? Para que a perturbação? Para que tudo isso? Sua história está cheia de furos, Ganimard.

– Só porque o senhor, assim como eu, parou na metade do caminho; porque, por mais estranha que a história já pareça, precisamos ir ainda mais longe, muito mais longe, na direção do improvável e do espantoso. E por que não, no fim das contas? Lembre-se de que estamos lidando com Arsène Lupin. Com ele, não estamos sempre procurando pelo improvável e pelo espantoso? Não temos que ir diretamente para as suposições mais insanas? E, quando digo mais insanas, estou usando as palavras erradas. Pelo contrário, a situação toda é tão incrivelmente lógica e simples que uma criança conseguiria entender. Comparsas só servem para trair você. Para que confiar em comparsas quando é tão fácil e natural agir você mesmo, sozinho, com suas próprias mãos e com os recursos ao seu alcance?

– O que está dizendo? O que está dizendo? O que está dizendo? – espantou-se Dudouis, com uma voz cantada e um tom de confusão que aumentava com cada frase.

Ganimard riu novamente.

– Isso o deixa sem ar, não é, chefe? Deixou-me sem ar também, no dia em que veio me ver aqui quando a ideia começava a se formar na minha mente. Eu estava estupefato e aturdido. E isso porque já tive a experiência do outro lado. Sei do que ele é capaz... Mas isso, não, isso era demais!

– É impossível! É impossível! – protestou Dudouis, em voz baixa.

– Ao contrário, chefe, é bem possível, bem lógico e bem comum. É a encarnação tripla do mesmo indivíduo. Um garoto de escola resolveria o problema em um minuto, com o simples processo de eliminação. Elimine o homem morto: restam Sparmiento e Lupin. Elimine Sparmiento...

– Resta Lupin – murmurou o detetive-chefe.

– Sim, chefe, simplesmente Lupin, Lupin com suas cinco letras e duas sílabas, Lupin sem sua pele brasileira, Lupin ressuscitado dos mortos, Lupin transformado, nos últimos seis meses, no coronel Sparmiento, viajando pela Bretanha, ouvindo sobre o descobrimento das doze tapeçarias, comprando-as, planejando o roubo da melhor delas, para chamar atenção para ele, Lupin, e desviar a atenção dele, Sparmiento. Depois ele começa, de forma bem pública, um duelo estrondoso entre Lupin e Sparmiento ou entre Sparmiento e Lupin, planeja e dá uma festa, aterroriza seus convidados e, quando tudo está pronto, providencia que Lupin roube as tapeçarias de Sparmiento e que Sparmiento, a vítima de Lupin, desapareça completamente e morra sem que ninguém suspeite dele, com seus amigos sentindo sua falta, o público sentindo pena, e deixando para trás, para colher os frutos do golpe...

Ganimard parou, olhou o chefe nos olhos e, com uma voz que enfatizava a importância de suas palavras, concluiu:

– ... deixando para trás uma viúva desconsolada.

– A senhora Sparmiento! Realmente acha...?

– Maldição! – disse o inspetor-chefe. – As pessoas não planejam um golpe desse tipo sem ter algo em mente... Um lucro sólido.

– Mas o lucro, ao que me parece, está na venda das tapeçarias que Lupin fará na América ou em outro lugar.

– A princípio, sim. Mas o coronel Sparmiento poderia fazer essa venda também. Até melhor. Então existe algo a mais.

– Algo a mais?

– Vamos, chefe, está esquecendo que o coronel Sparmiento foi vítima de um roubo importante e que, apesar de estar morto, sua viúva continua entre nós. Então é a viúva que ficará com todo o dinheiro.

– Que dinheiro?

– Que dinheiro? Ora, o dinheiro que lhe é devido! O dinheiro do seguro, é claro!

Dudouis estava chocado. Todo o golpe repentinamente ficou muito claro para ele, com seus motivos verdadeiros. Ele sussurrou:

– É verdade! É verdade! O coronel tinha feito seguro das tapeçarias...

– Exatamente! E por uma bolada.

– Quanto?

– Oitocentos mil francos.

– Oitocentos mil?

– Exatamente. Em cinco empresas diferentes.

– E a senhora Sparmiento recebeu o dinheiro?

– Ela recebeu cento e cinquenta mil francos ontem e duzentos mil hoje, enquanto eu não estava aqui. Os pagamentos restantes serão feitos ao longo desta semana.

– Mas isso é terrível! Você tem que...

– O quê, chefe? Para começo de conversa, eles tiraram vantagem do fato de que eu não estava na França, para fazer os contratos com as empresas. Só fiquei sabendo quando voltei e esbarrei com um corretor de seguros que conheço e aproveitei a oportunidade para fazê-lo me contar tudo.

O detetive-chefe ficou quieto por algum tempo, sem saber o que dizer. Então, balbuciou:

– Ele é impressionante, apesar de tudo!

Ganimard concordou com a cabeça:

– Sim, chefe, um canalha, mas não posso deixar de dizer que é esperto como o diabo. Para o seu plano funcionar, ele deve ter agido de tal modo que, por quatro ou cinco semanas, ninguém podia expressar ou mesmo conceber a menor suspeita do papel do coronel Sparmiento. Toda a indignação e todas as investigações tinham que se concentrar apenas em Lupin. Como seu último recurso, as pessoas precisavam apenas se ver diante de uma viúva pesarosa, triste e sem um tostão, a pobre Edith Pescoço de Cisne, uma visão linda e lendária, uma criatura tão patética que os cavalheiros das empresas de seguro ficaram quase felizes de lhe dar algo para atenuar sua pobreza e sua tristeza. Esse era o desejo e foi o que aconteceu.

Os dois homens estavam próximos e não baixaram os olhos.

O chefe perguntou:

– Quem é essa mulher?

– Sonia Kritchnoff.

– Sonia Kritchnoff?

– Sim, a moça russa que eu prendi ano passado, no roubo da tiara, e que Lupin ajudou a escapar[29].

– Tem certeza?

– Absolutamente. Eu me distraí, como todo mundo, com as maquinações de Lupin e não prestei muita atenção nela. Mas, assim que percebi o papel que teve, eu me lembrei. Ela certamente é Sonia, transformada em uma inglesa; Sonia, a atriz com aparência mais inocente de todas, mas ao mesmo tempo a mais astuta; Sonia, que não hesitaria em enfrentar a morte por amor a Lupin.

– Foi uma boa dedução, Ganimard – disse Dudouis, aprovativamente.

– Tenho algo ainda melhor, chefe!

– Mesmo? O quê?

– A velha mãe adotiva de Lupin.

– Victoire[30]?

– Ela está aqui desde que a senhora Sparmiento começou a desempenhar o papel de viúva; ela é a cozinheira.

[29] *Arsène Lupin*, peça traduzida por Edgar Jepson (1863-1938), autor inglês principalmente de ficção e aventuras policiais e que traduziu várias obras de Maurice Leblanc.

[30] *A agulha oca*, de Maurice Leblanc.

– Ho ho! – disse Dudouis. – Meus parabéns, Ganimard!

– Tenho mais uma coisa, chefe, que é ainda melhor!

Dudouis sobressaltou-se. A mão do inspetor, que agarrou a do chefe, tremia de empolgação.

– O que quer dizer, Ganimard?

– O senhor acha, chefe, que eu o traria aqui, a esta hora, se não tivesse algo mais atrativo para oferecer do que Sonia e Victoire? Ora! Elas podiam esperar!

– Quer dizer…? – sussurrou Dudouis, finalmente, entendendo a agitação do inspetor-chefe.

– Adivinhou, chefe!

– Ele está aqui?

– Está, sim.

– Escondido?

– Nem um pouco. Está simplesmente disfarçado. Ele é o criado.

Desta vez Dudouis não disse palavra alguma ou fez qualquer gesto. A ousadia de Lupin o confundia.

Ganimard riu.

– Não é mais uma encarnação tripla, mas, sim, quádrupla. Edith Pescoço de Cisne pode ter cometido um engano. A presença do patrão era necessária; e ele teve a cara de pau de voltar. Por três semanas ele tem estado ao meu lado durante minha investigação, calmamente acompanhando o progresso que eu fazia.

– Você o reconheceu?

– Não há como reconhecê-lo. Ele tem um talento de maquiar seu rosto e alterar as proporções de seu corpo de um jeito que impede qualquer um de reconhecê-lo. Além disso, eu estava muito longe de suspeitar… Mas nesta noite, enquanto observava Sonia na sombra das escadas, ouvi Victoire falando com o criado e chamando-o de “meu queridinho”. E foi como se uma luz tivesse se acendido sobre mim. “Meu queridinho!” era como ela costumava chamá-lo. E naquele momento eu soube o que estava acontecendo.

Dudouis, por sua vez, parecia alvoroçado pela presença do inimigo, tantas vezes perseguido e sempre tão inatingível:

– Nós o pegamos desta vez – disse ele entre dentes. – Nós o pegamos, e ele não tem como escapar.

– Não, chefe, nem ele nem as duas mulheres.

– Onde eles estão?

– Sonia e Victoire estão no segundo andar; Lupin está no terceiro.

Dudouis ficou repentinamente ansioso:

– Ora, foi pela janela de um desses andares que as tapeçarias foram passadas quando desapareceram.

– Isso mesmo, chefe.

– Nesse caso, Lupin também pode fugir. As janelas dão para a Rua Dufresnoy.

– Exatamente, chefe; mas tomei minhas precauções. Assim que o senhor chegou, eu mandei quatro dos nossos homens ficar de vigia sob as janelas na Rua Dufresnoy. Eles têm instruções rigorosas de atirar se qualquer pessoa aparecer nas janelas com aparência de que vai descer. Balas de festim primeiro e depois balas de verdade.

– Muito bom, Ganimard! Você pensou em tudo. Vamos esperar aqui; e imediatamente depois do alvorecer…

– Esperar, chefe? Ter cerimônia com aquele sem-vergonha? Preocupar-nos com regras, normas, horários legais e toda essa baboseira? E se ele não for assim tão cortês e fugir enquanto isso? E se ele fizer um de seus truques? Não, não, não podemos dar sorte para o azar! Nós o temos aqui: vamos prendê-lo; e sem demora!

E Ganimard, trêmulo, com uma impaciência indignada, saiu, atravessou o jardim e voltou em pouco tempo com meia dúzia de homens:

– Está tudo certo, chefe. Falei para os homens da Rua Dufresnoy para ficarem com os revólveres a postos e mirar nas janelas. Vamos.

Todos esses alarmes e incursões acabaram fazendo algum barulho, que sem dúvida foi ouvido pelos moradores da casa. Dudouis sentiu-se pressionado a tomar uma decisão e decidiu agir:

– Vamos lá, então – disse.

A invasão não levou muito tempo. Os oito, com suas pistolas Browning em punho, subiram as escadas sem muito cuidado, ansiosos por surpreender Lupin antes que ele tivesse tempo de organizar suas defesas.

– Abra a porta! – vociferou Ganimard, correndo até a porta do quarto da senhora Sparmiento.

Um policial a arrombou com o ombro.

Não havia ninguém no quarto; tampouco no quarto de Victoire.

– Estão todos lá em cima! – gritou Ganimard. – Juntaram-se a Lupin no sótão. Tomem cuidado!

Todos subiram correndo o terceiro lance de escadas. Para seu completo assombro, Ganimard achou a porta do sótão aberta e o cômodo vazio. Assim como os outros cômodos.

– Malditos! – vociferou. – Para onde foram?

Mas o chefe o chamou. Dudouis, que descera para o segundo andar novamente, percebeu que uma das janelas não estava trancada, só encostada:

– Aqui – disse para Ganimard –, este foi o caminho que pegaram, o mesmo das tapeçarias. Eu lhe disse: a Rua Dufresnoy...

– Mas nossos homens teriam atirado neles – protestou Ganimard, rangendo os dentes com ódio. – A rua estava sendo vigiada.

– Eles devem ter saído antes de colocarmos os vigias.

– Os três estavam em seus quartos quando liguei para o senhor, chefe!

– Devem ter saído enquanto você me esperava no jardim.

– Mas por quê? Por quê? Não havia motivo algum para irem hoje em vez de amanhã, ou no dia seguinte, ou na semana seguinte, na verdade, quando tivessem recebido todo o dinheiro do seguro!

Sim, havia um motivo; e Ganimard soube disso quando viu, sobre a mesa, uma carta destinada a ele. Abriu-a e a leu. A carta estava escrita como um depoimento:

Eu, o abaixo-assinado Arsène Lupin, cavalheiro ladrão, ex-coronel, ex-faz-tudo, ex-cadáver, por meio desta certifico que a pessoa com o nome de Ganimard provou ter as qualidades mais notáveis durante sua estada nesta casa. Ele foi exemplar em seu comportamento, completamente devotado e atencioso; e, sem o auxílio de qualquer pista, ele frustrou parte dos meus planos e economizou às empresas de seguro quatrocentos e cinquenta mil francos. Eu o parabenizo e estou disposto a desconsiderar seu deslize de não prever que o telefone do térreo se comunica com o do quarto de Sonia Kritchnoff e que, ao telefonar para o senhor detetive-chefe, ele estava ao mesmo tempo telefonando para mim e me dizendo para sair daqui o mais depressa possível. Foi uma falha perdoável, que não deve obscurecer o glamour *de seus serviços nem diminuir os méritos de sua vitória.*

Tendo dito isso, imploro a ele que aceite a homenagem da minha admiração e a minha amizade sincera.

Arsène Lupin